UNE SAISON EN ENFER
suivi de
ILLUMINATIONS

Paru dans Le Livre de Poche :

ŒUVRES COMPLÈTES
(La Pochothèque)

POÉSIES COMPLÈTES

ARTHUR RIMBAUD

Une saison en enfer

suivi de

Illuminations

et autres textes (1873-1875)

ÉDITION PRÉFACÉE, ANNOTÉE ET COMMENTÉE PAR PIERRE BRUNEL

LE LIVRE DE POCHE
Classiques

Cet ouvrage a été publié
sous la direction de Michel Simonin

Pierre Brunel est agrégé de lettres classiques. Professeur à l'université de Paris IV-Sorbonne, il est fondateur du Centre de recherche en littérature comparée. Il est l'éditeur pour Le Livre de Poche des *Poésies complètes* et des *Œuvres complètes* (« La Pochothèque ») de Rimbaud.

© Librairie Générale Française, 1998, pour la présente édition.
ISBN : 978-2-253-09636-8 - 1re publication LGF

INTRODUCTION

Un prosateur étonnant

Au moment où, selon Verlaine, Rimbaud poète en vers risque de se fourvoyer, naît, dit-il, « un prosateur étonnant »[1]. Ce prosateur s'est déjà manifesté avant 1873, si nous en jugeons du moins par ce qui a été conservé de lui. Mais *Un cœur sous une soutane* ou *Les Déserts de l'amour* n'étaient que des prémices. Il lui restait à s'accomplir. Successivement, mais sans doute aussi parallèlement, *Une saison en enfer* et les *Illuminations* montrent qu'il y est parvenu.

Enfers et enfer

Suivant l'incident du 10 juillet 1873 dans Bruxelles devenu le lieu d'un drame, *Une saison en enfer* est une œuvre de la rupture : le passé récent est rejeté ; la Vierge folle et son compagnon d'enfer forment un couple grinçant dans « Délires I ». Mais c'est surtout une œuvre de rupture, même si elle a été préparée, dès le printemps de cette année-là, par les « histoires atroces » inventées pour le *Livre païen*, le *Livre nègre*, et par des exercices

---

[1]. « Un prosateur étonnant s'ensuivit », « Arthur Rimbaud », dans la première série des *Poètes maudits*, 1883-1884.

d'écriture contre-évangélique, qui se poursuivent dans « Nuit de l'enfer » et dans « Matin »[1].

On n'en aura jamais fini avec *Une saison en enfer*. « C'est oracle, ce que je dis »[2]. Rimbaud nous présente sa parole comme une parole de certitude, comme la Parole, et pourtant le livre conduit à un « *Je ne sais plus parler* »[3]. L'oracle, parole sacrée, est aussi un langage codé, la profération de ces énigmes, spécialité de la Sphinx, mais en même temps d'Apollon, le dieu de Delphes, et amères délices de la tragédie grecque.

Le collégien de Charleville a lu *Antigone* dans la classe de Georges Izambard. Il en a fait même une citation, en grec, dans une lettre adressée à son professeur. Au cœur d'*Une saison en enfer*, il reprend, pour décrire l'itinéraire de son damné, l'image mythique de la Cimmérie[4], le pays septentrional où, suivant les instructions de Circé, Ulysse est allé évoquer les morts et consulter l'ombre du devin Tirésias. Mais son enfer ne se confond pas avec les Enfers antiques, lieu de séjour pour les bienheureux comme pour les réprouvés, et surtout pour de pâles images de ceux qui furent des hommes et des femmes — Achille réduit à l'impuissance, et qui s'en plaint dans le chant XI de l'*Odyssée,* les « Palles Esprits », les « Umbres poudreuses » qu'invoque encore Joachim du Bellay dans le sonnet XV des *Antiquités de Rome*. « Hélas ! L'Évangile a passé ! l'Évangile ! l'Évangile ! »[5]. L'Hadès s'efface, même pour celui qui a dit Merde ou Mort à Dieu, et s'y glisse l'enfer de la tradition judéo-chrétienne, la Géhenne, le ghetto des damnés. « C'était bien l'enfer »[6], constate le narrateur. On serait tenté d'ajouter : le vrai.

À côté des références implicites à la littérature gréco-latine, on trouve dans *Une saison en enfer* des souvenirs de

---

1. Je renvoie pour ce point à la présentation des « Avant-textes » d'*Une saison en enfer* dans l'édition que j'en ai donnée aux éditions José Corti en 1987. Les proses dites « évangéliques », écrites à partir du texte de l'Évangile selon saint Jean, constituent un bel exemple de palimpseste rimbaldien.   2. « Mauvais sang », p. 52.   3. « Matin », p. 82.   4. « Alchimie du verbe », p. 75.   5. « Mauvais sang », p. 52.   6. « Matin », p. 82.

la Bible. Ils confirment que, pour Rimbaud, « L'Évangile a passé », qu'il est passé par là, et que le texte, par conséquent, passe par lui. Dès le Prologue sans titre, le passé est renvoyé à « un festin où s'ouvraient tous les cœurs, où tous les vins coulaient », rappel évident de la parabole du festin dans Matthieu, XXII, 2-10. « Nuit de l'enfer » fait place à la vision de Jésus marchant sur les eaux irritées, reprise libre de l'épisode du lac de Tibériade, dans le même Évangile (XXVII, 29). La prétendue « croix consolatrice » se lève dans « Délires II. — Alchimie du verbe », et elle est peut-être encore l'« horrible arbrisseau » d'« Adieu », à moins qu'il ne s'agisse, cette fois, d'une reprise grinçante de l'Arbre du Bien et du Mal dans la Genèse.

Rimbaud n'échappe pas plus à la religion catholique de son enfance qu'aux visions antiques du Tartare. Mais de Champs Élysées, de Prairie de l'Asphodèle, il n'est pas plus question dans *Une saison en enfer* que de paradis : la vision, ou plutôt l'entrevision de « millions de créatures charmantes », n'offre que l'image de ce dont le damné est exclu, et devrait encore augmenter sa souffrance. N'eût-il été que païen, il pouvait échapper à l'enfer des chrétiens, espérer, pourquoi pas, ces Limbes à dire vrai peu attirants où Dante place les héros, les poètes de l'Antiquité, et sur lesquels Baudelaire a rêvé quelque temps avant d'opter, résolument, pour *Les Fleurs du mal*. Mais la mère Rimb., elle aussi, est passée par là, et l'église de Charleville, et le registre de baptême sur lequel s'est trouvé inscrit, à la fin de 1854, le nom de Jean-Nicolas-Arthur Rimbaud. De la bouche du damné émane encore une bribe de psaume pénitentiel, « *De profundis Domine* », même s'il se le reproche aussitôt et ricane : « Suis-je bête ! » Non seulement il a « reçu au cœur le coup de la grâce ». Mais on lui a fait le coup de la grâce. Sous prétexte de faire de lui un chrétien, on a fait de lui un damné. Païen, il eût été protégé, car « l'enfer ne peut attaquer les païens ». Mais il est l'« esclave de son baptême ». Son supplice est « l'exécution du catéchisme » — et on comprend bien qu'il faut prendre ici *exécution* au sens le plus fort : pire encore qu'une exécution capitale. Comme la tête tombe sous la guillotine, l'âme tombe, et elle est engloutie dans les profondeurs. *De profundis Domine.*

Le paradoxe de la Saison

L'enfer des chrétiens est éternel. Cette notation est plus importante, pour sa définition, que le supplice même. Sur la porte de l'enfer, telle que l'a décrite Dante, telle que l'a sculptée Rodin, il est précisé qu'on laisse au seuil toute espérance. Et, dans un mouvement suprême de charité, Péguy, par la voix de sa Jeanne d'Arc, s'interroge sur la cruauté d'une telle condamnation sans recours, qui est la damnation même.

Cette question, Rimbaud pourrait se la poser. Mais, d'une manière très significative, il la convertit en exclamation dans « Nuit de l'enfer » : « Si la damnation est éternelle ! » Ce pourrait être l'absolu de l'affirmation. Et pourtant on ne peut s'empêcher d'entendre dans le sifflement de ce *si*, dissonance dans le « suave concert spirituel », mais aussi dans celui de tous ceux qui s'acharnent à damner les autres, une dérision, une protestation encore, et bien plus radicale que la révolte contre les parents, responsables du baptême. À la fin du livre, on entendra, désormais attardés, éloignés, modérés aussi, les derniers « grincements de dents, les sifflements de feu, les soupirs empestés ». Mais, comme le diable, le damné est capable de siffler, et les « quelques hideux feuillets de [s]on carnet de damné » portent la trace de ces sifflements. En voici une : « Si la damnation est éternelle ! »

Certes, Rimbaud le sait bien. C'est une vérité de catéchisme, et c'est un mode de ce qu'il appelle son « exécution ». Mais il fait mentir cette vérité, il la rend folle, comme eût dit G.K. Chesterton, puisque dans cet enfer éternel son damné ne passe qu'une saison. Il faut dire avec force combien le titre même du texte est impertinent, provocateur même. Au moment même où il s'énonce, où il s'annonce, dans *Une saison en enfer*, l'enfer est vidé de sa substance (si tant est qu'il puisse avoir une substance...), de sa signification. Rimbaud, s'il a travaillé en 1872 à des *Études néantes*, a fait pendant l'été de 1873 une étude néante de l'enfer.

Ce paradoxe fondamental n'est pas le seul. L'enfer n'est pas souterrain ici, comme le voudrait le sens étymologique du terme, adapté aussi bien à la représentation la plus fréquente dans l'Antiquité qu'à celle qui se continue dans la Bible, à tel point que la Vulgate parle encore d'*Inferi* (les lieux souterrains). Rimbaud installe bel et bien l'enfer sur terre, et il ne fait que de rares concessions à la topographie infernale traditionnelle. Tout au plus est-il question de « tombeau » dans « Nuit de l'enfer », peut-être un « tombeau [...] très loin sous terre », comme dans l'une des *Illuminations* (« Enfance » V). Le damné est représenté tour à tour, dans « Mauvais sang », en voyageur maudit, en forçat sur qui se referme toujours le bagne, en nègre, enfant de Cham, soumis à la brutalité du colon, en recrue appelée à devenir chair à canon.

La biographie, à n'en pas douter, offre non seulement une clef, mais plusieurs clefs : la blessure causée par l'invasion prussienne, le désir de quitter l'« Europe aux anciens parapets »[1], la hantise du service militaire, le sentiment de savoir interdites pour lui « l'orgie et la camaraderie des femmes », l'absence d'une main amie ou même d'un compagnon. La relation avec Verlaine est l'une d'elles, et elle reste la plus immédiate. Il est difficile de ne pas reconnaître en lui le « compagnon d'enfer » de « Délires I. — Vierge folle. — L'Époux infernal ». On sait, par le témoignage de sa sœur Isabelle, qu'après les deux coups de revolver tirés par l'amant aux abois, Rimbaud a écrit *Une saison en enfer* dans la quasi-solitude de la ferme familiale de Roche, et plein d'une rage frénétique. Ce n'est pas le coup de la grâce, mais le coup de la colère. Et rien ne résiste aux

---

1. « Le Bateau ivre ».

sarcasmes destructeurs : ni les « vieilles amours mensongères », ni les « couples menteurs », ni — bien avant *Porcheria* ou *Truismes* — l'amant métamorphosé en porc. Ni même, et c'est autrement grave, la poésie écrite au temps de la relation avec Verlaine : car dans le bilan volontairement négatif d'« Alchimie du verbe », et dans un mouvement destructeur que Rimbaud renouvellera jusqu'au silence, figurent pour l'essentiel des poèmes du printemps et de l'été de 1872.

Le Temps et l'Éternité

La présence, parmi ces poèmes, de celui qui a d'abord porté le titre « L'Éternité », ou « Éternité », mérite de retenir tout particulièrement l'attention. Rimbaud, s'il détruit ses vers, ou s'il s'en détache, les cite pourtant. Il peut sembler les abîmer, les ruiner de l'intérieur, et toutefois certains commentateurs considèrent que les versions contenues dans « Alchimie du verbe » sont supérieures aux précédentes. Le laminoir se fait conservatoire.

Au-delà de ces jugements, toujours contestables, il convient d'être surtout sensible, dans « Délires II », à la séquence constituée par « Elle est retrouvée ! / Quoi ? l'éternité » et par le dernier poème cité, abrégé il est vrai, « *Ô saisons, ô châteaux !* » En effet, elle oblige à repérer une fois encore l'alliance de ces contraires dans le livre de 1873 : l'*éternité* — qu'elle soit celle de l'enfer des chrétiens ou celle des éléments, « la mer mêlée / Au soleil » — ; la *saison*, qui est une tranche de temps, même si elle revient dans le cadre d'une année, ou d'une Grande Année à la manière de celle de la quatrième églogue de Virgile.

Rimbaud a été victime, comme beaucoup d'autres, de l'Histoire de son temps — l'Histoire, ce « long cauchemar » dont a parlé Joyce, sachant combien il est difficile de s'en réveiller, l'Histoire, cette « Hache » brandie sous les yeux de Perec et de tous ceux qui ont eu à souffrir du génocide nazi. En poète, il aspire à s'évader, non seulement hors du lieu, mais hors du temps. « *Anywhere out of Time* » pourrait être l'une de ses revendications fondamentales, celle qu'il prête aux enfants — à l'enfance en lui —, dans les *Illuminations* : « Change nos lots, crible les fléaux, à commencer par le temps » (« À une Raison »).

« L'Éternité » correspond à cette aspiration. Elle est inséparable d'une volonté de clarté absolue, de rejet du noir et même de l'azur qui peut encore être du noir, au profit d'une vie élémentaire et sublime à la fois, comme « étincelle d'or de la lumière *nature* ». Le commentaire dont Rimbaud assortit son poème dans *Une saison en enfer* est le meilleur qu'on puisse imaginer. Mais il ne va pas sans critique de l'« expression bouffonne et égarée au possible », du risque de prolifération dans ce qui, même sous forme réduite, prend des allures d'« opéra fabuleux ».

En 1872, Rimbaud avait aussi été un poète des saisons. « Bannières de mai » devait ouvrir les *Fêtes de la patience*, et être suivi de « Chanson de la plus haute Tour », d'« Éternité » et d'« Âge d'or ». On voit s'y exprimer une manière de consentement aux saisons, non, il est vrai, sans quelque lassitude :

 « Je veux bien que les saisons m'usent.
 À toi, Nature, je me rends ».

Mais, comme il avait dit merde à Dieu, Rimbaud a dit « merde aux saisons », dans une lettre adressée de « Parmerde » (Paris), en « Jumphe 72 » (juin 1872), à son vieux camarade de Charleville Ernest Delahaye. À peu près, donc, on le voit, au même moment que la revendication d'éternité.

« *Ô saisons, ô châteaux !* », connu par deux autres manuscrits, aurait dû s'intituler « Bonheur », ou « Les saisons », ou « Saisons ». Le bonheur devrait-il donc être lié au temps ? L'ultime recours du poète est-il de chanter les saisons, comme l'a fait Hölderlin dans les poèmes du temps de sa folie ? La chute d'« Alchimie du verbe » ne se laisse pas confondre avec un quelconque culte des saisons. Rimbaud sait bien que ces saisons ne sont que châteaux, châteaux en Espagne. Que, comme il l'écrivait en marge d'une version de ce poème, « ce n'est rien, la vie ». Du prétendu bonheur dans le temps, il se méfie autant que des malheurs du damné : « sa dent », prétendument « douce à la mort », est encore un instrument d'« exécution ».

En 1872, il croyait aux vertus du retour. « L'Éternité », « Chanson de la plus haute Tour » s'achèvent sur une reprise de la première strophe. Sans être aussi clairement cyclique, « Âge d'or » se perd dans un etc., un « *indesinenter* » (sans plus jamais s'arrêter), qui étend à l'infini le processus de la répétition. S'enfermer dans le cercle, dans la redite perpétuelle, ce serait retomber dans l'éternité de l'enfer, de l'enfer poétique cette fois. Comme il réduit à une saison son passage par l'enfer, Rimbaud a hâte d'en finir dans les deux pages finales, « Adieu » : c'est un adieu aux damnés, mais aussi un adieu aux cantiques, un adieu à la « vieillerie poétique » qui était encore celle de la chanson à refrain, de l'espèce de romance, au profit de l'« absolument moderne ». *Une saison en enfer* ne se referme pas comme l'enfer, elle ouvre sur une « aurore », sur la possible possession d'une « vérité ».

L'entrée aux « splendides villes »

De la fin d'*Une saison en enfer*, on retient une éthique nouvelle, « *posséder la vérité dans une âme et un corps* », le credo d'une esthétique avancée, « Il faut être absolument moderne », le sentiment d'avoir acquis chèrement et de justesse, malgré une solitude essentielle, une « victoire » dont on veut conserver l'acquis : « tenir le pas gagné ». Est-ce à dire que le contre-évangile rimbaldien tende à se constituer en nouvel évangile, qu'à la manière d'un utopiste comme Étienne

Cabet, Rimbaud aille, pour le seul livre qu'il ait publié, vers un *Vrai Christianisme*[1] ?

La question mérite d'être posée, même si elle peut paraître surprenante à propos d'un écrivain qui passe pour l'ennemi de la religion, aspirant à se venger d'une mère dévote et de la « sale éducation d'enfance ». Souvent l'imagerie rimbaldienne passe par celle de la Bible « à la tranche vert-chou » qu'il lisait, poète de sept ans. L'entrée « aux splendides villes », dans l'« Adieu » d'*Une saison en enfer* ne peut qu'être imaginée d'après l'entrée du Christ à Jérusalem : « Le peuple, en foule, étendit ses vêtements sur la route ; certains coupaient des branches aux arbres et en jonchaient la route. [...] Quand Jésus entra dans Jérusalem, toute la ville fut en émoi : "Qui est-ce ?" disait-on ; et les foules répondaient : "C'est le prophète Jésus, de Nazareth en Galilée" » (Matthieu, XXI, 8-9). « Royauté », dans les *Illuminations*, en gardera quelque chose.

Le lecteur est aisément ballotté entre les villes réelles (Londres, que V. P. Underwood a vu derrière mainte illumination[2], Paris, toujours désiré) et les villes mythiques, les Sodomes et les Solymes (Jérusalem, précisément, dans « Nocturne vulgaire »). Rimbaud, dans les *Illuminations*, pratique volontiers l'amalgame des deux registres, en particulier dans « Villes », — « *L'acropole officielle...* », où Hampton Court et la Sainte-Chapelle servent de références, même si la construction urbaine complexe et enchevêtrée est digne d'un « Nabuchodonosor norwégien », composite lui-même.

On ne peut nier la marque laissée par les séjours à Londres en compagnie de Verlaine, de septembre 1872

---

1. Étienne Cabet a publié *Le Vrai Christianisme suivant Jésus-Christ* en 1846 à la suite de son célèbre *Voyage en Icarie*, 1839-1840, auquel Baudelaire fait allusion dans « Le Voyage ». Sur cet auteur voir Jules Prudhommeaux, *Icarie et son fondateur Étienne Cabet*, Édouard Cornély, 1907, rééd. Slatkine Reprints, 1977.   2. *Rimbaud et l'Angleterre*, Nizet, 1976.

à juillet 1873, et encore avec Germain Nouveau qui, au printemps de 1874, prêta son écriture pour certaines des *Illuminations*, dont précisément celle-ci [1]. Cela ne signifie pas qu'on puisse réduire les mystérieux poèmes en prose à la transcription de *realia*. Par ailleurs, la création poétique, dans ce recueil inabouti auquel la postérité a voulu donner forme, est inséparable de la réinvention d'une mythologie, que Rimbaud porte en lui depuis la solide formation gréco-latine qu'il a reçue au Collège de Charleville. De là surgit le « gracieux fils de Pan » d'« Antique », figure nouvelle de l'hermaphrodite, de là viennent les « Érinnyes nouvelles » de « Ville » — le trio de la Mort, de l'Amour et du Crime.

Pour les « splendides villes », il faut convoquer aussi les fabuleuses cités orientales (le « boulevard de Bagdad » de « Villes », — « *Ce sont des villes...* », où l'on pourrait deviner le calife Haroun-el-Rachid et son fidèle vizir ; l'allusion à Damas dans « Métropolitain »). Mais il arrive que Rimbaud retrouve l'architecture régulière des cités d'utopie : le « circus d'un seul style avec galerie à arcades » de « Villes », — « *L'acropole officielle...* », ou l'uniformité poussée à l'extrême de « Ville », où « tout ici ressemble à ceci », où toutes les maisons reproduisent un modèle unique, comme dans un ensemble de corons, tandis que la morale et la langue sont réduites à leur plus simple expression : une cité laïque, au demeurant, conformément à la tradition utopique, où on ne signalerait « les traces d'aucun monument de superstition ».

Depuis longtemps, la critique a relevé des traces laissées dans l'œuvre de Rimbaud par l'illuminisme social du XIXe siècle. Le thème de l'émancipation de la femme, dans la seconde lettre du voyant (15 mai 1871),

---

1. Sur ce point, voir le travail définitif effectué par André Guyaux dans *Poétique du fragment. — Essai sur les* Illuminations *de Rimbaud*, Neuchâtel, À la Baconnière, 1985, et dans son édition critique des *Illuminations*, même éditeur.

semble venu d'Enfantin, Lamennais a laissé sa trace dans *Une saison en enfer*, et le « Noël sur la terre » de « Matin » est un Noël laïque. L'utopie est une création de l'imagination, et pourtant elle veut être une œuvre de raison[1]. Or la liste de « Dévotion », commençant par les « mystérieuses passantes » dont a parlé André Breton, pourrait conduire à la dévotion « À une Raison », dans le poème en prose qui porte ce titre.

On a accordé à juste titre beaucoup d'importance au thème de la « nouvelle harmonie », dans les *Illuminations*. Sans négliger ni l'ambition musicale, ni l'harmonie d'une Création recommencée, on doit rappeler que *New Harmony* fut le nom d'une tentative utopiste aux États-Unis, dont l'échec remontait à 1828, et qu'il y avait eu une société des *Harmonistes*, établie à Economy, dans les environs de Pittsburgh[2].

Rimbaud entre dans des villes qui sont « splendides » comme étaient « splendides » les amours rêvées dans « Ma Bohême ». Cela correspond à un grand flamboiement de son imagination sans doute, mais aussi à une volonté de reconstruction qui, dans le domaine urbain, aboutit à des labyrinthes apparemment confus comme la Cité des Immortels dans *L'Aleph* de Borges, mais marqués par une exigence d'ordre digne de l'architecte, de l'ingénieur que Rimbaud voudrait être aussi (« Jeunesse »), par des « applications de calcul » qui vont de pair avec les « sauts d'harmonie inouïs » (« Solde »).

Une genèse recommencée

Il serait, pour le coup, réducteur et appauvrissant de ne voir dans les *Illuminations* que cela. La tentative de

---

1. J. Prudhommeaux le souligne à propos de Cabet et de *Voyage en Icarie* : « d'un bout à l'autre de ce même livre, il érige en lois universelles les décrets de sa propre raison et n'admet pas que ce qui lui semble juste puisse manquer d'obtenir l'adhésion unanime des autres consciences » (*op. cit.*, p. 130). **2.** Voir J. Prudhommeaux, *op. cit.*, p. 214, p. 386-387.

Rimbaud est beaucoup plus radicale. Il s'agit pour le poète d'agir à la manière d'un démiurge, et de proposer de refaire le monde, l'homme et la vie. Si, parmi les titres que croyait se rappeler Verlaine, « *painted plates* » ou « *coloured plates* » (assiettes coloriées [1]) paraît pauvre et peu significatif, en revanche celui d'*Illuminations* est particulièrement heureux. Non seulement il va au-delà des « visions » du voyant et salue l'accès à une lumière, fût-elle sporadique, mais encore il rappelle l'*illuminatio* de la Genèse, quand Dieu dit : « Que la lumière soit ! » Le poète-démiurge recréera lui aussi la lumière.

On comprend pourquoi, dans ces conditions, les premiers éditeurs, dans *La Vogue*, ont placé « Après le Déluge » en tête de l'ensemble. C'était marquer une telle volonté de recommencement, quand la Création de Dieu s'est révélée si décevante, revenant aux tares précédentes qui semblent hélas les tares de toujours, qu'il faut convoquer de nouveaux déluges, une foule de déluges pour tout anéantir. À défaut de retrouver un secret bien gardé par « la Reine », « la Sorcière », le poète sera attentif à la naissance d'une musique, à l'émergence d'un « monde » dans le chaos polaire (« Barbare »), au surgissement pygmalionien d'un nouvel Être de Beauté (« *Being Beauteous* »).

Une telle alliance des contraires, à peu près constante dans les *Illuminations*, marque la vision rimbaldienne de la Démocratie, idéal des utopistes du XIXe siècle, mais inquiétante dans le poème en prose qui porte ce titre, où les « Conscrits du bon vouloir » annoncent « la crevaison pour le monde qui va ». L'utopie ne joue pas jusqu'au bout son rôle compensatoire, elle se retourne en un échec ou elle prend des formes géantes, délirantes. La simplification, la tendance à l'uniformisation, n'excluent pas une prolifé-

---

[1]. « Dans un plat colorié » : l'expression apparaissait déjà, à l'automne de 1870, dans « Au Cabaret-Vert », l'un des poèmes du recueil Demeny (*Poésies complètes*, p. 133).

ration inquiétante et vraisemblablement mortifère. Comme arrivait un moment où le Bateau ivre sentait sa quille près d'éclater, la création rimbaldienne, si drue, est menacée d'un anéantissement soudain : chute dans le petit poème sans titre qui suit « *Being Beauteous* » (« *Ô la face cendrée* »), rayon blanc qui vient mettre fin à la comédie (« Les Ponts »).

Une telle Création spasmodique pourrait faire penser à l'*Eureka* d'Edgar Poe, traduit par Baudelaire. Mais elle n'en a pas le caractère systématique, et l'apparence de traité cosmogonique laisse place ici à des fusées, à des décharges, à la levée de nouveaux hommes, semés ou non, qui se mettent en marche pour des destinations inconnues, peut-être les « pays poivrés et détrempés ». S'il y a quelque chose de systématique, dans cette Genèse incessamment recommencée, c'est moins la recherche d'un secret enfoui que la volonté de tout reprendre à zéro, d'inaugurer le temps de « l'affection et [du] bruit neufs » (« Départ »), du « nouvel amour » (« À une Raison »), de « rendre » l'homme « à son état primitif de fils du soleil » (« Vagabonds »).

Tout est donc réinventé dans les *Illuminations* : les récits d'aventures dans les régions du pôle à la manière d'Edgar Poe (« Barbare »), les utopies (« Ville »), les mythes, celui de Pygmalion (« *Being Beauteous* ») ou de Daphné (« Aube »), les contes orientaux (« Conte »), les fables de métamorphoses (« Bottom »), les *Eddas* scandinaves (les Nornes, dans « Soir historique »). Mais celui qui se présente, dans la deuxième des « Vies », comme « un inventeur bien autrement méritant que tous ceux qui [l']ont précédé », réinvente aussi les roses (« Fleurs »), la guerre (« Je songe à une Guerre, de droit ou de force, de logique bien imprévue »), le théâtre (« *Fairy* », « Scènes »), le corps (« le corps merveilleux pour la première fois », dans « Matinée d'ivresse ») et peut-être l'âme aussi, car le mot a encore sa place ici, comme à la fin d'*Une saison en enfer*. Le « Génie », salué dans l'un des plus beaux de ces poèmes en prose, longuement célébré sans crainte d'essoufflement, est ce pouvoir supérieur d'invention, cette « fécondité de l'esprit » qui veut être à la mesure, ou à la démesure, de l'« immensité de l'univers », du nouveau monde créé plus que de l'ancien.

Force et faiblesse du langage

Cette réinvention totale n'a pour instrument que le langage, le verbe lui-même réinventé à la faveur d'une autre alchimie du verbe qui ne se laisse pas confondre avec celle des poèmes ténus de 1872. À deux exceptions près, et encore plus apparentes que réelles, celles de poèmes en vers libres cette fois, « Marine », une étude de superposition ouvrant sur des « tourbillons de lumière », et « Mouvement », où l'Arche flotte encore sur un déluge en forme de « lumière diluvienne », les *Illuminations* adoptent la forme du poème en prose : ni celle, pittoresque, du *Gaspard de la nuit* d'Aloysius Bertrand, ni celle de Baudelaire dans *Le Spleen de Paris*, adaptée « aux mouvements de l'âme, aux ondulations de la rêverie, aux soubresauts de la conscience »[1], mais fulgurante plutôt, portée par des enthousiasmes fiévreux, des exclamations fréquentes, des invocations qui peuvent devenir, au sens le plus fort du mot, évocations.

Car il existe chez Rimbaud un culte de la force, et l'« ivresse », sans se confondre avec aucune de ses formes vulgaires, exige ce qui était déjà appelé dans « Le Bateau ivre » un « vin de vigueur ». Dans *Une saison en enfer*, elle trouvait dans la marche, dans la manifestation de soi, en dépit de tous les obstacles, de toutes les entraves, fussent-elles les fers du forçat, une manière de se réaffirmer (« Mauvais sang » : « Faiblesse ou force : te voilà, c'est la force »). Dans les

---

1. « À Arsène Houssaye », texte publié par Baudelaire dans *La Presse* le 26 août 1862, et possible dédicace des *Petits poèmes en prose*, dans *Œuvres complètes* de Baudelaire, éd. de Claude Pichois, Gallimard, Bibliothèque de la Pléiade, tome I, 1975, p. 275-276.

Illuminations, elle plane sur les eaux, pour dominer l'angoisse, la « honte de notre inhabileté fatale » :

> « (Ô palmes ! diamant ! — Amour, force ! — plus haut que toutes joies et gloires ! — de toutes façons, partout, — Démon, dieu, — Jeunesse de cet être-ci ; moi !) » (« Angoisse »).

Car la menace de la ruine reste constante. Les *Illuminations* sont des éclairs arrachés par le langage poétique à tout ce qui résiste au « Génie », à commencer par le silence, le « silence [...] houleux », et même par le langage lui-même. Le faux damné d'*Une saison en enfer* a pu craindre de ne savoir plus parler (« Matin »), le poète-démiurge des *Illuminations* a conscience de ne livrer que des « accidents » du langage sous couvert d'« accidents de féerie scientifique ». D'où la crainte que le paradis ne soit que « Parade », que la nouvelle harmonie ne se retourne en « fanfare atroce » ou ne revienne à « l'ancienne inharmonie », que l'imagination ne se révèle incapable de produire de « merveilleuses images », que la raison ne soit enfermée dans l'ancienne méthode, celle du discours cartésien. Bref, que la force n'aboutisse à la faiblesse, révélant l'imbécillité de l'homme, même quand il a cru pouvoir être poète.

Aussi deux conceptions des *Illuminations* sont-elles possibles : celle d'un ensemble qui, malgré l'inachèvement, l'état de liasse dans lequel Rimbaud a vraisemblablement remis le manuscrit à Verlaine quand ils se sont retrouvés à Stuttgart pour peu de temps en février 1875, est d'une singulière cohérence et correspond au projet ambitieux d'une Genèse magnifique ; celle de « fragments » épars, dont il est aussi difficile de constituer une œuvre que de reconstituer l'*Apologie de la religion chrétienne* à partir des *Pensées* de Pascal.

Ces deux conceptions ne sont pas nécessairement inconciliables. Mais elles déterminent des principes d'édition différents. Ceux qui sont plus sensibles au caractère grandiose du projet placent l'hymne au « Génie » à la fin du recueil reconstitué. Ceux qui sentent l'édifice s'effriter en fragments préfèrent laisser le lecteur sur « Solde », grande braderie des ambitions de Rimbaud, vente aux enchères de ses espérances et de ses créations dégradées. Nous avons adopté d'instinct le premier choix et respecté en grande partie l'ordre de présentation fondé sur la tradition éditoriale plus que sur le souci philologique du texte tel qu'il se présente sur le manuscrit. Libre au lecteur de « héler » différemment le génie de Rimbaud, d'être sensible aux brisures du langage plus qu'à la plénitude de textes où, à l'exception du « Sonnet » en prose de « Jeunesse », on ne constate pas de lacune, de se heurter à des suspens du sens qui, pour certains, tiendraient lieu de sens même. La difficulté du texte, devenue exemplaire, la subtilité des glissements de sons, des superpositions de sens, ne doivent pas faire oublier qu'on peut trouver et aimer dans la musique la plus savante la simplicité d'une phrase musicale.

Le dernier tour, ou le Génie troué

Jusqu'au dernier moment de ce qu'on peut considérer comme sa vie littéraire[1] (mais l'est-elle encore ?), Rimbaud pense à Verlaine, même si c'est pour le rejeter plus que jamais. Le converti, libéré de la prison de Mons, est passé par Stuttgart « un chapelet aux pinces » en février 1875, le temps de renier son dieu et de faire saigner les 98 plaies de Jésus-Christ. En octobre, le « Loyola » se manifeste encore auprès de Rimbaud par des lettres restantes, que son ancien compagnon, se voulant décidément sorti de l'enfer, traite de

---

1. Cette expression, bien approximative et insuffisante, est reprise à Jean-Marie Carré, quand il publiait les *Lettres de la vie littéraire d'Arthur Rimbaud*.

« loyolas », comme il appelait « coppées » les faux Coppée. À cette date, écrivant de Charleville le 14 octobre à Ernest Delahaye, celui qui a été le troisième homme du trio quand on se contentait de camaraderie pure, il a d'autres soucis que les « grossièretés » de Verlaine, succédant à ses mièvreries : le service militaire auquel est appelée la classe 74, le bachot que le bon élève n'a jamais préparé ni passé. Ce seront d'ailleurs des soucis sans lendemain, ou Rimbaud choisira d'éviter d'y penser.

Se soucie-t-il davantage, en octobre 1875, de ce qui fut la *ferveur* de l'« entreprise » des « Vagabonds » ? Il est probable qu'il veut, lui, reculer le « naguère » vers un « jadis », oublier et la recherche du lieu et de la formule, et la volonté de retour à l'état de fils du soleil, et même ce climat d'émulation poétique qui commença dès sa lecture des *Fêtes galantes* dans la bibliothèque d'Izambard en août 1870 et aboutit à une esquisse de chant amébée lors de la vie avec le compagnon errant. Faute de cette émulation, désormais ruinée, Rimbaud va entrer dans l'état de silence poétique, dans ce fameux « silence de Rimbaud » qu'on a sans doute trop glosé, qu'il vaut mieux comprendre le plus simplement du monde et devant lequel il faut s'incliner.

A-t-on, dans ces conditions, le droit de considérer l'évocation de la chambrée à la caserne future, dans la lettre du 14 octobre, comme l'expression suprême du génie de Rimbaud (André Breton), comme l'un des deux « sommets » de son œuvre (Mario Richter, pour qui l'autre serait « Dévotion »), ou même, comme l'a délicatement suggéré Louis Forestier, « le dernier signe » ?

La « Valse » qui suit le « Rêve », l'évocation de la chambrée de nuit,

« On nous a joints, Lefèbvre et moi, etc. »

est bien plutôt un dernier tour : un dernier tour de valse où Lefèvre, le fils des propriétaires de la maison abritant ce qui restait de la famille Rimbaud, 31, rue Barthélemy, à Charleville, se substitue, pioupiou improvisé, au maréchal Lefebvre, mais surtout au Loyola rejeté ; un dernier tour du pitre aussi, du cœur du pitre, du « sans-cœur » de Rimbaud.

À grossièreté, grossièreté et demie, d'ailleurs : les émanations malodorantes, les explosions des conscrits pétomanes. La Comédie de la caserne ne prendra pas l'allure de « Fêtes de la faim », même si « on a faim dans la chambrée », ou d'un opéra fabuleux, même si on échange de brefs propos de vie et de mort, et même si Lefèvre se joint à Rimbaud pour un ballet grotesque. Au centre de la scène figure bien toujours le Génie, et il se désigne à trois reprises comme tel dans la présentation des protagonistes : mais il n'est plus que moisissure (« Je suis le Roquefort ! »), substitut alimentaire de la « vraie vie » (« Je suis le Brie ! / — Les soldats coupent sur leur pain : "C'est la vie !" »), un Génie, mais un Génie troué (« Je suis le Gruère ! »).

Si dernier signe il y a, c'est celui d'une « crevaison », non plus celle que redoutait le damné d'*Une saison en enfer*, à la fin de « Mauvais sang », ni celle que, dans les *Illuminations*, d'autres conscrits, les « Conscrits du bon vouloir », les recrues de la Démocratie, annonçaient pour « le monde qui va », mais celle du génie auquel quelque temps on a cru et qui a crevé comme le ballon d'un enfant, fragile lui aussi comme un « papillon de mai »[1].

S'il restait une « liberté libre » pour Rimbaud, c'était la liberté qu'il pouvait prendre avec la poésie même. Il allait repartir, pour le monde cette fois, toujours les poings dans ses poches crevées, plus décidé pourtant cette fois à les remplir. Ne faisons pas comme lui : ne bradons pas *son* livre publié, *Une saison en enfer*, comme il vendit les siens, ceux de l'ingénieur, pourtant commandés à haut prix, quand il fut à Aden (lettre aux siens du 15 janvier 1885). Gardons dans nos poches

---

1. « Le Bateau ivre ».

non crevées celui qui contient ses dernières proses, venant s'ajouter aux reliques d'une vie littéraire en laquelle il avait cru, quelque temps seulement, entre quinze et vingt ans, pouvoir trouver quelque chose qui le rapprochât de la « vraie vie ».

Pierre BRUNEL

CHRONOLOGIE

1854   Naissance, à Charleville, de Jean-Nicolas Arthur Rimbaud.
1865   Il entre au Collège de Charleville, où il sera un brillant élève.
1870   Son premier poème en vers français, « Les Étrennes des orphelins », est publié dans *La Revue pour tous* le 2 janvier. Au même moment Georges Izambard devient son professeur de lettres, en classe de rhétorique.
Le 24 mai il adresse trois poèmes à Banville pour *Le Parnasse contemporain*. Ils ne seront pas publiés.
Le 13 août, *La Charge* publie « Trois baisers ».
29 août-26 septembre. Première fugue (Paris, où il est emprisonné, Douai, où il est recueilli par Izambard).
Octobre. Deuxième fugue, à Douai en traversant la Belgique. C'est probablement à ce moment-là qu'il laisse à Paul Demeny le manuscrit d'un recueil sans titre.
1871   25 février-début mars : troisième fugue (Paris).
13-15 mai. Lettres à Izambard et à Demeny connues sous le nom de « Lettres du voyant ».
Septembre, Verlaine accueille Rimbaud à Paris.
Octobre. Charles Cros fonde le « Cercle zutique ». Rimbaud collaborera à l'*Album zutique*, non destiné à la publication.

1872	Rimbaud regagne Charleville en février. En mai, de retour à Paris, il occupe divers domiciles et compose de nouveaux poèmes. 7 juillet. Verlaine et Rimbaud quittent Paris pour la Belgique. 4 septembre. Ils s'embarquent pour l'Angleterre, où ils s'installeront à Londres.
1873	25 mars. Rimbaud prend une carte de lecteur au British Museum. Mai. Séjournant dans la ferme familiale à Roche, il commence un « Livre païen » ou « Livre nègre ». 27 mai. Retour à Londres. 3 juillet. À la suite d'une nouvelle querelle avec Rimbaud, Verlaine s'embarque pour la Belgique. 10 juillet. À Bruxelles, Verlaine tire sur Rimbaud, qui l'a rejoint. Août. À Roche, Rimbaud achève *Une saison en enfer*, publiée en octobre.
1874	Long séjour à Londres, où il est d'abord accompagné de Germain Nouveau, et où sa mère et sa sœur Vitalie le rejoignent en juillet.
1875	Février-avril. Séjour à Stuttgart. Dernière et brève rencontre avec Verlaine. Mai-juin. Voyage en Italie, en particulier à Milan.
1876	Avril. Premier voyage vers l'Orient, interrompu à Vienne (Autriche). Mai. À Rotterdam, il s'engage dans l'armée coloniale hollandaise. Départ pour Batavia le 10 juin. Août. À Java, il déserte. Retour en Europe par Le Cap.
1877	Mai. Il est à Brême et veut s'enrôler dans la marine américaine. Juin. Il est à Stockholm.

1878 19 novembre. Il s'embarque à Gênes pour Alexandrie.
Décembre. Il est chef de chantier dans une carrière à Chypre.
1879 Mai. Atteint par la fièvre typhoïde, il rentre en France.
1880 Mars. Il regagne Chypre, où il va surveiller les ouvriers d'un chantier de construction.
Juillet. Il cherche du travail dans les ports de la mer Rouge.
Août. Il est engagé par la compagnie Mazeran, à Aden, pour surveiller le triage et l'emballage du café.
Décembre. Il est affecté à l'agence que cette firme vient de fonder à Harar en Abyssinie.
1881 Décembre. Rimbaud quitte Harar et rentre à Aden.
1883 Mars. Il regagne Harar.
Octobre. Verlaine révèle au public plusieurs poèmes de Rimbaud dans la revue *Lutèce*.
1884 Mars. À la suite de la faillite de la compagnie Mazeran, Rimbaud quitte Harar et regagne Aden.
19 juin. Il est réengagé par la nouvelle société, qui a pris le nom des frères Bardey.
1885 Octobre. Il rompt avec les Bardey et signe un contrat avec Labatut pour aller vendre des armes à Ménélik II, roi du Choa.
1886 Mai-juin. Publication des *Illuminations* dans *La Vogue*, sans qu'il le sache.
Septembre. Reprise d'*Une saison en enfer* dans *La Vogue*.
Octobre. Départ de la caravane, malgré la mort de Labatut.
1887 Février-mai. Difficultés de la succession Labatut. Rimbaud cède son matériel à Ménélik dans des conditions désastreuses.

1888   Mai. Il renonce au trafic d'armes et fonde à Harar une agence commerciale.
1891   Avril. Souffrant d'une violente douleur au genou, il est transporté vers Aden.
27 mai. Il est amputé de la jambe droite à l'hôpital de la Conception à Marseille.
10 novembre. Mort de Rimbaud.

I.

VERS *UNE SAISON EN ENFER*

[LETTRES]

[Lettre à Ernest Delahaye de mai 1873]

Laïtou, (Roches[1]), (canton d'Attigny) Mai 73

Cher ami, tu vois mon existence actuelle dans l'aquarelle ci-dessous[2].

---

1. L'orthographe Roches est surprenante ; le nom de Laïtou peut s'expliquer par le patois = là aussi. **2.** Le dessin représente, près d'un arbre, à l'extrême droite, un homme (Rimbaud) en sabots, un bâton à la main ; à gauche dans le ciel un petit bonhomme (un ange), avec une bêche en ostensoir, lui crie : « ô nature ô ma sœur » ; dans l'herbe, une oie : « ô nature ô ma tante ».

Ô Nature ! ô ma mère[1] !

Quelle chierie ! et quels monstres d'innocince[2], ces paysans. Il faut, le soir, faire deux lieu[es][3], et plus, pour boire un peu. La *mother* m'a mis là dans un triste trou[4].

Je ne sais comment en sortir : j'en sortirai pourtant. Je regrette cet atroce Charlestown[5], l'Univers[6], la Bibliothè., etc. Je travaille pourtant assez régulièrement ; je fais de petites histoires en prose, titre général : Livre païen, ou Livre nègre. C'est bête et innocent. Ô innocence ! innocence ; innocence, innoc... fléau !

Verlaine doit t'avoir donné la malheureuse commission de parlementer avec le sieur Devin, imprimeux du *Nôress*[7]. Je crois que ce Devin pourrait faire le livre de Verlaine[8] à assez bon compte et presque proprement. (S'il n'emploie pas les caractères emmerdés du *Nôress*. Il serait capable d'en coller un cliché, une annonce !)

Je n'ai rien de plus à te dire, la contemplostate[9] de la Nature m'absorculant[10] tout entier. Je suis à toi, ô Nature, ô ma mère !

Je te serre les mains, dans l'espoir d'un revoir que j'active autant que je puis[11].

R.

---

1. Comme l'a montré Bouillane de Lacoste (éd. crit. d'*Une saison en enfer*, Mercure de France, 1941, p. 13), l'expression peut venir des *Confessions* de Rousseau ou du « Souvenir » de Musset.   **2.** D'innocence.   **3.** Rimbaud écrit *lieux*.   **4.** Suit un autre dessin représentant « Laïtou, mon village ».   **5.** *Charlestown* est Charleville comme la *mother* est Mme Rimbaud.   **6.** Le café de l'Univers.   **7.** Le *Nord-Est*, journal dirigé par Henri Perrin (voir la lettre à Delahaye de juin 1872) ; le rédacteur en chef était Deverrière.   **8.** Les *Romances sans paroles*.   **9.** La contemplation mâtinée de prostate.   **10.** M'absorbant (jusqu'au cul).   **11.** C'est-à-dire qu'il presse sa mère de rentrer à Charleville.

Je rouvre ma lettre. Verlaine doit t'avoir proposé un rendez-vol[1] au dimanche 18, à Boulion[2]. Moi je ne puis y aller. Si tu y vas, il te chargera probablement de quelques fraguemants[3] en prose de moi ou de lui, à me retourner.

La mère Rimb. retournera à Charlestown dans le courant de juin. C'est sûr, et je tâcherai de rester dans cette jolie ville quelque temps.

Le soleil est accablant et il gèle le matin. J'ai été avant-hier voir les Prussmars[4] à Vouziers, une sous-préfecture de 10 000 âmes, à sept kilom. d'ici. Ça m'a ragaillardi.

Je suis abominablement gêné. Pas un livre, pas un cabaret à portée de moi, pas un incident dans la rue. Quelle horreur que cette campagne française. Mon sort dépend de ce livre pour lequel une demi-douzaine d'histoires atroces sont encore à inventer. Comment inventer des atrocités ici ? Je ne t'envoie pas d'histoires, quoique j'en aie déjà trois[5], *ça coûte tant !*[6] Enfin voilà !

Bon revoir, tu verras ça.

Rimb.

Prochainement je t'enverrai des timbres pour m'acheter et m'envoyer le *Faust* de Gœthe[7], Biblioth. populaire. Ça doit coûter un sou de transport.

---

1. Un rendez-vous.   **2.** C'est-à-dire Bouillon, à la frontière belge ; en effet, Rimbaud ne se trouvera pas au rendez-vous le 18, mais il y sera le 24. Voir la lettre de Verlaine à Rimbaud (Boglione, 18 mai 1873, dans l'éd. Adam des *Œuvres complètes* de Rimbaud, Gallimard, Bibliothèque de la Pléiade, 1972, pp. 268-269). Delahaye n'est pas venu non plus.   **3.** *Cf.* la lettre de Verlaine citée : « Tu auras bientôt des fragments ». De quoi s'agit-il ? On l'ignore. La lettre de Rimbaud est plus mystérieuse encore, puisqu'elle semble faire de ces fragments en prose une création commune de Verlaine et de Rimbaud.   **4.** Les Prussiens.   **5.** Difficiles à identifier ; peut-être dans ce qui deviendra « Mauvais sang ».   **6.** Rimbaud parodie sa mère.   **7.** Collection des chefs-d'œuvre des littérateurs français et étrangers, à vingt-cinq centimes le volume. Le personnage de Méphisto intéresse son projet infernal.

Dis-moi s'il n'y a pas des traduct. de Shakespeare dans les nouveaux livres de cette biblioth.

Si même tu peux m'en envoyer le catalogue le plus nouveau, envoie.

R.

[Lettre à Verlaine du 4 juillet 1873]

À VERLAINE

Londres, vendredi apr[ès]-midi.

Reviens, reviens, cher ami, seul ami, reviens. Je te jure que je serai bon. Si j'étais maussade avec toi, c'est une plaisanterie où je me suis entêté, je m'en repens plus qu'on ne peut dire. Reviens, ce sera bien oublié. Quel malheur que tu aies cru à cette plaisanterie. Voilà deux jours que je ne cesse de pleurer. Reviens. Sois courageux, cher ami. Rien n'est perdu. Tu n'as qu'à refaire le voyage. Nous revivrons ici bien courageusement, patiemment. Ah ! je t'en supplie. C'est ton bien, d'ailleurs [1]. Reviens, tu retrouveras toutes tes affaires. J'espère que tu sais bien à présent qu'il n'y avait rien de vrai dans notre discussion. L'affreux moment ! Mais toi, quand je te faisais signe de quitter le bateau, pourquoi ne venais-tu pas ? Nous avons vécu deux ans ensemble pour arriver à cette heure-là ! Que vas-tu faire ? Si tu ne veux pas revenir ici, veux-tu que j'aille te trouver où tu es ?

Oui c'est moi qui ai eu tort.
Oh tu ne m'oublieras pas, dis ?

---

1. Rimbaud considère comme une catastrophe pour Verlaine qu'il reprenne la vie conjugale.

Non tu ne peux pas m'oublier.
Moi je t'ai toujours là.
Dis, répon[d]s à ton ami, est-ce que nous ne devons plus vivre ensemble ?
Sois courageux. Réponds-moi vite.
Je ne puis rester ici plus longtemps.
N'écoute que ton bon cœur.
Vite, dis si je dois te rejoindre.
À toi toute la vie.

Rimbaud.

Vite, réponds : je ne puis rester ici plus tard que lundi soir. Je n'ai pas encore un penny, je ne puis mettre ça à la poste. J'ai confié à *Vermersch*[1] tes livres et tes manuscrits.

Si je ne dois plus te revoir, je m'engagerai dans la marine ou l'armée.

Ô reviens, à toutes les heures je repleure. Dis-moi de te retrouver, j'irai, dis-le-moi, télégraphie-moi —— Il faut que je parte lundi soir, où vas-tu, que veux-tu faire ?

[Lettre à Verlaine du 5 juillet 1873]

À VERLAINE

Cher ami, j'ai ta lettre datée « En mer[2] ». Tu as tort, cette fois, et très tort. D'abord rien de positif dans ta

---

1. Eugène Vermersch (1845-1878) s'était signalé en 1871 par ses pamphlets dans *Le Cri du peuple*, et Rimbaud les avait appréciés. L'ancien Communard se trouvait à Londres, et Verlaine le voyait au Club des exilés de la Commune, Rupert Street. 2. Au moment où Verlaine quittait l'Angleterre, le 3 juillet ; cette lettre a été conservée ; on la trouvera dans l'éd. Adam, pp. 269-270.

lettre : ta femme ne viendra pas ou viendra dans trois mois, trois ans, que sais-je ? Quant à claquer, je te connais[1].

Tu vas donc, en attendant ta femme et ta mort, te démener, errer, ennuyer des gens. Quoi, toi, tu n'as pas encore reconnu que les colères étaient aussi fausses d'un côté que de l'autre ! Mais c'est toi qui aurais les derniers torts, puisque, même après que je t'ai rappelé, tu as persisté dans tes faux sentiment[s]. Crois-tu que ta vie sera plus agréable avec d'autres que moi ? *Réfléchis-y !* — Ah ! certes non ! —

Avec moi seul tu peux être libre, et, puisque je te jure d'être très gentil à l'avenir, que je déplore toute ma part de torts, que j'ai enfin l'esprit net, que je t'aime bien, si tu ne veux pas revenir, ou que je te rejoigne, tu fais un crime, et *tu t'en repentiras de* LONGUES ANNÉES *par la perte de toute liberté, et des ennuis plus atroces* peut-être que tous ceux que tu as éprouvés. Après ça, resonge à ce que tu étais avant de me connaître[2].

Quant à moi, je ne rentre pas chez ma mère. Je vais à Paris, je tâcherai d'être parti lundi soir. Tu m'auras forcé à vendre tous tes habits[3], je ne puis faire autrement. Ils ne sont pas encore vendus : ce n'est que lundi matin[4] qu'on me les emporterait. Si tu veux m'adresser des lettres à Paris, envoie à L. Forain, 289, rue S[ain]t-Jacques[5], pour A. Rimbaud. Il saura mon adresse.

---

1. « [...] je tiens aussi à te confirmer », écrivait Verlaine, « que si d'ici à trois jours, je ne suis pas r'avec ma femme, dans des conditions parfaites, je me brûle la gueule ». Rimbaud rappelle à Verlaine ce qui s'est passé en avril : Verlaine a convoqué sa femme par télégramme à Namur, mais elle n'est pas venue et il l'a prié par lettre de cesser cette comédie. **2.** *Cf.* l'entreprise évoquée dans « Vagabonds », p. 115. **3.** Le même jour Verlaine écrivait à un autre exilé à Londres, le colonel Matuszewicz : « J'ai dû laisser Rimbaud un peu en plan, quelque horrible peine, là, franchement ! (et quoi qu'on die) que ça me fît, — en lui laissant toutefois mes livres et hardes en vue de les laver pour se rapatrier ». **4.** Le 7. **5.** Adresse du nouvel atelier où s'est installé le dessinateur et peintre Jean-Louis Forain qui avait quelque temps hébergé Rimbaud en 1872. Voir son billet à Rimbaud, éd. Adam, p. 263.

Certes, si ta femme revient, je ne te compromettrai pas en t'écrivant, — je n'écrirai jamais.

Le seul vrai mot, c'est : reviens, je veux être avec toi, je t'aime. Si tu écoutes cela, tu montreras du courage et un esprit sincère.

Autrement, je te plains.

Mais je t'aime, je t'embrasse et nous nous reverrons.

Rimbaud.

8 Great Colle[ge][1], etc. jusqu'à lundi soir, ou mardi midi, si tu m'appelles.

[Lettre à Verlaine du 7 juillet 1873]

À VERLAINE

Lundi midi.

Mon cher ami,

J'ai vu la lettre que tu as envoyée à Mme Smith[2].

Tu veux revenir à Londres ! Tu ne sais pas comme tout le monde t'y recevrait ! Et la mine que me feraient Andrieu[3] et autres, s'ils me revoyaient avec toi ! Néanmoins, je serai très courageux. Dis-moi ton idée bien sincère. Veux-tu retourner à Londres pour moi ? Et quel jour ? Est-ce ma lettre qui te conseille ? Mais il n'y a plus rien dans la chambre. — Tout est vendu, sauf un paletot. J'ai eu deux livres dix. Mais le linge est encore chez la blanchisseuse, et j'ai conservé un tas de choses pour moi : cinq gilets, toutes les chemises,

---

1. 8 Great College Street, Camden Town, N.W. ; adresse de Verlaine et Rimbaud à Londres. **2.** Vient sur le manuscrit une phrase biffée : « C'est malheureusement trop tard ». **3.** Autre Communard exilé.

des caleçons, cols, gants, et toutes les chaussures. Tous tes livres et manuss[1] sont en sûreté. En somme, il n'y a de vendu que tes pantalons, noir et gris, un paletot et un gilet, le sac et la boîte à chapeau. Mais pourquoi ne m'écris-tu pas, à moi ?

Oui, cher petit, je vais rester une semaine encore. Et tu viendras, n'est-ce pas ? dis-moi la vérité. Tu aurais donné une marque de courage. J'espère que c'est vrai. Sois sûr de moi, j'aurais très bon caractère.

À toi. Je t'attends.

Rimb.

[PROSES « ÉVANGÉLIQUES »]

[I]

À Samarie[2], plusieurs ont manifesté leur foi en lui. Il ne les pas vus[3]. Samarie la parvenue, l'égoïste, plus rigide observatrice de sa loi protestante[4] que Juda des tables antiques[5]. Là la richesse universelle permettait bien peu de discussion éclairée. Le sophisme, esclave et soldat de la routine, y avait déjà après les avoir flattés, égorgé plusieurs prophètes.

---

1. Manuscrits. **2.** Samarie est le nom de la contrée, le nom de la ville est Sychar (Jean, IV, 5). **3.** Selon l'Évangile, Jésus est resté deux jours parmi eux. **4.** Dans l'Ancien Testament, les Samaritains sont présentés comme des impies qui refusent d'obéir à Yahvé et rendent un culte aux idoles. Instruits du vrai culte par un prêtre (II Rois, XVII, 24-41), ils restent hostiles aux Juifs, refusent d'accueillir les messagers du Christ (Luc, IX, 51-56) et élèvent sur leur montagne, le mont Carizim, un temple rival de celui de Jérusalem (Jean, IV, 20). Des hérétiques, donc des « protestants » (le mot n'implique nullement, comme le croit Antoine Adam, que Rimbaud assimile Samarie et l'Angleterre). **5.** Les tables de Moïse.

Vers une saison en enfer 39

C'était un mot sinistre [1], celui de la femme à la fontaine : « Vous êtes prophète, vous savez ce que j'ai fait ».

Les femmes et les hommes croyaient aux prophètes. Maintenant on croit à l'homme d'état [2].

À deux pas de la ville étrangère [3], incapable de la menacer matériellement [4], s'il était pris comme prophète, puisqu'il s'était montré là si bizarre, qu'aurait-il fait ?

Jésus n'a rien pu dire à Samarie [5].

[II]

L'air léger et charmant de la Galilée [6] : les habitants le reçurent avec une joie curieuse [7] : ils l'avaient vu,

---

1. Dangereux pour Jésus, puisque les Samaritains égorgeaient les prophètes (interprétation de S. Bernard, reprise par Antoine Adam). On peut comprendre aussi que Rimbaud, réunissant deux indications du texte évangélique (Jean, IV, 19 : « Seigneur, je vois que tu es un prophète ! » et IV, 39 : « Il m'a dit tout ce que j'ai fait »), souligne ce que peut avoir de sinistre une prophétie qui repose sur une dénonciation du passé. 2. Croyance également dérisoire pour Rimbaud, qui met dans le même sac politique et religion. 3. La scène se passe en effet en dehors de la ville (Jean, IV, 28-30). 4. Comme le prophète de l'Ancien Testament. *Cf.* Luc, IX, 54-55 : ses disciples Jacques et Jean, mal accueillis dans un village de Samarie, demandent à Jésus : « Seigneur, veux-tu que nous ordonnions au feu de descendre du ciel et de les consumer ? » ; mais Jésus les réprimande. Rimbaud interprète ce refus comme une impuissance. 5. Conclusion logique : « Jésus n'a pas pu parler à la Samaritaine, comme le dit l'Évangile selon saint Jean, car cette action, à ce moment, aurait été trop dangereuse pour lui, compte tenu de son incapacité de menacer Samarie matériellement » (André Thisse, *Rimbaud devant Dieu*, José Corti, 1975, p. 121). 6. Après les deux jours passés chez les Samaritains, Jésus « partit de là pour la Galilée », au nord (Jean, IV, 43). Cette prose s'enchaîne donc naturellement à la précédente en suivant l'itinéraire indiqué dans le texte évangélique. 7. « Lors donc qu'il vint en Galilée, les Galiléens lui firent bon accueil, pour avoir vu tout ce qu'il avait fait à Jérusalem pendant la fête ; car eux aussi étaient venus à la fête » (Jean, IV, 45). Cette fête, c'est la Pâque des Juifs, celle au cours de laquelle, à Jérusalem, Jésus a chassé les marchands du Temple (Jean, II, 13-18). Rimbaud est invité à ce retour en arrière par le texte même de l'Évangile.

secoué par la sainte colère, fouetter les changeurs et les marchands de gibier du temple[1]. Miracle de la jeunesse pâle et furieuse, croyaient-ils[2].

Il sentit sa main aux mains chargées de bagues et à la bouche d'un officier[3]. L'officier était à genoux dans la poudre[4] : et sa tête était assez plaisante, quoique à demi chauve.

Les voitures filaient dans les étroites rues[5] ; un mouvement, assez fort pour ce bourg[6] ; tout semblait devoir être trop content ce soir-là.

Jésus retira sa main : il eut un mouvement d'orgueil enfantin et féminin. « Vous autres, si vous ne voyez des miracles, vous ne croyez point »[7].

Jésus n'avait point encor fait de miracles[8]. Il avait, dans une noce, dans une salle à manger verte et rose, parlé un peu hautement à la Sainte Vierge[9]. Et personne n'avait parlé du vin de Cana[10] à Capharnaüm, ni sur le marché, ni sur les quais[11]. Les bourgeois peut-être.

Jésus dit : « Allez, votre fils se porte bien[12] ». L'offi-

---

1. Les changeurs permettaient de se procurer des devises juives, seules acceptées comme offrandes ; les « marchands de gibier » vendaient pour les sacrifices « des bœufs, des brebis et des colombes ». **2.** Ajout de Rimbaud, ainsi que l'épithète « furieuse » : le miracle d'une force naturelle, non d'une force divine. **3.** Rimbaud suit toujours le texte, mais donne un tour dérisoire à la scène : Jean, IV, 46-54. À Cana en Galilée, un officier royal dont le fils était malade à Capharnaüm, prie le Christ de descendre et de guérir son fils. « Va, ton fils vit », lui dit Jésus, et ses esclaves viennent en effet lui annoncer que son fils est vivant. **4.** Dans la poussière. **5.** Rayé : de la ville. **6.** Cana. **7.** Rimbaud revient sur l'épisode de l'officier royal. À la prière du père affligé, Jésus a d'abord répondu : « Si vous ne voyez signes et prodiges, vous ne croirez pas ! » (Jean, IV, 48). Rimbaud voit dans cette parole un trait de mépris ; on retrouve l'attitude distante qu'il prêtait à Jésus dans la prose précédente. **8.** Même à Cana (Jean, II, 4) Jésus estimait que l'heure n'était pas encore venue. **9.** Interprétation malveillante de la réponse faite par Jésus à sa mère quand le vin manqua aux noces de Cana et qu'elle le lui fit remarquer : « Que me veux-tu, femme, mon heure n'est pas encore arrivée ? » Il est vrai que certaines traductions donnent à cette phrase un tour dur et méprisant. **10.** Jésus a transformé l'eau des jarres en vin (Jean, II, 6-11). **11.** Capharnaüm se trouvait au bord d'un lac. **12.** Jean, IV, 50.

cier s'en alla, comme on porte quelque pharmacie légère, et Jésus continua par les rues moins fréquentées. Des liserons, des bourraches[1] montraient leur lueur magique entre les pavés. Enfin il vit au loin la prairie poussiéreuse, et les boutons d'or et les marguerites demandant grâce au jour[2].

[III]

Bethsaïda[3], la piscine des cinq galeries, était un point d'ennui. Il me semblait que ce fût un sinistre lavoir, toujours accablé de la pluie et noir, et les mendiants[4] s'agitant sur les marches intérieures, — blêmies par ces lueurs d'orages précurseurs des éclairs d'enfer[5], en plaisantant sur leurs yeux bleus aveugles, sur les linges blancs ou bleus dont s'entouraient leurs moignons. Ô buanderie militaire, ô bain populaire. L'eau était toujours noire, et nul infirme n'y tombait même en songe.

---

1. Deux plantes magiques pour Rimbaud : le liseron et son « venin » se trouvaient évoqués dans « Fêtes de la faim » (*Poésies complètes*, p. 249) ; « Alchimie du verbe » (et son brouillon) montrent le moucheron « enivré », « amoureux de la bourrache ». Le rapprochement entre le pouvoir de ces plantes et la « pharmacie légère » (quelques mots de Jésus) avec laquelle est reparti l'officier de Capharnaüm n'est pas fortuit.   **2.** Le moucheron se laisse dissoudre par un rayon (« Alchimie du verbe ») ; Rimbaud lui-même acceptait d'être blessé par un rayon et de succomber sur la mousse (« Bannières de mai »). Le jour — comme plus haut la force de la jeunesse — ce sont là les vraies divinités : et Jésus le sait bien. Il ne s'agit donc pas là d'une simple rêverie d'évasion.   **3.** Le nom de cette piscine est diversement transcrit dans les diverses traductions de la Bible. La transcription de Rimbaud, *Bethsaïda*, est celle de Le Maistre de Sacy, dont nous suivrons donc le texte. Jean, V, 2 : « Or il y avait à Jérusalem la piscine des brebis, qui s'appelle en hébreu Bethsaïda, qui avait cinq galeries ».   **4.** V, 3 « dans lesquelles étaient couchés un grand nombre de malades, d'aveugles, de boiteux et de ceux qui avaient les membres desséchés et qui attendaient que l'eau fût remuée ». L'appellation de « mendiants » est tendancieuse : pour eux, comme le suggérera Rimbaud plus loin, la piscine de Bethsaïda est le lieu « où l'aumône est sûre ».   **5.** Deuxième transformation : la piscine devient un lieu infernal. Pour le lien thématique chez Rimbaud entre l'orage et l'enfer voir « Michel et Christine », v. 11, *Poésies complètes*, p. 254.

C'est là que Jésus fit la première action grave[1] ; avec les infâmes infirmes. Il y avait un jour, de février, mars ou avril, où le soleil de 2 h. ap. midi[2], laissait s'étaler une grande faux de lumière sur l'eau ensevelie[3] ; et comme, là-bas, loin derrière les infirmes, j'aurais pu[4] voir tout ce que ce rayon seul éveillait de bourgeons et de cristaux et de vers, dans ce reflet, pareil à un ange blanc couché sur le côté[5], tous les reflets infiniment pâles remuaient.

Alors tous les péchés[6], fils légers et tenaces du démon, qui pour les cœurs un peu sensibles, rendaient ces hommes plus effrayants que les monstres, voulaient se jeter à cette eau[7]. Les infirmes descendaient, ne raillant plus ; mais avec envie.

Les premiers entrés sortaient guéris[8], disait-on. Non. Les péchés les rejetaient sur les marches, et les forçaient de chercher d'autres postes[9] : car leur Démon ne peut rester qu'aux lieux où l'aumône est sûre.

---

1. Action accomplie un jour de sabbat, et que les Juifs vont reprocher à Jésus, alors que les précédentes (la révélation à la Samaritaine, la transformation de l'eau aux noces de Cana, la guérison du fils de l'officier) n'ont eu aucune conséquence ; et pour cause... 2. Rimbaud ajoute ces précisions chronologiques. 3. Infernale donc, au sens étymologique du terme. 4. Intrusion inattendue du *je*, qu'on ne saurait éluder : Rimbaud se trouve comme concerné par la scène. 5. Interprétation « naturaliste » du texte de Jean, V, 4 (considéré par les exégètes de la Bible comme une interpolation) : « Car l'ange du Seigneur, en un certain temps, descendait dans cette piscine et en remuait l'eau, et celui qui y entrait le premier, après que l'eau avait été *ainsi* remuée, était guéri, quelque maladie qu'il eût ». Pour la force du jour *cf.* la fin de la prose précédente ; pour la force d'un rayon *cf.* la fin des « Ponts » dans les *Illuminations*. Cette vision d'un rayon de soleil dans l'eau ensevelie a fait naître l'idée d'une guérison miraculeuse. 6. Première rédaction, biffée : « Les para[lytiques] infirmes avaient alors le désir de sillonner l'eau de la piscine ». Le nouveau texte amène une nouvelle transformation des infirmes : en pécheurs irrécupérables, en damnés. Rimbaud superpose sans doute ici au texte de Jean ceux de Marc (II, 1-12) et de Luc (V, 17-26) racontant l'histoire de la guérison d'un paralytique à Capharnaüm. 7. Pour se débarrasser de leurs péchés, ou pour rejoindre l'enfer ? 8. Reprise de Jean, V, 4, mais pour une négation immédiate. 9. Ils ne sont ni guéris ni acceptés par l'enfer. Car le Démon de la cupidité ne serait pas satisfait. — Après « sûre » vient sur le manuscrit le début d'un paragraphe biffé : « Un signe de vous, ô volonté divine ; et toute obéissance est prévue presque avant vos ».

Vers une saison en enfer

Jésus entra aussitôt après l'heure de midi[1]. Personne ne lavait ni ne descendait de bêtes[2]. La lumière dans la piscine était jaune comme les dernières feuilles des vignes. Le divin maître se tenait contre une colonne : il regardait les fils du Péché ; le démon tirait sa langue en leur langue[3] ; et riait ou niait[4].

Le Paralytique se leva, qui était resté couché sur le flanc[5], franchit la galerie, et ce fut d'un pas singulièrement assuré qu'ils le virent franchir la galerie et disparaître dans la ville, les Damnés[6].

---

1. La notation surprend ; car plus haut il était « deux heures après midi ». Explication plus ingénieuse que convaincante d'André Thisse (*op. cit.*, p. 124) : « La traction du symbolisme de ce sommet de la journée a fait tourner l'horloge à l'envers car midi c'est l'heure opposée à celle du "diable" ». Il est une explication plus simple : Rimbaud évoquait plus haut ce qui se passait tous les jours ; mais un jour vient où le Christ croit devoir intervenir et se substituer au « rayon » prétendument miraculeux — à l'ange du Seigneur dont parle la Bible.   2. Buanderie (voir plus haut), cette piscine fait également office d'abreuvoir.   3. Les « infâmes infirmes » lui tirent la langue — et c'est le démon qui par leur entremise lui tire la langue. 4. Nouveau jeu sur les sonorités, et retour aux plaisanteries initiales : mais c'est le Christ qui en fait les frais.   5. Reprise de Jean, V, 5-9 : « Or il y avait là un homme qui était malade depuis trente-huit ans. Jésus l'ayant vu couché, et connaissant qu'il était malade depuis longtemps, lui dit : Voulez-vous être guéri ? Le malade lui répondit : Seigneur, je n'ai personne pour me jeter dans la piscine après que l'eau a été remuée, et pendant le temps que je mets à y aller, un autre y descend avant moi. Jésus lui dit : Levez-vous, emportez votre lit, et marchez. Et cet homme fut guéri à l'instant ; et prenant son lit, il commença à marcher ». Ici Jésus n'a pas à intervenir, ni même à marcher : le Paralytique se lève tout seul, et marche.   6. L'étonnement des témoins vient de l'épisode du paralytique de Capharnaüm (Marc, II, 12 : « Il se leva au même instant, emporta son lit, et s'en alla devant tout le monde : de sorte qu'ils furent tous saisis d'étonnement ; et rendant grâce à Dieu, ils disaient : Jamais nous n'avons rien vu de semblable »).

II.

UNE SAISON EN ENFER

* * * * *

Jadis[1], si je me souviens bien, ma vie était un festin[2] où s'ouvraient tous les cœurs[3], où tous les vins coulaient.

Un soir, j'ai assis la Beauté[4] sur mes genoux. — Et je l'ai trouvée amère. — Et je l'ai injuriée.

Je me suis armé contre la justice[5].

Je me suis enfui. Ô sorcières[6], ô misère, ô haine, c'est à vous que mon trésor[7] a été confié !

Je parvins à faire s'évanouir dans mon esprit toute l'espérance[8] humaine. Sur toute joie pour l'étrangler j'ai fait le bond sourd de la bête féroce[9].

---

1. Renvoi à un passé ancien, le « festin ancien » dont il sera question plus bas. **2.** Évocation d'une enfance prodigue, d'une « jeunesse fabuleuse » (« Matin »), d'une vie antérieure mythique ? Le mot appelle en tout cas le souvenir de la parabole du festin dans l'Évangile (Matthieu, XXII ; Luc, XIV, 15-24). L'invité qui n'a pas mis les habits de noces est rejeté, damné. **3.** Donc une *agapè*. **4.** Échange de la Charité contre la Beauté. Beauté qui est abandonnée à son tour à la fin de « Délires » II. **5.** *Cf.* « *Qu'est-ce pour nous, mon cœur...* », v. 7 : « Périssez ! puissance, *justice*, histoire : à bas ! ». Et « Les Sœurs de charité » où le jeune homme est « déchiré » de l'« auguste obsession » de « la Muse verte » (la Beauté) et « la Justice ardente », les deux « sœurs implacables » qui finissent par le délaisser. **6.** Ces « sorcières » sont la « misère » et la « haine », les contre-sœurs de charité auxquelles il s'est ensuite confié. Le motif des sorcières, qu'on retrouve dans les *Illuminations*, est présent dans les lectures que prévoyait Rimbaud en mai 1873 : le *Faust* de Goethe, le théâtre de Shakespeare (*Macbeth*). **7.** Autre mot à résonance évangélique : *cf.* la parabole des talents (Matthieu, XXV, 14 *sq.*) : celui qui n'a pas su faire fructifier le trésor qui lui a été confié est rejeté, comme le convive de la parabole du festin, dans les ténèbres où sont « les pleurs et les grincements de dents » (retour de la même expression dans Matthieu, XXII, 13 et XXV, 30, qui assure le lien entre les deux paraboles). **8.** Seconde vertu théologale. **9.** Annonce du motif de l'hyène.

J'ai appelé les bourreaux pour, en périssant, mordre la crosse de leurs fusils. J'ai appelé les fléaux, pour m'étouffer avec le sable, le sang[1]. Le malheur a été mon dieu. Je me suis allongé dans la boue[2]. Je me suis séché à l'air du crime. Et j'ai joué de bons tours à la folie[3].

Et le printemps[4] m'a apporté l'affreux rire de l'idiot.

Or, tout dernièrement m'étant trouvé sur le point de faire le dernier *couac*[5] ! j'ai songé à rechercher la clef[6] du festin ancien, où je reprendrais peut-être appétit.

La charité[7] est cette clef. — Cette inspiration[8] prouve que j'ai rêvé[9] !

« Tu resteras hyène[10], etc... », se récrie le démon qui me couronna de si aimables pavots[11]. « Gagne la mort[12] avec tous tes appétits, et ton égoïsme et tous les péchés capitaux. »

Ah ! j'en ai trop pris[13] : — Mais, cher Satan[14], je

---

1. *Cf.* « *Qu'est-ce pour nous, mon cœur...* », « Michel et Christine » etc.   **2.** *Cf.* « Honte ».   **3.** *Cf.* « Délires » II.   **4.** Peut-être le printemps 1872, le moment où l'expérience de la folie volontaire a failli conduire Rimbaud à la folie réelle ; peut-être le printemps 1873 (où Rimbaud semble être tombé malade à Londres).   **5.** Le 10 juillet 1873 à Bruxelles est l'hypothèse la plus séduisante et finalement la plus satisfaisante. Encore qu'on soit tenté de renoncer à la chronologie réelle au profit de la chronologie de la fable : dans « Délires » II, « l'histoire d'une de [s]es folies » conduit Rimbaud aux abords du trépas (le dernier *couic*, plutôt).   **6.** Coquille dans l'édition originale : *le clef*.   **7.** Troisième vertu théologale. Le festin ancien était, rappelons-le, une *agapè* « où s'ouvraient tous les cœurs ». La charité s'oppose à la solitude de la « bête féroce ».   **8.** Le livre qui va suivre.   **9.** De même que le rêve de violence était brisé à la fin de « *Qu'est-ce pour nous, mon cœur...* », de même le rêve inverse de charité a été brisé. Mais cette fois Rimbaud en avertit à l'avance son lecteur.   **10.** La « bête féroce » dont il était question plus haut ; *cf.* « Honte ».   **11.** L'illusion de l'« entreprise de charité ». Haine et charité, espoir et désespoir, ce sont toujours des inventions du démon.   **12.** Avance-toi dans la mort. *Cf.* la fin de l'Avertissement des *Déserts de l'amour*. La Mort était la dernière « Sœur de charité » (*Poésies complètes*, p. 193).   **13.** *Cf.* le début de « Nuit de l'enfer » : « J'ai avalé une fameuse gorgée de poison ». La *Saison en enfer* lui a donné un avant-goût suffisant de la mort et de la damnation.   **14.** Nous ne voyons pas pourquoi ce Satan serait Verlaine, comme le suggèrent J. Gengoux et S. Bernard. Comme Faust, le damné demande un sursis au démon : avant de se livrer à lui, il va lui livrer, pour apaiser son appétit, les « quelques feuillets » qui vont suivre.

vous en conjure, une prunelle moins irritée ! et en attendant les quelques petites lâchetés en retard[1], vous qui aimez dans l'écrivain l'absence des facultés descriptives ou instructives[2], je vous détache ces quelques hideux feuillets de mon carnet de damné.

Mauvais Sang

J'ai de mes ancêtres gaulois l'œil bleu blanc[3], la cervelle étroite, et la maladresse dans la lutte. Je trouve mon habillement aussi barbare que le leur. Mais je ne beurre pas ma chevelure[4].

Les Gaulois étaient les écorcheurs de bêtes, les brûleurs d'herbes les plus ineptes de leur temps.

D'eux, j'ai : l'idolâtrie et l'amour du sacrilège ; — oh ! tous les vices, colère, luxure, — magnifique, la luxure ; — surtout mensonge et paresse.

J'ai horreur de tous les métiers. Maîtres et ouvriers, tous paysans, ignobles[5]. La main à plume vaut la main à charrue. — Quel siècle à mains ! — Je n'aurai jamais ma main. Après, la domesticité mène[6] trop loin. L'honnêteté de la mendicité me navre. Les criminels dégoûtent comme des châtrés : moi, je suis intact, et ça m'est égal.

Mais ! qui a fait ma langue perfide tellement, qu'elle ait guidé et sauvegardé jusqu'ici ma paresse ? Sans me servir pour vivre même de mon corps, et plus oisif que

---

1. Les remords. 2. Puisque la littérature satanique n'est que cris de révolte. 3. *Cf.* l'invocation à la Gaule dans « Michel et Christine ». Les Gaulois, une race conquise, rebelle au christianisme qu'on lui a imposé : Rimbaud a peut-être lu Michelet. 4. Détail peut-être emprunté à Chateaubriand qui écrivait dans le *Voyage en Amérique* : « Sidoine Apollinaire se plaignait d'être obligé [...] de fréquenter le Bourguignon qui se frottait les cheveux avec du beurre », et dans les *Mémoires d'outre-tombe* : « Le cheftain frank Khilpérick se frottait les cheveux avec du beurre aigre, *infundens acido comam butyro* ». 5. À la fois au sens littéral (non noble) et au sens figuré. 6. Coquille dans l'édition originale : *même*.

le crapaud, j'ai vécu partout. Pas une famille d'Europe que je ne connaisse. — J'entends des familles comme la mienne, qui tiennent tout de la déclaration des Droits de l'Homme. — J'ai connu chaque fils de famille !

Si j'avais des antécédents à un point quelconque de l'histoire de France !

Mais non, rien.

Il m'est bien évident que j'ai toujours été race inférieure. Je ne puis comprendre la révolte. Ma race ne se souleva jamais que pour piller[1] : tels les loups à la bête qu'ils n'ont pas tuée[2].

Je me rappelle l'histoire de la France fille aînée de l'Église[3]. J'aurais fait, manant, le voyage de terre sainte[4] ; j'ai dans la tête des routes dans les plaines souabes, des vues de Byzance, des remparts de Solyme[5] ; le culte de Marie, l'attendrissement sur le crucifié s'éveillent en moi parmi mille féeries profanes[6]. — Je suis assis, lépreux, sur les pots cassés et les orties, au pied d'un mur rongé par le soleil.

— Plus tard, reître, j'aurais bivaqué[7] sous les nuits d'Allemagne.

---

1. Une révolte instinctive, comme inconsciente. **2.** Phrase elliptique. On peut comprendre : tels les loups (qui sont inférieurs) à la bête qu'ils n'ont pas tuée. La « race inférieure », malgré sa violence, n'est pas parvenue à éliminer l'autre, qui mérite en cela d'être dite supérieure. **3.** Voir le témoignage de Delahaye (*Rimbaud. — l'artiste et l'être moral*, p. 45) : « c'était vers la fin de l'hiver de 1871-1872. Il me parle d'un projet nouveau — qui le ramène aux poèmes en prose essayés l'année précédente, veut faire plus grand, plus vivant, plus pictural que Michelet, ce grand peintre de foules et d'actions collectives, a trouvé un titre : *L'Histoire magnifique*, débute par une série qu'il appelle la « Photographie des temps passés ». Il me lit plusieurs de ces poèmes [...]. Je me rappelle vaguement une sorte de Moyen Âge, mêlée rutilante à la fois et sombre, où se trouvaient les « étoiles de sang » et les « cuirasses d'or » dont Verlaine s'est souvenu pour un vers de *Sagesse* ». **4.** Le jeu de mots souligne la contradiction : le *manant* est, au sens étymologique du terme, celui qui reste, qui ne bouge pas. **5.** = Jérusalem. **6.** Un païen entraîné dans la Croisade. **7.** Autre emploi du manant : il est mercenaire. Les reîtres étaient des cavaliers allemands qui, à partir du XVe siècle, furent

Ah ! encore : je danse le sabbat dans une rouge clairière, avec des vieilles et des enfants[1].

Je ne me souviens pas plus loin que cette terre-ci et le christianisme. Je n'en finirais pas de me revoir dans ce passé. Mais toujours seul ; sans famille[2] ; même, quelle langue parlais-je ? Je ne me vois jamais dans les conseils du Christ ; ni dans les conseils des Seigneurs, — représentants du Christ[3].

Qu'étais-je au siècle dernier : je ne me retrouve qu'aujourd'hui. Plus de vagabonds, plus de guerres vagues[4]. La race inférieure a tout couvert[5] — le peuple, comme on dit, la raison ; la nation et la science.

Oh ! la science ! On a tout repris[6]. Pour le corps et pour l'âme, — le viatique, — on a la médecine et la philosophie, — les remèdes de bonnes femmes et les chansons populaires arrangés[7]. Et les divertissements des princes et les jeux qu'ils interdisaient[8] ! Géographie, cosmographie, mécanique, chimie !...

La science, la nouvelle noblesse[9] ! Le progrès. Le monde marche ! Pourquoi ne tournerait-il pas[10] ?

C'est la vision des nombres[11]. Nous allons à l'*Es-*

---

engagés par la France. Rimbaud choisit ici la forme *bivac* plus proche que *bivouac* de l'origine germanique du terme (*bei-Wacht*).
1. Image amenée à la fois par reître (l'Allemagne), profane (croyances hérétiques), manant (formes populaires de la superstition). Souvenir possible de la « Nuit de Walpurgis » où Méphistophélès entraîne Faust, dans le *Premier Faust* de Goethe. **2.** *Cf.* plus haut : il est sans « antécédents » ; et *cf.* l'Avertissement des *Déserts de l'amour.* **3.** Les deux autres ordres (clergé, noblesse) s'octroyant le privilège du christianisme, le tiers état auquel appartient constamment Rimbaud dans ses vies antérieures en est toujours exclu. *Cf.* L'*Histoire magnifique* qui a laissé à Delahaye « une image du XVIIe siècle, où le catholicisme de France paraît à l'apogée de son triomphe, et qu'il condensait, il me semble, en un personnage splendidement chapé et mitré d'or ». **4.** Les mots s'appellent. **5.** À la suite de la Révolution de 1789. **6.** Il n'existe plus de privilèges, plus de mystères. **7.** Expressions dérisoires qui viennent redoubler les précédentes et corriger l'hymne que Rimbaud a l'air d'entonner au progrès. **8.** Les livres de Prospéro interdits à Caliban dans *La Tempête* de Shakespeare... **9.** Slogan scientiste que Rimbaud reprend non sans ironie, ainsi que l'idéologie du progrès. **10.** Jeu de mots et allusion plaisante au mot de Galilée : « Et pourtant elle [la terre] tourne ». **11.** L'arithmétique qui veut se

prit. C'est très-certain, c'est oracle, ce que je dis. Je comprends, et ne sachant m'expliquer sans paroles païennes, je voudrais me taire[1].

Le sang païen revient ! L'Esprit est proche, pourquoi Christ ne m'aide-t-il pas, en donnant à mon âme noblesse et liberté[2]. Hélas ! l'Évangile a passé ! l'Évangile ! l'Évangile[3].

J'attends Dieu avec gourmandise[4]. Je suis de race inférieure de toute éternité[5].

Me voici sur la plage armoricaine. Que les villes s'allument dans le soir. Ma journée est faite ; je quitte l'Europe. L'air marin brûlera mes poumons ; les climats perdus me tanneront. Nager, broyer l'herbe, chasser, fumer surtout ; boire des liqueurs fortes comme du métal bouillant, — comme faisaient ces chers ancêtres autour des feux.

Je reviendrai, avec des membres de fer, la peau sombre, l'œil furieux : sur mon masque, on me jugera d'une race forte. J'aurai de l'or : je serai oisif et brutal. Les femmes soignent ces féroces infirmes retour des pays chauds. Je serai mêlé aux affaires politiques. Sauvé.

Maintenant je suis maudit, j'ai horreur de la patrie. Le meilleur, c'est un sommeil bien ivre, sur la grève[6].

---

promouvoir au rang de l'ancienne magie et qui est représentée par la vision des nombres pythagoricienne.

1. Le langage, lui, ne progresse guère : constatation dérisoire qui suffirait à ruiner l'idéologie du progrès. 2. Après les privilèges sociaux et les privilèges intellectuels, il resterait à reprendre les privilèges spirituels. 3. « Aucune réponse ne viendra plus, Rimbaud le sait maintenant, et qu'entre ce silence et l'anonymat futur de l'*Esprit*, il n'aura plus à compter que sur ses seules ressources » (Y. Bonnefoy, *Rimbaud par lui-même*, p. 114). Mais aucune réponse est-elle jamais venue ? L'Évangile semble avoir passé inutilement : ici et là, le même sang païen. 4. Parce qu'il en a toujours été privé et qu'il en est privé encore. La reconquête des privilèges sur les « représentants du Christ » ne lui a pas donné Dieu. 5. La Révolution n'a donc abouti à rien à cet égard. 6. Ce départ sur la plage n'a été, pour l'instant, qu'un départ rêvé sur la grève.

On ne part pas. — Reprenons les chemins d'ici, chargé de mon vice, le vice qui a poussé ses racines de souffrance à mon côté, dès l'âge de raison — qui monte au ciel, me bat, me renverse, me traîne [1].

La dernière innocence et la dernière timidité [2]. C'est dit. Ne pas porter au monde mes dégoûts et mes trahisons.

Allons ! La marche, le fardeau, le désert [3], l'ennui et la colère.

À qui me louer ? Quelle bête faut-il adorer ? Quelle sainte image attaque-t-on ? Quels cœurs briserai-je ? Quel mensonge dois-je tenir ? — Dans quel sang marcher ?

Plutôt, se garder de la justice [4]. — La vie dure, l'abrutissement simple [5], — soulever, le poing desséché, le couvercle du cercueil [6], s'asseoir, s'étouffer. Ainsi point de vieillesse, ni de dangers : la terreur n'est pas française.

— Ah ! je suis tellement délaissé que j'offre à n'importe quelle divine image des élans vers la perfection.

Ô mon abnégation, ô ma charité merveilleuse ! ici-bas, pourtant !

De profundis Domine, suis-je bête [7] !

---

1. Non pas l'homosexualité, comme le disent d'ordinaire les commentateurs, mais son infériorité native. **2.** Céder en ne se révoltant pas (innocence) et en rentrant dans le rang (timidité) ; s'enfoncer dans l'infériorité. **3.** Non pas le désert africain, mais plutôt le désert de la civilisation européenne, de la société française, où l'inférieur de toute éternité va se résigner à porter son fardeau. **4.** La justice comme institution sociale, cette fois. Au début de l'année 73 Rimbaud et Verlaine s'étaient crus traqués (voir la correspondance de Verlaine). **5.** Il est pour Rimbaud deux sortes d'abrutissements : l'abrutissement simple imposé par la famille, la société, la religion ; les abrutissements qu'on s'impose à soi-même (voir la lettre à Delahaye de « jumphe » 72). **6.** Pour y prendre place déjà. « Le poing desséché » par une mort avant l'heure. Souvenir possible de Matthieu, XII, 9 *sq.* (la guérison de l'homme à la main desséchée). **7.** Reprise dérisoire du psaume de pénitence. Un jeu de mots s'établit entre ce psaume et l'enfer évoqué par le livre.

Encore tout enfant, j'admirais le forçat[1] intraitable sur qui se referme toujours le bagne ; je visitais les auberges et les garnis qu'il aurait sacrés par son séjour ; je voyais *avec son idée* le ciel bleu et le travail fleuri de la campagne ; je flairais sa fatalité dans les villes. Il avait plus de force qu'un saint, plus de bon sens qu'un voyageur — et lui, lui seul ! pour témoin de sa gloire et de sa raison.

Sur les routes, par des nuits d'hiver, sans gîte, sans habits, sans pain, une voix étreignait mon cœur gelé : « Faiblesse ou force : te voilà, c'est la force[2]. Tu ne sais ni où tu vas ni pourquoi tu vas, entre partout, réponds à tout. On ne te tuera pas plus que si tu étais cadavre. » Au matin j'avais le regard si perdu et la contenance si morte, que ceux que j'ai rencontrés *ne m'ont peut-être pas vu.*

Dans les villes la boue m'apparaissait soudainement rouge et noire[3], comme une glace quand la lampe circule dans la chambre voisine[4], comme un trésor dans la forêt ! Bonne chance, criais-je, et je voyais une mer de flammes et de fumée au ciel ; et, à gauche, à droite, toutes les richesses flambant comme un milliard de tonnerres.

Mais l'orgie et la camaraderie des femmes m'étaient interdites[5]. Pas même un compagnon. Je me voyais devant une foule exaspérée, en face du peloton d'exécution, pleurant du malheur qu'ils n'aient pu comprendre, et pardonnant ! — Comme Jeanne d'Arc ! — « Prêtres, professeurs, maîtres, vous vous

---

1. Souvenir possible de Jean Valjean dans *Les Misérables*, ce livre que Mme Rimbaud dans sa lettre du 4 mai 1870 reprochait à Izambard de faire connaître à son fils.   **2.** Le fait que tu existes est un signe suffisant de ta force.   **3.** Le paysage prend des teintes d'apocalypse ; *cf.* « Enfance » V : « La boue est rouge ou noire. Ville monstrueuse, nuit sans fin ! »   **4.** Autre image obsédante chez Rimbaud ; *cf.* le deuxième rêve dans *Les Déserts de l'amour*.   **5.** *Cf.* l'Avertissement des *Déserts de l'amour* : « n'ayant pas aimé de femmes, — quoique plein de sang ». Mais il ne faut pas oublier que Rimbaud revit ici en imagination l'existence du forçat. L'aveu, si aveu il y a, est aveu de solitude avant d'être aveu d'homosexualité.

trompez en me livrant à la justice. Je n'ai jamais été de ce peuple-ci ; je n'ai jamais été chrétien ; je suis de la race qui chantait dans le supplice ; je ne comprends pas les lois ; je n'ai pas le sens moral, je suis une brute : vous vous trompez... »

Oui, j'ai les yeux fermés à votre lumière. Je suis une bête, un nègre. Mais je puis être sauvé. Vous êtes de faux nègres [1], vous maniaques, féroces, avares. Marchand, tu es nègre ; magistrat, tu es nègre ; général, tu es nègre ; empereur, vieille démangeaison [2], tu es nègre : tu as bu d'une liqueur non taxée, de la fabrique de Satan. — Ce peuple est inspiré par la fièvre et le cancer. Infirmes et vieillards sont tellement respectables qu'ils demandent à être bouillis. — Le plus malin est de quitter ce continent, où la folie rôde pour pourvoir d'otages ces misérables. J'entre au vrai royaume des enfants de Cham [3].

Connais-je encore la nature ? me connais-je ? — *Plus de mots* [4]. J'ensevelis les morts dans mon ventre [5]. Cris, tambour, danse, danse, danse, danse ! Je ne vois même pas l'heure où, les blancs débarquant, je tomberai au néant.

Faim, soif, cris, danse, danse, danse, danse !

Les blancs débarquent. Le canon ! Il faut se soumettre au baptême, s'habiller, travailler.

J'ai reçu au cœur le coup de la grâce [6]. Ah ! je ne l'avais pas prévu !

---

1. Voir l'article de Michel Courtois, « Le mythe du nègre chez Rimbaud », dans *Littérature*, octobre 1973, n°11. Ces « faux nègres » sont des « nègres blancs », expression qu'on retrouvera dans les lettres de Rimbaud en Abyssinie.   **2.** Reprise d'« Éviradnus » dans *La Légende des siècles* : « Est-ce que tu n'as pas des ongles, vil troupeau, / Pour ces démangeaisons d'empereurs sur ta peau ! » À cette date Rimbaud n'a oublié ni Hugo ni Napoléon III, mort le 9 janvier 1873.   **3.** Cham est l'ancêtre de la race noire dans la Bible.   **4.** *Cf. Hamlet* : « *Words ! words ! words !* »   **5.** Comme les anthropophages.   **6.** La correction *le coup de grâce* ne s'impose nullement. Mais Rimbaud joue sur les deux expressions.

Je n'ai point fait le mal. Les jours vont m'être légers, le repentir me sera épargné. Je n'aurai pas eu les tourments de l'âme presque morte au bien, où remonte la lumière sévère comme les cierges funéraires. Le sort du fils de famille, cercueil prématuré couvert de limpides larmes. Sans doute la débauche est bête, le vice est bête ; il faut jeter la pourriture à l'écart. Mais l'horloge ne sera pas arrivée à ne plus sonner que l'heure de la pure douleur ! Vais-je être enlevé comme un enfant, pour jouer au paradis dans l'oubli de tout le malheur !

Vite ! est-il d'autres vies ? — Le sommeil dans la richesse est impossible. La richesse a toujours été bien public. L'amour divin seul octroie les clefs de la science. Je vois que la nature n'est qu'un spectacle de bonté. Adieu chimères, idéals, erreurs.

Le chant raisonnable des anges s'élève du navire sauveur[1] : c'est l'amour divin. — Deux amours ! je puis mourir de l'amour terrestre, mourir de dévouement. J'ai laissé des âmes dont la peine s'accroîtra de mon départ ! Vous me choisissez parmi les naufragés ; ceux qui restent sont-ils pas mes amis ?

Sauvez-les !

La raison m'est née. Le monde est bon. Je bénirai la vie. J'aimerai mes frères. Ce ne sont plus des promesses d'enfance. Ni l'espoir d'échapper à la vieillesse et à la mort. Dieu fait ma force, et je loue Dieu.

―――

L'ennui n'est plus mon amour. Les rages, les débauches, la folie, dont je sais tous les élans et les désastres, — tout mon fardeau est déposé. Apprécions sans vertige l'étendue de mon innocence[2].

Je ne serais plus capable de demander le réconfort

---

1. Le navire qui transporte les élus. Le damné ne peut être qu'un laissé pour compte, un naufragé. **2.** *Cf.* la lettre à Delahaye de mai 1873 : « Ô innocence ! innocence ; innocence, innoc... fléau ! »

d'une bastonnade. Je ne me crois pas embarqué pour une noce avec Jésus-Christ pour beau-père[1].

Je ne suis pas prisonnier de ma raison. J'ai dit : Dieu. Je veux la liberté dans le salut : comment la poursuivre ? Les goûts frivoles m'ont quitté. Plus besoin de dévouement ni d'amour divin. Je ne regrette pas le siècle des cœurs sensibles. Chacun a sa raison, mépris et charité : je retiens ma place au sommet de cette angélique échelle de bon sens.

Quant au bonheur établi, domestique ou non... non, je ne peux pas. Je suis trop dissipé, trop faible. La vie fleurit par le travail, vieille vérité : moi, ma vie n'est pas assez pesante, elle s'envole et flotte loin au-dessus de l'action, ce cher point du monde.

Comme je deviens vieille fille, à manquer du courage d'aimer la mort !

Si Dieu m'accordait le calme céleste, aérien, la prière, — comme les anciens saints. — les saints ! des forts ! les anachorètes, des artistes comme il n'en faut plus !

Farce continuelle ! Mon innocence me ferait pleurer. La vie est la farce à mener par tous.

Assez ! Voici la punition. — *En marche*[2] *!*

Ah ! les poumons brûlent, les tempes grondent ! la nuit roule dans mes yeux, par ce soleil ! le cœur... les membres...

Où va-t-on ? au combat ? Je suis faible ! les autres avancent. Les outils, les armes... le temps !...

Feu ! feu sur moi ! Là ! ou je me rends.

---

1. Reprise du thème évangélique des noces. Comme l'a suggéré Jean-Luc Steinmetz (*Œuvres* de Rimbaud, G-F, 1989, t. II, p. 197, n. 24), une logique sous-tend le texte : si la France est bien « la fille aînée de l'Église », et si le damné épouse la vie française, il a bien Jésus-Christ pour beau-père. **2.** L'expression est soulignée, car c'est le titre donné par Hugo à la cinquième partie des *Contemplations*.

— Lâches ! — Je me tue ! Je me jette aux pieds des chevaux !

Ah !...

— Je m'y habituerai.

Ce serait la vie française, le sentier de l'honneur !

Nuit de l'enfer

J'ai avalé une fameuse gorgée de poison[1]. — Trois fois béni soit le conseil[2] qui m'est arrivé ! — Les entrailles me brûlent[3]. La violence du venin tord mes membres, me rend difforme, me terrasse. Je meurs de soif, j'étouffe, je ne puis crier. C'est l'enfer, l'éternelle peine ! Voyez comme le feu se relève ! Je brûle comme il faut. Va, démon !

J'avais entrevu[4] la conversion au bien et au bonheur, le salut[5]. Puis-je décrire la vision[6], l'air de l'enfer ne souffre pas les hymnes ! C'était des millions de créa-

---

1. Cette « liqueur non taxée, de la fabrique de Satan » dont il est question dans « Mauvais sang ». Dans le Prologue, Rimbaud s'écriait : « Ah ! j'en ai trop pris ! »   2. Ce conseil est le conseil du démon dans le Prologue : « Gagne la mort » ; celui qui a poussé Rimbaud à vivre par anticipation une saison en enfer. La souffrance qu'il éprouve au cours de cette saison lui permet de connaître celle qu'il éprouverait s'il devait se trouver en enfer pour l'éternité.   3. Supplice infernal traditionnel, celui de Tantale chez les Antiques, celui des faussaires chez Dante (*Enfer*, XXX, 18-21 ; le rapprochement est fait par Margherita Frankel dans *Le Code dantesque dans l'œuvre de Rimbaud*, Nizet, 1975, p. 196). Mais on sait que Rimbaud au printemps 1872 a souffert cet « Enfer de la soif » (titre prévu pour une autre version de la « Comédie de la Soif » et *cf.* la lettre à Delahaye de « jumphe » 72).   4. Alors qu'il lui est donné de vivre l'enfer, il a seulement « entrevu » le paradis.   5. *Cf.* « *Ô saisons, ô châteaux !* » et la fin d'« Alchimie du verbe ».   6. « On n'est pas poète en enfer », écrivait Rimbaud dans le brouillon ; il a expliqué dans le Prologue que Satan « aim[e] dans l'écrivain l'absence des facultés descriptives ».

tures charmantes, un suave concert spirituel, la force et la paix, les nobles ambitions, que sais-je ?

Les nobles ambitions[1] !

Et c'est encore la vie ! — Si la damnation est éternelle ! Un homme qui veut se mutiler[2] est bien damné, n'est-ce pas ? Je me crois en enfer, donc j'y suis. C'est l'exécution du catéchisme. Je suis esclave de mon baptême. Parents, vous avez fait mon malheur et vous avez fait le vôtre. Pauvre innocent ! — L'enfer ne peut attaquer les païens[3]. — C'est la vie encore ! Plus tard, les délices de la damnation seront plus profondes. Un crime, vite, que je tombe au néant, de par la loi humaine[4].

Tais-toi, mais tais-toi !... C'est la honte, le reproche, ici[5] : Satan qui dit que le feu est ignoble, que ma colère est affreusement sotte. — Assez !... Des erreurs qu'on me souffle, magies, parfums faux, musiques puériles[6]. — Et dire que je tiens la vérité, que je vois la justice : j'ai un jugement sain et arrêté, je suis prêt pour la perfection[7]... Orgueil. — La peau de ma tête se dessèche[8]. Pitié ! Seigneur, j'ai peur. J'ai soif[9], si soif ! Ah ! l'enfance, l'herbe, la pluie, le lac sur les pierres, *le clair de lune quand le clocher sonnait douze*[10]... le diable

---

1. Ambition implique attente, implique temps, implique vie, alors que la damnation est éternelle.   **2.** Une phrase du début du brouillon permet d'expliquer cette mutilation : « La rage du désespoir m'emporte contre [...] moi, que je veux déchirer ». Il y a dans l'*Enfer* de Dante des damnés qui exercent leur violence contre eux-mêmes.   **3.** Ils vont dans les Limbes.
4. Qui le condamnera à mort.   **5.** Et non pas les délices, comme Rimbaud essayait de se le persuader.   **6.** Erreur aussi que les visions paradisiaques qu'on lui montre ; *cf.* plus haut « un suave concert spirituel ».   **7.** Accuser les autres d'erreur, et se croire seul porteur de la vérité, c'est un trait d'orgueil, donc un péché, donc une raison supplémentaire d'être damné.   **8.** Comme s'il était mort avant l'heure (*cf.* « le poing desséché » dans « Mauvais sang ») et desséché par le feu infernal.   **9.** *Cf.* le « *sitio* » du Christ, dont c'est l'avant-dernière parole (Jean, XIX, 28-29).   **10.** Rappel d'un dicton populaire : le diable est au clocher quand sonnent les douze coups de minuit, et il faut se signer en invoquant la sainte Vierge. Ce trait de superstition est inséparable de l'enfance de Rimbaud telle que ses parents la lui ont fait vivre : cette enfance elle-même le ramène à Satan.

est au clocher, à cette heure. Marie ! Sainte-Vierge !...
— Horreur de ma bêtise.

Là-bas[1], ne sont-ce pas des âmes honnêtes, qui me veulent du bien... Venez... J'ai un oreiller sur la bouche, elles ne m'entendent pas, ce sont des fantômes. Puis, jamais personne ne pense à autrui. Qu'on n'approche pas. Je sens le roussi, c'est certain.

Les hallucinations sont innombrables. C'est bien ce que j'ai toujours eu : plus de foi en l'histoire, l'oubli des principes. Je m'en tairai : poètes et visionnaires seraient jaloux. Je suis mille fois le plus riche, soyons avare comme la mer[2].

Ah ça ! l'horloge de la vie[3] s'est arrêtée tout à l'heure. Je ne suis plus au monde. — La théologie est sérieuse, l'enfer est certainement *en bas* — et le ciel en haut. — Extase, cauchemar, sommeil dans un nid de flammes[4].

Que de malices dans l'attention dans la campagne... Satan, Ferdinand[5], court avec les graines sauvages[6]... Jésus marche sur les ronces purpurines[7], sans les cour-

---

1. Au paradis. **2.** Apologie du voyant par lui-même : c'est l'amorce du développement charlatanesque qu'on trouvera plus bas. « Avare comme la mer » qui ne rend pas ses trésors. **3.** Nouvel effort pour échapper au temps et au monde — à la vie — par l'hallucination. **4.** Rimbaud poursuit à la fois l'évocation de son enfance et celle de ses hallucinations. Elles ne sortiront ni l'une ni l'autre grandies du rapprochement. L'enfant a vu la campagne avec les yeux des gens superstitieux qui l'entouraient et qui lui ont fait voir partout des « malices » — des signes du Malin — comme ils lui en faisaient entendre dans les douze coups de la cloche. Mais les hallucinations du voyant n'ont pas été différentes : Rimbaud songe à certains de ses poèmes « égarés » de 1872, par exemple à « Michel et Christine » où l'ouragan de « mille graines sauvages » (et empoisonnées) au cours d'une après-midi d'« ombre et de soufre » annonçait l'invasion de hordes barbares. **5.** Selon Delahaye, nom donné au diable par les paysans vouzinois. **6.** La vision populaire des « malices », la vision populaire de « Jésus », ce sont toujours des hallucinations inspirées par la campagne (*cf.* dans les *Illuminations* le troisième alinéa de « Métropolitain » : « les derniers potagers de Samarie » — ce lieu proche de la ville où saint Jean voulait que le Christ eût rencontré la Samaritaine ; voir p. 38 — ne sont qu'une des « fantasmagories » inspirées par « la campagne »). **7.** Associations d'images : les graines (où la superstition paysanne devine la présence de Satan), les ronces (dont Jésus a été couronné par les soldats de

ber... Jésus marchait sur les eaux irritées. La lanterne[1] nous le montra debout, blanc et des tresses brunes, au flanc d'une vague d'émeraude...

Je vais dévoiler tous les mystères[2] : mystères religieux ou naturels, mort, naissance, avenir, passé, cosmogonie, néant. Je suis maître en fantasmagories.

Écoutez !...

J'ai tous les talents ! — Il n'y a personne ici et il y a quelqu'un[3] : je ne voudrais pas répandre mon trésor[4]. Veut-on des chants nègres, des danses de houris[5] ? Veut-on que je disparaisse, que je plonge à la recherche de l'*anneau*[6] ? Veut-on ? Je ferai de l'or[7], des remèdes.

Fiez-vous donc à moi, la foi soulage, guide, guérit. Tous, venez, — même les petits enfants[8] — que je vous console, qu'on répande pour vous son cœur, — le

---

Pilate en même temps qu'ils le revêtaient d'un manteau de pourpre ; Jean, XIX, 2 : d'où le raccourci « ronces purpurines »), Jésus marchant sur la mer, sur les eaux du lac de Tibériade qui « s'agitaient au souffle d'un grand vent » (Jean, VI, 16-21). Il est remarquable que Rimbaud poursuit ici sa lecture de l'Évangile selon saint Jean en reprenant le texte à l'endroit où il l'a laissé avec « Bethsaïda ».

1. Appellation désinvolte pour saint Jean. Un peu plus haut dans le texte évangélique, le Christ compare Jean, son témoin, à « une lampe qui brûle et qui brille » (V, 35). On retrouvera la lanterne dans le troisième alinéa de « Métropolitain ». La manière dont Rimbaud « décolle » du texte évangélique pour évoquer la scène à sa manière n'est en rien différente de celle qu'on trouvait dans les « proses "évangéliques" ». **2.** Comme il l'a fait précédemment, Rimbaud superpose l'apologie du voyant (la sienne) et l'apologie de Jésus par lui-même ; le rapprochement doit ruiner en même temps les deux boniments. **3.** Premier talent : concilier des affirmations qui se détruisent (Dieu est là et il n'est pas là), imaginer la présence des absents. **4.** Deuxième talent : celui de l'intendant fidèle, et économe. « Je suis mille fois le plus riche, soyons avare comme la mer », disait plus haut le voyant ; et Jésus est également avare de ses trésors, selon Rimbaud (*cf.* « Mauvais sang » : « pourquoi Christ ne m'aide-t-il pas ? »). **5.** *Houri* : femme divinement belle que le Coran (LV, 56-78) promet, dans la vie future, au fidèle musulman. **6.** Pour le voyant, ce peut être l'anneau des Nibelungen ; pour le Christ, c'est l'anneau de son mariage avec l'Église (*cf.* le motif de la noce dans « Mauvais sang »). **7.** *L'or* renvoie à l'alchimiste, les *remèdes* au Christ guérisseur (*cf.* la seconde des « proses "évangéliques" »). **8.** Matthieu, XIX, 13-15.

cœur merveilleux ! — Pauvres hommes, travailleurs[1] ! Je ne demande pas de prières ; avec votre confiance seulement, je serai heureux[2].

— Et pensons à moi[3]. Ceci me fait peu regretter le monde. J'ai de la chance de ne pas souffrir plus[4]. Ma vie ne fut que folies douces, c'est regrettable.

Bah ! faisons toutes les grimaces imaginables[5].

Décidément, nous sommes hors du monde[6]. Plus aucun son. Mon tact[7] a disparu. Ah ! mon château, ma Saxe, mon bois de saules[8]. Les soirs, les matins, les nuits, les jours... Suis-je las[9] !

Je devrais avoir mon enfer pour la colère, mon enfer pour l'orgueil, — et l'enfer de la caresse ; un concert d'enfers[10].

Je meurs de lassitude. C'est le tombeau, je m'en vais aux vers, horreur de l'horreur ! Satan, farceur, tu veux me dissoudre, avec tes charmes. Je réclame. Je réclame ! un coup de fourche, une goutte de feu.

Ah ! remonter à la vie ! Jeter les yeux sur nos difformités. Et ce poison, ce baiser mille fois maudit[11] ! Ma faiblesse[12], la cruauté du monde ! Mon Dieu, pitié, cachez-moi, je me tiens trop mal ! — Je suis caché et je ne le suis pas.

C'est le feu qui se relève avec son damné[13].

---

1. Matthieu, XI, 28 : « Venez à moi, vous tous qui peinez et ployez sous le fardeau ». **2.** Jean, XVI, 27 : « Car le Père lui-même vous aime, parce que vous, vous m'avez aimé et que vous avez cru que je suis venu d'auprès de Dieu ». **3.** De même après avoir prié pour ses disciples, Jésus prie pour lui-même, se félicitant d'avoir « vaincu le monde » et de le quitter (Jean, XVI, 33-XVII). **4.** Le voyant, n'a pas, comme le Christ, à souffrir de Passion. **5.** Rimbaud vient de singer le Christ. **6.** Jean, XVII, 11 : « Et je ne suis plus dans le monde ». **7.** Mon sens du toucher. **8.** Retour des visions d'enfance, le temps d'un regret. **9.** Mais le temps n'inspire que lassitude. **10.** Si le paradis se définissait comme « un suave concert spirituel », ce « concert d'enfers » devient une sorte de paradis infernal. **11.** *Cf.* le « baiser putride de Jésus » dans « Les Premières Communions ». Ce n'est plus le poison, le conseil béni de Satan qui était évoqué au début ; mais l'inverse, le poison, le « baiser mille fois maudit » de Jésus. **12.** Avec ces lâchetés qu'il avait annoncées dans le Prologue. **13.** Retour au début du texte : « Voyez comme le feu se relève ! »

Délires

I
Vierge folle.
L'Époux infernal

Écoutons la confession d'un compagnon d'enfer :

« Ô divin Époux, mon Seigneur[1], ne refusez pas la confession de la plus triste de vos servantes. Je suis perdue. Je suis soûle. Je suis impure. Quelle vie !

« Pardon, divin Seigneur, pardon ! Ah ! pardon ! Que de larmes ! Et que de larmes encore plus tard, j'espère !

« Plus tard, je connaîtrai le divin Époux ! Je suis née soumise à Lui. — L'autre[2] peut me battre maintenant !

« À présent, je suis au fond du monde[3] ! Ô mes amies !... non, pas mes amies... Jamais délires ni tortures semblables... Est-ce bête[4] !

« Ah ! je souffre, je crie. Je souffre vraiment. Tout pourtant m'est permis[5], chargée du mépris des plus méprisables cœurs.

« Enfin, faisons cette confidence, quitte à la répéter vingt autres fois, — aussi morne, aussi insignifiante !

« Je suis esclave[6] de l'Époux infernal, celui qui a perdu les vierges folles. C'est bien ce démon-là. Ce n'est pas un spectre, ce n'est pas un fantôme[7]. Mais

---

1. Dans l'Évangile, les Vierges folles supplient aussi le Seigneur : « Seigneur, Seigneur, ouvre-nous » (Matthieu, XXV, 11).   2. L'autre = l'Époux infernal ; il n'intervient pas dans le texte évangélique.   3. Dans l'enfer, qui selon la théologie est « en bas » (voir « Nuit de l'enfer »).   4. Le rapprochement s'impose avec « *De profundis Domine*, suis-je bête ! » dans « Mauvais sang ». Mais le sens n'est pas le même : l'expérience volontaire et comme provisionnelle de l'enfer, la saison en enfer, n'est pas de l'enfer pour rire (« Je souffre vraiment »), à tel point qu'il arrive au damné de regretter son expérience, de trouver « bête » d'avoir accepté.   5. Y compris de revenir en arrière.   6. Singulière limite à la liberté. Ce n'est pas tant une expérience volontaire que la conséquence de la fascination exercée sur la Vierge folle par le Démon.   7. Contrairement aux créatures qui peuplent le paradis, ces « fantômes » (« Nuit de l'enfer »).

moi qui ai perdu la sagesse, qui suis damnée et morte au monde, — on ne me tuera pas[1] ! — Comment vous le décrire[2] ! Je ne sais même plus parler. Je suis en deuil, je pleure, j'ai peur. Un peu de fraîcheur, Seigneur, si vous voulez, si vous voulez bien !

« Je suis veuve[3] ... — J'étais veuve[4]... — mais oui, j'ai été bien sérieuse jadis, et je ne suis pas née pour devenir squelette !... — Lui était presque un enfant... Ses délicatesses mystérieuses m'avaient séduite. J'ai oublié tout mon devoir humain pour le suivre[5]. Quelle vie ! La vraie vie est absente. Nous ne sommes pas au monde[6]. Je vais où il va, il le faut. Et souvent il s'emporte contre moi, *moi, la pauvre âme*. Le Démon ! — C'est un Démon, vous savez, *ce n'est pas un homme.*

« Il dit : « Je n'aime pas les femmes. L'amour est à réinventer, on le sait. Elles ne peuvent plus que vouloir une position assurée[7]. La position gagnée, cœur et beauté sont mis de côté : il ne reste que froid dédain, l'aliment du mariage, aujourd'hui. Ou bien je vois des femmes, avec les signes du bonheur, dont, moi, j'aurai pu faire de bonnes camarades, dévorées tout d'abord par des brutes sensibles comme des bûchers[8]... »

« Je l'écoute faisant de l'infamie une gloire, de la cruauté un charme. « Je suis de race lointaine : mes pères étaient Scandinaves : ils se perçaient les côtes, buvaient leur sang. — Je me ferai des entailles partout le corps, je me tatouerai, je veux devenir hideux comme un Mongol : tu verras, je hurlerai dans les rues. Je veux devenir bien fou de rage. Ne me montre jamais

---

1. *Cf.* « Mauvais sang » : « on ne te tuera pas plus que si tu étais cadavre ». **2.** Toujours la même impossibilité de décrire en enfer ; *cf.* le Prologue et le début de « Nuit de l'enfer » ; *cf.* surtout le « Je ne sais plus parler » de « Matin ». **3.** La Vierge folle par son imprudence a perdu l'Époux divin. L'imagerie de la parabole est poussée à son terme. **4.** Elle n'est plus veuve puisqu'elle a trouvé l'Époux infernal. **5.** En enfer. **6.** On cite souvent à contresens ces deux phrases parce qu'on les isole de leur contexte. **7.** *Cf.* « Les reparties de Nina ». **8.** *Cf.* la lettre à Demeny du 15 mai 1871, et la défense de la femme qu'elle contient.

de bijoux, je ramperais et me tordrais sur le tapis[1]. Ma richesse, je la voudrais tachée de sang partout. Jamais je ne travaillerai... » Plusieurs nuits, son démon[2] me saisissant, nous nous roulions, je luttais avec lui ! — Les nuits, souvent, ivre, il se poste dans des rues ou dans des maisons, pour m'épouvanter mortellement. — « On me coupera vraiment le cou[3] ; ce sera dégoûtant[4]. » Oh ! ces jours où il veut marcher avec l'air du crime !

« Parfois il parle, en une façon de patois attendri, de la mort qui fait repentir, des malheureux qui existent certainement, des travaux pénibles, des départs qui déchirent les cœurs. Dans les bouges où nous nous enivrions, il pleurait en considérant ceux qui nous entouraient, bétail de la misère[5]. Il relevait les ivrognes dans les rues noires. Il avait la pitié d'une mère méchante pour les petits enfants. — Il s'en allait avec des gentillesses de petite fille au catéchisme[6]. — Il feignait d'être éclairé sur tout, commerce, art, médecine. — Je le suivais, il le faut !

« Je voyais tout le décor dont, en esprit, il s'entourait ; vêtements, draps, meubles : je lui prêtais des armes[7], une autre figure. Je voyais tout ce qui le touchait, comme il aurait voulu le créer pour lui. Quand il me semblait avoir l'esprit inerte, je le suivais, moi, dans des actions étranges et compliquées, loin, bonnes ou mauvaises : j'étais sûre de ne jamais entrer dans son monde. À côté de son cher corps endormi, que d'heures des nuits j'ai veillé[8], cherchant pourquoi il voulait tant s'évader de la réalité. Jamais

---

1. Même regard de cupidité dans le deuxième alinéa de « *Bottom* ». **2.** On est passé du Démon (= l'Époux infernal) au démon de l'Époux infernal (l'Époux pouvant être alors Rimbaud lui-même) : ce glissement permet la superposition des sens. **3.** *Cf.* « Nuit de l'enfer » : « Un crime, vite que je tombe au néant, de par la loi humaine ». **4.** Ce n'est pas le crime qui est « dégoûtant » (voir le Prologue), mais l'exécution du criminel. **5.** Attendrissement qui n'est qu'une feinte. **6.** *Cf.* le charlatan de « Nuit de l'enfer ». **7.** Des armoiries. **8.** Les Vierges folles sont condamnées à veiller : « Veillez donc, parce que vous ne savez ni le jour ni l'heure » (Matthieu, XXV, 13).

homme n'eut pareil vœu. Je reconnaissais, — sans craindre pour lui, — qu'il pouvait être un sérieux danger dans la société. — Il a peut-être des secrets pour *changer la vie* ? Non, il ne fait qu'en chercher, me répliquais-je. Enfin sa charité est ensorcelée, et j'en suis la prisonnière. Aucune autre âme n'aurait assez de force, — force de désespoir ! — pour la supporter, — pour être protégée et aimée par lui. D'ailleurs, je ne me le figurais pas avec une autre âme : on voit son Ange, jamais l'Ange d'un autre, — je crois. J'étais dans son âme comme dans un palais qu'on a vidé pour ne pas voir une personne si peu noble que vous : voilà tout. Hélas ! je dépendais bien de lui. Mais que voulait-il avec mon existence terne et lâche ? Il ne me rendait pas meilleure, s'il ne me faisait pas mourir ! Tristement dépitée, je lui dis quelquefois : « Je te comprends. » Il haussait les épaules.

« Ainsi, mon chagrin se renouvelant sans cesse, et me trouvant plus égarée à mes yeux, — comme à tous les yeux qui auraient voulu me fixer, si je n'eusse été condamnée pour jamais à l'oubli de tous ! — j'avais de plus en plus faim de sa bonté. Avec ses baisers et ses étreintes amies, c'était bien un ciel, un sombre ciel, où j'entrais, et où j'aurais voulu être laissée, pauvre, sourde, muette, aveugle. Déjà j'en prenais l'habitude. Je nous voyais comme deux bons enfants, libres de se promener dans le Paradis de tristesse. Nous nous accordions. Bien émus, nous travaillions ensemble. Mais, après une pénétrante caresse, il disait : « Comme ça te paraîtra drôle, quand je n'y serai plus, ce par quoi tu as passé. Quand tu n'auras plus mes bras sous ton cou, ni mon cœur pour t'y reposer, ni cette bouche sur tes yeux. Parce qu'il faudra que je m'en aille, très-loin, un jour. Puis il faut que j'en aide d'autres : c'est mon devoir. Quoique ce ne soit guère ragoûtant..., chère âme... » Tout de suite je me pressentais, lui parti, en proie au vertige, précipitée dans l'ombre la plus affreuse : la mort. Je lui faisais promettre qu'il ne me lâcherait pas. Il l'a faite vingt fois, cette promesse d'amant. C'était aussi frivole que moi lui disant : « Je te comprends. »

« Ah ! je n'ai jamais été jalouse de lui. Il ne me quittera pas, je crois. Que devenir ? Il n'a pas une connaissance ; il ne travaillera jamais. Il veut vivre somnambule. Seules, sa bonté et sa charité lui donneraient-elles droit dans le monde réel ? Par instants, j'oublie la pitié où je suis tombée : lui me rendra forte, nous voyagerons, nous chasserons dans les déserts, nous dormirons sur les pavés des villes inconnues, sans soins, sans peines. Ou je me réveillerai, et les lois et les mœurs auront changé, — grâce à son pouvoir magique[1], — le monde, en restant le même, me laissera à mes désirs, joies, nonchalances. Oh ! la vie d'aventures qui existe dans les livres des enfants, pour me récompenser, j'ai tant souffert, me la donneras-tu ? Il ne peut pas. J'ignore son idéal. Il m'a dit avoir des regrets, des espoirs : cela ne doit pas me regarder. Parle-t-il à Dieu ? Peut-être devrais-je m'adresser à Dieu. Je suis au plus profond de l'abîme[2], et je ne sais plus prier.

« S'il m'expliquait ses tristesses, les comprendrais-je plus que ses railleries ? Il m'attaque, il passe des heures à me faire honte de tout ce qui m'a pu toucher au monde, et s'indigne si je pleure.

« — Tu vois cet élégant jeune homme, entrant dans la belle et calme maison : il s'appelle Duval[3], Dufour, Armand, Maurice, que sais-je ? Une femme s'est dévouée à aimer ce méchant idiot : elle est morte, c'est certes une sainte au ciel, à présent. Tu me feras mourir comme il a fait mourir cette femme. C'est notre sort, à nous, cœurs charitables... » Hélas ! il avait des jours où tous les hommes agissant lui paraissaient les jouets de délires grotesques : il riait affreusement, longtemps. — Puis, il reprenait ses manières de jeune mère, de

---

1. *Cf.* les « charmes » de Satan dans « Nuit de l'enfer ».   2. Retour du motif du *De profundis* et *cf.* « Nuit de l'enfer » : « l'air de l'enfer ne souffre pas les hymnes ».   3. On a cru voir ici une réminiscence de *La Dame aux camélias* où Marguerite meurt abandonnée par son amant Armand Duval ; une pièce tirée du roman d'Alexandre Dumas fils avait été jouée à Londres en juin 1873. Le « fils de famille » est déjà apparu comme le type du débauché dans « Mauvais sang », sixième partie.

sœur aimée[1]. S'il était moins sauvage, nous serions sauvés ! Mais sa douceur aussi est mortelle. Je lui suis soumise. — Ah ! je suis folle !

« Un jour peut-être il disparaîtra merveilleusement ; mais il faut que je sache, s'il doit remonter à un ciel, que je voie un peu l'assomption de mon petit ami ! »

Drôle de ménage !

Délires
II
Alchimie du verbe

À moi[2]. L'histoire d'une de mes folies.

Depuis longtemps je me vantais de posséder tous les paysages possibles, et trouvais dérisoires les célébrités de la peinture et de la poésie moderne.

J'aimais les peintures idiotes, dessus de portes, décors, toiles de saltimbanques, enseignes, enluminures populaires ; la littérature démodée, latin d'église, livres érotiques sans orthographe, romans de nos aïeules, contes de fées, petits livres de l'enfance, opéras vieux[3], refrains niais, rhythmes naïfs.

Je rêvais croisades, voyages de découvertes dont on n'a pas de relations, républiques sans histoires, guerres de religion étouffées, révolutions de mœurs, déplacements de races et de continents[4] : je croyais à tous les enchantements[5].

---

1. La correction « sœur aînée » ne se justifie pas. 2. C'est « à moi » de parler. Après avoir donné la parole à la Vierge folle — à Verlaine —, Rimbaud reprend la parole. Si l'on n'admet pas cette interprétation, on peut constater la fréquence de ce retour à soi dans *Une saison en enfer* après des mouvements de charité réels ou feints ; *cf.* « et pensons à moi » dans « Nuit de l'enfer ». 3. On a souvent vu là des allusions à Favart, également cher à Verlaine. D'après « Il pleure dans mon cœur » et son épigraphe signée Arthur Rimbaud « Il pleut doucement sur la ville », on peut penser qu'ils ont collaboré à des « Ariettes oubliées ». 4. *Cf.* les « Péninsules démarrées » dans « Le Bateau ivre » ; le double motif reparaît dans les *Illuminations*. 5. La magie, dont l'alchimie n'est qu'une des formes.

Une saison en enfer

J'inventai la couleur des voyelles[1] ! — *A* noir, *E* blanc, *I* rouge, *O* bleu, *U* vert. — Je réglai la forme et le mouvement de chaque consonne, et, avec des rhythmes instinctifs[2], je me flattai d'inventer[3] un verbe poétique accessible, un jour ou l'autre, à tous les sens[4]. Je réservais la traduction.

Ce fut d'abord une étude. J'écrivais des silences, des nuits[5], je notais l'inexprimable. Je fixais des vertiges.

Loin des oiseaux, des troupeaux, des villageoises,
Que buvais-je, à genoux dans cette bruyère
Entourée de tendres bois de noisetiers,
Dans un brouillard d'après-midi tiède et vert !

Que pouvais-je boire dans cette jeune Oise,
— Ormeaux sans voix, gazon sans fleurs, ciel couvert ! —
Boire à ces gourdes jaunes, loin de ma case
Chérie ? Quelque liqueur d'or qui fait suer.

Je faisais une louche enseigne d'auberge.
— Un orage vint chasser le ciel. Au soir
L'eau des bois se perdait sur les sables vierges,
Le vent de Dieu jetait des glaçons aux mares ;

Pleurant, je voyais de l'or — et ne pus boire[6]. —

---

1. Autre exercice préparatoire, qui complète le précédent. Rimbaud respecte ici l'ordre alphabétique (*cf.* « Voyelles », *Poésies complètes*, p. 187). **2.** Donc eux aussi naïfs. **3.** Le mot *inventer* est répété ; *cf.* « Vies » II : « Je suis un inventeur bien autrement méritant que les autres ». **4.** L'expression est ambiguë : s'agit-il d'un prolongement de l'expérience baudelairienne des correspondances (poétique du transfert) ou d'une volonté totale de polysémie que Rimbaud soulignait quand il déclarait à sa mère qu'il fallait le lire « littéralement et dans tous les sens » ? **5.** Complément d'objet plutôt que complément circonstanciel de temps. **6.** Autre version de « Larme » (voir *Poésies complètes*, p. 229), plus courte de trois vers et avec des variantes. Les visions ont disparu, à l'exception de l'or.

À quatre heures du matin, l'été,
Le sommeil d'amour dure encore.
Sous les bocages s'évapore
    L'odeur du soir fêté.

Là-bas, dans leur vaste chantier
Au soleil des Hespérides,
Déjà s'agitent — en bras de chemise —
    Les Charpentiers.

Dans leurs Déserts de mousse, tranquilles,
Ils préparent les lambris précieux
    Où la ville
Peindra de faux cieux.

Ô, pour ces Ouvriers charmants
Sujets d'un roi de Babylone,
Vénus ! quitte un instant les Amants
Dont l'âme est en couronne.

    Ô Reine des Bergers,
Porte aux travailleurs l'eau-de-vie,
Que leurs forces soient en paix
En attendant le bain dans la mer à midi[1].

La vieillerie poétique[2] avait une bonne part dans mon alchimie du verbe.

Je m'habituai à l'hallucination simple : je voyais très-franchement une mosquée à la place d'une usine, une école de tambours faite par des anges, des calèches

---

1. Autre version de « Bonne pensée du matin » (voir *Poésies complètes*, p. 235), poème daté, comme le précédent, de mai 1872. Nombreuses variantes dans l'ordre des mots, vers encore plus souple. Les deux poèmes cités se complètent : heure diurne/ heure nocturne ; paysage rural/ paysage urbain. **2.** C'est la conséquence des goûts exprimés plus haut.

sur les routes du ciel[1], un salon au fond d'un lac ; les monstres, les mystères ; un titre de vaudeville[2] dressait des épouvantes devant moi.

Puis j'expliquai mes sophismes magiques avec l'hallucination des mots !

Je finis par trouver sacré le désordre de mon esprit. J'étais oisif, en proie à une lourde fièvre : j'enviais la félicité des bêtes, — les chenilles, qui représentent l'innocence des limbes[3], les taupes, le sommeil de la virginité !

Mon caractère s'aigrissait. Je disais adieu au monde dans d'espèces de romances :

CHANSON DE LA PLUS HAUTE TOUR

Qu'il vienne, qu'il vienne,
Le temps dont on s'éprenne.

J'ai tant fait patience
Qu'à jamais j'oublie.
Craintes et souffrances
Aux cieux sont parties.
Et la soif malsaine
Obscurcit mes veines.

Qu'il vienne, qu'il vienne,
Le temps dont on s'éprenne.

Telle la prairie
À l'oubli livrée,
Grandie, et fleurie
D'encens et d'ivraies,
Au bourdon farouche
Des sales mouches.

---

1. Des rapprochements sont possibles avec « Nocturne vulgaire » et avec « Soir historique » (« On joue aux cartes au fond de l'étang »), dans les *Illuminations*. **2.** « Michel et Christine », *Poésies complètes*, p. 254, était le titre d'un vaudeville de Scribe. **3.** Retour des thèmes de l'innocence et du paganisme (les païens vont dans les limbes) tandis que monte la fièvre, le feu infernal.

> Qu'il vienne, qu'il vienne,
> Le temps dont on s'éprenne[1].

J'aimai le désert, les vergers brûlés, les boutiques fanées, les boissons tiédies. Je me traînais dans les ruelles puantes et, les yeux fermés, je m'offrais au soleil, dieu de feu.

« Général[2], s'il reste un vieux canon sur tes remparts en ruines, bombarde-nous avec des blocs de terre sèche[3]. Aux glaces des magasins splendides ! dans les salons ! Fais manger sa poussière à la ville. Oxyde les gargouilles. Emplis les boudoirs de poudre de rubis brûlante... »

Oh ! le moucheron enivré à la pissotière de l'auberge, amoureux de la bourrache[4], et que dissout un rayon !

FAIM.

> Si j'ai du goût, ce n'est guère
> Que pour la terre et les pierres.
> Je déjeune toujours d'air,
> De roc, de charbons, de fer.

> Mes faims, tournez. Paissez, faims,
>   Le pré des sons.
> Attirez le gai venin
>   Des liserons.

---

1. Troisième version, singulièrement écourtée, d'un autre poème de mai 1872. Rimbaud ne garde que les strophes 3 et 4 et met en valeur le refrain. L'insertion du texte était prévue plus tard dans le brouillon. **2.** Invocation au Général Soleil, qui n'est pas la citation d'une Illumination perdue, comme l'a suggéré Bouillane de Lacoste. Mais c'est aussi le rêve d'une destruction du monde par le feu. Le passage est sensiblement plus développé dans le brouillon. **3.** Pour empêcher l'eau de couler et donc tout assécher. **4.** Plante sudorifique à laquelle Rimbaud prête des propriétés magiques (*cf.* « L'air léger et charmant de la Galilée », p. 41).

Mangez les cailloux qu'on brise,
Les vieilles pierres d'églises ;
Les galets des vieux déluges,
Pains semés dans les vallées grises[1].

———

Le loup criait sous les feuilles[2]
En crachant les belles plumes
De son repas de volailles :
Comme lui je me consume.

Les salades, les fruits
N'attendent que la cueillette ;
Mais l'araignée de la haie
Ne mange que des violettes.

Que je dorme ! que je bouille
Aux autels de Salomon[3].
Le bouillon court sur la rouille[4],
Et se mêle au Cédron[5].

Enfin, ô bonheur, ô raison, j'écartai du ciel l'azur[6], qui est du noir, et je vécus, étincelle d'or de la lumière *nature*[7].

De joie, je prenais une expression bouffonne et égarée au possible :

———

1. Version abrégée d'un poème de 1872, « Fêtes de la faim » (voir *Poésies complètes*, p. 249). **2.** Seule version connue de ces vers qui peuvent constituer, soit un poème autonome, soit une variante des dernières strophes de « Fêtes de la faim ». **3.** Les autels construits par Salomon à Jérusalem (II Chroniques, 3). **4.** *Cf.* plus haut « oxyde les gargouilles » ; la *rouille* est, plutôt qu'un élément culinaire, un motif lié au thème de la sécheresse. **5.** Torrent qui sépare Jérusalem du mont des Oliviers ; c'est près du Cédron que Jésus, trahi par Judas, est saisi par les gardes (Jean, XVIII). **6.** *Cf.* le brouillon : « J'écartais le ciel, l'azur, qui est du noir ». L'azur n'est pas lumineux au point de paraître noir, comme le suggère S. Bernard ; au contraire il paraît encore trop peu lumineux, comme un voile qui cache le plein éclat du soleil et qu'il faut écarter. **7.** *Cf.* « Bannières de mai ».

Elle est retrouvée !
Quoi ? l'éternité.
C'est la mer mêlée
 Au soleil.

Mon âme éternelle,
Observe ton vœu
Malgré la nuit seule
Et le jour en feu.

Donc tu te dégages
Des humains suffrages,
Des communs élans !
Tu voles selon...

— Jamais l'espérance.
 Pas d'*orietur*.
Science et patience,
Le supplice est sûr.

Plus de lendemain,
Braises de satin,
 Votre ardeur
 Est le devoir.

Elle est retrouvée !
— Quoi ? — l'Éternité.
C'est la mer mêlée.
 Au soleil[1].

Je devins un opéra fabuleux[2] : je vis que tous les êtres ont une fatalité de bonheur[3] : l'action n'est pas

---

1. Autre version, avec des variantes notables, de « L'Éternité », autre poème de mai 1872. L'avant-dernière strophe, en particulier, est beaucoup plus libre (ou librement citée). **2.** *Cf.* le brouillon « De joie je devins un opéra fabuleux ». Rimbaud prévoyait alors une illustration poétique qu'il a supprimée : « Âge d'or » (voir *Poésies complètes*, p. 241). **3.** Le brouillon montre que cette phrase ne se rattache pas vraiment à ce qui précède (malgré les deux points). Rimbaud prévoyait une nouvelle étape de « stupidité complète ». Tous les êtres n'ont qu'une destination : le bonheur.

la vie, mais une façon de gâcher quelque force, un énervement[1]. La morale est la faiblesse de la cervelle.

À chaque être[2], plusieurs *autres* vies me semblaient dues. Ce monsieur ne sait ce qu'il fait : il est un ange. Cette famille est une nichée de chiens. Devant plusieurs hommes, je causai tout haut avec un moment d'une de leurs autres vies[3]. — Ainsi, j'ai aimé un porc[4].

Aucun des sophismes de la folie, — la folie qu'on enferme[5], — n'a été oublié par moi : je pourrais les redire tous, je tiens le système[6].

Ma santé fut menacée. La terreur venait. Je tombais dans des sommeils de plusieurs jours, et, levé, je continuais les rêves les plus tristes. J'étais mûr pour le trépas, et par une route de dangers ma faiblesse me menait aux confins du monde et de la Cimmérie[7], patrie de l'ombre et des tourbillons.

Je dus voyager, distraire les enchantements[8] assemblés sur mon cerveau. Sur la mer, que j'aimais comme si elle eût dû me laver d'une souillure[9], je voyais se lever la croix consolatrice[10]. J'avais été damné par l'arc-en-ciel[11]. Le Bonheur[12] était ma fatalité[13], mon remords, mon ver : ma

---

1. Ce sophisme doit justifier le refus du travail, le suivant le refus de la morale. 2. En raison de sa « fatalité de bonheur ». La pensée de la mort au terme d'une vie unique viendrait troubler cette félicité. 3. *Cf.* « Vies » dans les *Illuminations*. 4. L'allusion à Verlaine s'impose moins que le rapprochement avec la lettre à Delahaye de « jumphe » 72 : « de voir [...] que chacun est un porc, je hais l'été ». 5. Jeu de mots : on enferme les fous ; mais il y a aussi une sorte de boîte de Pandore où l'on enfermait jusqu'ici les sophismes de la Folie, et dont Rimbaud croit avoir trouvé la clef (« je tiens le système »). 6. Sur le brouillon, Rimbaud se proposait d'insérer ici « Mémoire ». 7. Pays de ténèbres près duquel les Anciens plaçaient le séjour des morts. Le brouillon prouve que Rimbaud se souvient ici du chant XI de l'*Odyssée*. Ce moment devait être illustré par le poème « Confins du monde », non retrouvé ou non identifié. 8. Enchantements dont l'apprenti-sorcier n'est plus maître. 9. *Cf.* « Le Bateau ivre ». 10. Hallucination involontaire qui est le signe de la « faiblesse » de la cervelle du voyant. 11. Signe de l'alliance fatale que Dieu a cru devoir conclure avec l'homme après le Déluge (voir Genèse, IX, 12 *sq.*). Il condamne Rimbaud à la damnation, comme le baptême dans « Nuit de l'enfer ». 12. Il n'y échappe pas plus que les autres êtres, et cela l'amène à désirer une autre vie, un au-delà ; il l'incite au remords (la lâcheté) ; il le ronge (« mon ver ») 13. Lui qui a voulu la force et la beauté, il est contraint à faire de sa vie une quête du Bonheur.

vie serait toujours trop immense pour être dévouée à la force et à la beauté.

Le Bonheur ! Sa dent, douce à la mort[1], m'avertissait au chant du coq, — *ad matutinum*, au *Christus venit*[2], — dans les plus sombres villes :

> Ô saisons, ô châteaux !
> Quelle âme est sans défauts ?[3]
>
> J'ai fait la magique étude
> Du bonheur, qu'aucun n'élude.
>
> Salut à lui, chaque fois
> Que chante le coq gaulois.
>
> Ah ! je n'aurai plus d'envie :
> Il s'est chargé de ma vie.
>
> Ce charme a pris âme et corps
> Et dispersé les efforts.
>
> Ô saisons, ô châteaux !
>
> L'heure de sa fuite, hélas !
> Sera l'heure du trépas[4].
>
> Ô saisons, ô châteaux !

---

1. L'expression est très elliptique : le Bonheur est un rongeur (sa dent) et il invite à la mort en la faisant passer pour douce. C'est au Bonheur des chrétiens que Rimbaud s'en prend. **2.** C'est l'heure où saint Pierre a renié le Christ, mais c'est aussi, dans la liturgie, le moment du repentir et de la conversion. Jean-Claude Morisot (*Claudel et Rimbaud*, Minard, 1976) rappelle à juste titre l'hymne des laudes du dimanche qui figure par le réveil au chant du coq la conversion personnelle, liée au repentir de Pierre : « *Gallo canente spes redit,/ Aegris salus refunditur,/ Mucro latronis conditur,/ Lapsis fides revertitur* ». On peut aussi songer à *Hamlet*, I, 1 : « Certains disent qu'en ce temps de l'année qui précède la célébration de la naissance du Seigneur, l'oiseau de l'aube chante toute la nuit » (trad. d'André Gide). Ce chant est donc une invitation à la conversion pour trouver le Bonheur. **3.** Nouvelle version d'un autre poème non daté (voir *Poésies complètes*, p. 251). **4.** L'ajout de ce dernier distique constitue la

Cela s'est passé. Je sais aujourd'hui saluer la beauté[1].

L'Impossible

Ah ! cette vie de mon enfance[2], la grande route par tous les temps, sobre surnaturellement, plus désintéressé que le meilleur des mendiants, fier de n'avoir ni pays, ni amis, quelle sottise c'était[3]. — Et je m'en aperçois seulement !

— J'ai eu raison de mépriser ces bonshommes[4] qui ne perdraient pas l'occasion d'une caresse, parasites de la propreté et de la santé de nos femmes, aujourd'hui qu'elles sont si peu d'accord avec nous[5].

J'ai eu raison dans tous mes dédains : puisque je m'évade[6].

Je m'évade !

Je m'explique.

Hier encore, je soupirais : « Ciel ! sommes-nous assez de damnés ici-bas ! Moi, j'ai tant de temps déjà dans leur troupe[7] ! Je les connais tous. Nous nous reconnaissons toujours ; nous nous dégoûtons. La cha-

---

variante la plus remarquable. C'est une chute : la promesse se révèle trompeuse ; la mort n'est pas l'introduction au bonheur, elle en est la fin.

1. Comme on salue quelqu'un pour prendre congé de lui ? L'expression reste ambiguë. Le brouillon était sensiblement différent : « Salut à la bont[é] ». Mais il invitait bien à renoncer à la littérature, ou à une certaine forme de littérature : « Cela s'est passé peu à peu./ Je hais maintenant les élans mystiques et les bizarreries de style./ Maintenant je puis dire que l'art est une sottise ». **2.** Retour sur son enfance comme dans « Mauvais sang » (cinquième partie : « Sur les routes, par des nuits d'hiver, sans gîte, sans habits, sans pain ») et dans « Nuit de l'enfer » (« Ah ! l'enfance, l'herbe, la pluie [...] »). **3.** Cette première tentative d'une fuite impossible n'était que la « sottise ». **4.** Les « faux nègres » invectivés dans « Mauvais sang ». **5.** D'où l'enfer des femmes évoqué à la fin d'« Adieu ». **6.** Fantasme d'une fugue nouvelle. **7.** La « saison » a trop duré.

rité nous est inconnue. Mais nous sommes polis ; nos relations avec le monde sont très-convenables. » Est-ce étonnant ? Le monde ! les marchands, les naïfs ! — Nous ne sommes pas déshonorés[1]. —

Mais les élus, comment nous recevraient-ils[2] ? Or il y a des gens hargneux et joyeux, de faux élus, puisqu'il nous faut de l'audace ou de l'humilité pour les aborder. Ce sont les seuls élus. Ce ne sont pas des bénisseurs[3] !

M'étant retrouvé deux sous de raison — ça passe vite ! — je vois que mes malaises viennent de ne m'être pas figuré assez tôt que nous sommes à l'Occident. Les marais occidentaux[4] ! Non que je croie la lumière altérée, la forme exténuée, le mouvement égaré[5]... Bon ! voici que mon esprit veut absolument se charger de tous les développements cruels qu'a subis l'esprit depuis la fin de l'Orient[6]... Il en veut, mon esprit !

... Mes deux sous de raison sont finis ! — L'esprit est autorité[7], il veut que je sois en Occident. Il faudrait le faire taire pour conclure comme je voulais.

J'envoyais au diable[8] les palmes des martyrs, les rayons de l'art, l'orgueil des inventeurs, l'ardeur des pillards ; je retournais à l'Orient et à la sagesse première et éternelle. — Il paraît que c'est un rêve de paresse grossière !

---

1. Aux yeux du monde qui se contente des apparences. **2.** La fugue envisagée « hier » était fuite loin de l'enfer pour trouver le paradis des « élus ». Mais les « élus » ne sont pas aussi « naïfs » que les gens du monde. **3.** Glissements successifs (« élus », « faux élus », « seuls élus ») qui vident le terme même de son sens : ces prétendus élus qui repousseraient le damné fugitif, « gens hargneux », repliés sur leur joie égoïste, ignorent eux aussi la charité. Nouveau sophisme qui doit détruire le message évangélique. **4.** Ceux que retrouvait le bateau ivre au terme de sa course. Ils deviennent ici des marais infernaux (le Styx des Anciens, les marais de l'*Enfer* de Dante). L'Occident sera donc l'enfer même qu'il faut fuir. **5.** Comme le remarque très finement Yves Bonnefoy, Rimbaud, au moment même où il dénonce l'Occident, retombe sous l'empire des catégories occidentales (celles d'Aristote : la forme, le mouvement) et s'en rend compte. **6.** L'Orient n'est pas seulement une autre partie du monde ; il est une autre partie du temps, un en-deçà de l'histoire occidentale, qui prend valeur d'âge d'or. **7.** Tyrannie de l'esprit formé aux catégories occidentales. **8.** Rimbaud reprend le fil du raisonnement brisé par l'esprit. L'expression est plaisante pour un damné qui cherche à s'échapper de l'enfer.

Pourtant, je ne songeais guère au plaisir d'échapper aux souffrances modernes. Je n'avais pas en vue la sagesse bâtarde du Coran¹. — Mais n'y a-t-il pas un supplice réel en ce que, depuis cette déclaration de la science, le christianisme², l'homme *se joue*³, se prouve les évidences, se gonfle du plaisir de répéter ces preuves, et ne vit que comme cela ! Torture subtile, niaise ; source de mes divagations spirituelles⁴. La nature pourrait s'ennuyer, peut-être⁵ ! M. Prudhomme est né avec le Christ.

N'est-ce pas parce que nous cultivons la brume ! Nous mangeons la fièvre avec nos légumes aqueux. Et l'ivrognerie ! et le tabac ! et l'ignorance ! et les dévouements ! — Tout cela est-il assez loin de la pensée de la sagesse de l'Orient, la patrie primitive ? Pourquoi un monde moderne, si de pareils poissons s'inventent !

Les gens d'Église diront : C'est compris. Mais vous voulez parler de l'Éden. Rien pour vous dans l'histoire des peuples orientaux. — C'est vrai ; c'est à l'Éden que je songeais ! Qu'est-ce que c'est pour mon rêve, cette pureté des races antiques⁶ !

Les philosophes : Le monde n'a pas d'âge. L'humanité se déplace, simplement. Vous êtes en Occident, mais libre d'habiter dans votre Orient, quelque ancien qu'il vous le faille, — et d'y habiter bien. Ne soyez pas un vaincu. Philosophes, vous êtes de votre Occident⁷ !

---

1. Le fatalisme. Le Coran est bâtard puisqu'il part de l'Écriture. L'Orient désiré de Rimbaud est l'Orient antéislamique. **2.** Apposition à « cette déclaration de la science ». Jésus se présente comme celui qui sait : « vrai est mon témoignage, parce que je sais d'où je suis venu et où je m'en vais » (Jean, VIII, 14). **3.** Se trompe lui-même. **4.** C'est à cette torture qu'il veut échapper, et il la connaît bien puisque — les proses précédentes l'ont montré — il lui arrive de revenir aux préceptes du christianisme qu'on lui a imposés. **5.** Si elle était seule... Parodie d'une de ces preuves niaises dont M. Prudhomme, le bourgeois stupide, se contenterait. **6.** La pureté du premier couple humain avant la chute n'est rien à côté de l'objet de son rêve. **7.** Un sophisme, un « impératif catégorique » : voilà toute la réponse des philosophes, reclus dans leurs catégories occidentales.

Mon esprit[1], prends garde. Pas de partis de salut violents. Exerce-toi ! — Ah ! la science ne va pas assez vite pour nous !

— Mais je m'aperçois que mon esprit dort.

S'il était bien éveillé toujours à partir de ce moment, nous serions bientôt à la vérité, qui peut-être nous entoure avec ses anges pleurant !... — S'il avait été éveillé jusqu'à ce moment-ci, c'est que je n'aurais pas cédé aux instincts délétères, à une époque immémoriale !... — S'il avait toujours été bien éveillé, je voguerais en pleine sagesse !...

Ô pureté ! pureté !

C'est cette minute d'éveil[2] qui m'a donné la vision de la pureté ! — Par l'esprit on va à Dieu[3] !

Déchirante infortune !

L'Éclair

Le travail humain[4] ! c'est l'explosion qui éclaire mon abîme[5] de temps en temps.

« Rien n'est vanité[6] ; à la science, et en avant ! » crie l'Ecclésiaste moderne, c'est-à-dire *Tout le monde*.

---

1. Occidental, lui aussi, et rebelle au rêve oriental. Rimbaud veut bien céder à son autorité : mais il le découvre lent, endormi, nul. 2. Celle qui correspond aux « deux sous de raison » qu'il avait réussi à retrouver — à dérober à l'esprit. 3. Précepte qu'on a voulu lui imposer et qui pourrait correspondre encore à l'enseignement évangélique (Jean, XIV, 26 : « le Paraclet, l'Esprit, l'Esprit Saint, qu'enverra le Père en mon Nom, lui vous enseignera tout et vous rappellera tout ce que moi je vous ai dit »). Rimbaud joue sur le mot « esprit » et, après la description qu'il en a faite, il peut souligner le caractère dérisoire, désespérant, d'une semblable proposition. 4. Travailler : commandement biblique, sur lequel insiste à nouveau saint Paul (Éphésiens, IV, 28 ; I Thessaloniciens, IV, 11 ; II Thessaloniciens, III, 10) ; mais aussi commandement moderne contre lequel Rimbaud se rebellait déjà dans sa lettre à Izambard du 13 mai 1871. 5. L'abîme infernal, et aussi l'abîme intérieur. 6. L'inverse du « Tout est vanité » de l'Ecclésiaste de l'Ancien Testament.

Et pourtant les cadavres des méchants et des fainéants tombent sur le cœur des autres[1]... Ah ! vite, vite un peu ; là-bas, par delà la nuit, ces récompenses futures, éternelles[2]... les échappons-nous[3] ?...

— Qu'y puis-je ? Je connais le travail ; et la science est trop lente[4]. Que la prière galope[5] et que la lumière gronde[6]... je le vois bien. C'est trop simple, et il fait trop chaud[7] ; on se passera de moi. J'ai mon devoir, j'en serai fier à la façon de plusieurs, en le mettant de côté[8].

Ma vie est usée. Allons ! feignons, fainéantons[9], ô pitié ! Et nous existerons en nous amusant, en rêvant amours monstres et univers fantastiques, en nous plaignant et en querellant les apparences du monde, saltimbanque, mendiant, artiste, bandit, — prêtre[10] ! Sur mon lit d'hôpital[11], l'odeur de l'encens m'est revenue si puissante ; gardien des aromates sacrés, confesseur, martyr[12]...

Je reconnais là ma sale éducation d'enfance[13]. Puis quoi !... Aller mes vingt ans[14], si les autres vont vingt ans...

---

1. Ce qui contredit déjà le principe de l'Ecclésiaste moderne. Il y a de la perte... 2. Celles qui récompensent les « œuvres ». 3. Les laissons-nous échapper ? 4. *Cf.* « L'Impossible » : « Ah ! la science ne va pas assez vite pour nous ! » 5. À l'inverse de la science. « Demandez, et on vous donnera » (Matthieu, VII, 7). 6. La lumière = Dieu au début de l'Évangile selon saint Jean. Comme les élus (voir « L'Impossible »), Dieu est « hargneux » quand on demande accès à son paradis. 7. Toujours la fournaise de l'enfer. 8. L'un de ces trésors que, selon le commandement évangélique, il convient de ne pas gaspiller. C'est un peu comme le sophisme enfantin : il ne faut pas travailler, ça use les mains. D'où l'image qui suit. 9. Jeu de mots feignant/ fainéant. L'hypocrisie (*cf.* « Les Poètes de sept ans »), la feinte soumission (*cf.* « Mauvais sang ») : une attitude aussi constante que la paresse chez Rimbaud. 10. Autant de parias qui rusent avec la loi du travail. 11. S'il s'agit d'un épisode de la biographie réelle, il est difficile à préciser (voir V.P. Underwood, *Rimbaud et l'Angleterre*, Nizet, 1976, p. 110, note 195). Dans la biographie fictive, en revanche, il s'enchaîne tout naturellement à la fin de « Délires » II : « Ma santé fut menacée ». Avec le même fantasme religieux. 12. Suite de l'énumération. « L'Église associe dans ses litanies les saints, les confesseurs et les martyrs » (S. Bernard). 13. « Sale éducation d'enfance », non pas parce qu'elle a voué la vie de Rimbaud « aux incessantes révoltes et à l'orgueil » (interprétation d'Yves Bonnefoy), mais parce qu'elle a été une éducation chrétienne, et qu'elle donne des couleurs sulpiciennes à son rêve d'oisiveté. 14. Le 20 octobre 1873 Rimbaud va commencer sa vingtième année.

Non ! non ! à présent je me révolte contre la mort[1] ! Le travail paraît trop léger à mon orgueil[2] : ma trahison au monde serait un supplice trop court. Au dernier moment, j'attaquerais à droite, à gauche[3]...

Alors, — oh ! — chère pauvre âme, l'éternité serait-elle pas perdue pour nous[4] !

Matin

N'eus-je pas *une fois*[5] une jeunesse aimable, héroïque, fabuleuse, à écrire sur des feuilles d'or, — trop de chance ! Par quel crime, par quelle erreur, ai-je mérité ma faiblesse actuelle ? Vous qui prétendez que des bêtes poussent des sanglots de chagrin, que des malades désespèrent, que des morts rêvent mal, tâchez de raconter ma chute et mon sommeil[6]. Moi, je ne puis pas plus m'expliquer que le mendiant avec ses continuels *Pater* et *Ave Maria. Je ne sais plus parler*[7] !

Pourtant, aujourd'hui, je crois avoir fini la relation de mon enfer. C'était bien l'enfer ; l'ancien, celui dont le fils de l'homme[8] ouvrit les portes.

Du même désert, à la même nuit, toujours mes yeux las se réveillent à l'étoile d'argent[9], toujours, sans que

---

1. Pensée torturante, l'un des supplices de l'enfer sur terre. **2.** Au regard de cette tâche essentielle : la révolte contre la mort. **3.** *Cf.* les « bravoures plus violentes » dans « Dévotion ». **4.** La damnation — éternelle cette fois — serait le fruit de cette révolte. **5.** Reprise de la formule traditionnelle des contes : « Il était *une fois* ». *Cf.* le « Jadis » sur lequel s'ouvrait *Une saison en enfer*. **6.** Avec ses cauchemars, ses « délires ». **7.** « Je ne sais même plus parler », disait la « Vierge folle » ; et l'on sait les limites que le Démon imposait aux « facultés descriptives » du damné. Plus émouvante ici, la phrase semble prendre valeur d'aveu : après la « vie usée » (« L'Éclair »), c'est la parole usée. **8.** Non pas Dante, comme le veut Margherita Frankel (*op. cit.*, p. 224), mais Jésus-Christ, qui est descendu « dans les régions inférieures de la terre » (Éphésiens, IV, 9). « Fils de l'homme » : allusion à la double naissance de Jésus, mais Rimbaud choisit la naissance humaine (Matthieu, I, 18-24). **9.** Reprise de la parabole des rois mages venus du Levant quand, arrivés du « désert » (l'Arabie), ils se présentèrent à Jérusalem après la naissance du Christ : « Où est le roi des

s'émeuvent[1] les Rois de la vie, les trois mages, le cœur, l'âme, l'esprit. Quand irons-nous, par delà les grèves et les monts, saluer la naissance du travail nouveau, la sagesse nouvelle, la fuite des tyrans et des démons, la fin de la superstition, adorer — les premiers ! — Noël sur la terre[2] !

Le chant des cieux, la marche des peuples ! Esclaves, ne maudissons pas la vie.

Adieu

L'automne déjà[3] ! — Mais pourquoi regretter un éternel soleil[4], si nous sommes engagés à la découverte de la clarté divine[5], — loin des gens qui meurent sur les saisons[6].

L'automne. Notre barque[7] élevée dans les brumes[8] immobiles tourne vers le port de la misère, la cité énorme[9] au ciel taché de feu et de boue. Ah ! les haillons pourris, le pain trempé de pluie, l'ivresse, les mille

---

Juifs qui vient de naître ? Car nous avons vu son étoile au Levant et nous sommes venus nous prosterner devant lui » (Matthieu, II, 2).

1. Se mettent en marche, comme les rois mages qui s'avancèrent précédés de l'étoile (Matthieu, II, 9-10). **2.** Un Noël laïque. **3.** L'automne 1872 ? — ce serait écourter la « saison ». L'automne 73 ? — Le texte est achevé en août. La chronologie est plus fictive que réelle. Cette « saison » de feu et de fièvre ne saurait être que l'été, et s'achève sur l'automne. **4.** Pourquoi regretter, donc, que l'enfer n'ait duré qu'une saison. **5.** Voir la fin du texte précédent. **6.** « Les saisons » = le temps. **7.** Élément de l'imagerie infernale (la barque de Charon) qui complète « les marais occidentaux » (« L'Impossible »). **8.** *Cf. ibid.* « Nous cultivons la brume ». **9.** Londres, peut-être ; mais surtout la cité infernale : la cité de Dité, dans *La Divine Comédie*, se trouve elle aussi au-delà d'un lac stagnant couvert de vapeurs et empli de boue ; un feu éternel l'embrase (*Enfer*, VII-VIII) ; le rapprochement, intéressant, est fait par Margherita Frankel, *op. cit.*, p. 227 (mais il resterait évidemment à démontrer que Rimbaud avait lu Dante). Il est question aussi dans la Bible de cités précipitées dans l'abîme infernal (dans Isaïe, dans Matthieu, XI, 20-24, dans l'Apocalypse — la grande Babylone).

amours qui m'ont crucifié ! Elle ne finira donc point cette goule[1] reine de millions d'âmes et de corps morts *et qui seront jugés*[2] ! Je me revois la peau rongée par la boue et la peste[3], des vers plein les cheveux et les aisselles et encore de plus gros vers dans le cœur, étendu parmi les inconnus sans âge, sans sentiment... J'aurais pu y mourir... L'affreuse évocation[4] ! J'exècre la misère.

Et je redoute l'hiver parce que c'est la saison du comfort[5] !

— Quelquefois je vois au ciel des plages sans fin couvertes de blanches nations en joie[6]. Un grand vaisseau d'or, au-dessus de moi, agite ses pavillons multicolores sous les brises du matin. J'ai créé[7] toutes les fêtes, tous les triomphes, tous les drames. J'ai essayé d'inventer de nouvelles fleurs, de nouveaux astres, de nouvelles chairs, de nouvelles langues. J'ai cru acquérir des pouvoirs surnaturels. Eh bien ! je dois enterrer mon imagination et mes souvenirs ! Une belle gloire d'artiste et de conteur emportée !

Moi ! moi qui me suis dit mage ou ange, dispensé de toute morale, je suis rendu au sol, avec un devoir à chercher, et la réalité rugueuse à étreindre ! Paysan[8] !

---

1. La « ville sans fin » (*cf. Les Déserts de l'amour*), la grande prostituée de l'Apocalypse, devenue « une demeure de démons » (Apocalypse, XVIII, 2). **2.** Apocalypse, XVIII, 10 : « Malheur ! Malheur ! la grande ville, Babylone la ville puissante ! car en une heure est venu ton jugement ». **3.** *Ibid.*, XVIII, 8 : « En un seul jour arriveront les plaies : peste, deuil et famine ». **4.** La barque, après un dernier regard vers le port, quitte la ville ; *cf.* Apocalypse, XVIII, 17 : « Et tout pilote et tout caboteur, et les matelots et tous ceux qui exploitent la mer se tinrent au loin ; et ils criaient, en regardant la fumée de son incendie : "Qui était semblable à la grande ville ?" ». **5.** Orthographe anglaise, utilisée aussi par Baudelaire. « Et » = et dire que. Rimbaud souligne ses propres contradictions. Ou bien l'on peut comprendre : du confort dont je suis privé. **6.** La vision s'oppose à la précédente comme la Jérusalem céleste à Babylone la grande dans l'Apocalypse. Le vaisseau céleste s'oppose à la barque infernale. **7.** Parataxe qui vaut une opposition forte : *mais* j'ai créé. Rimbaud se rend compte qu'il est, qu'il n'a cessé d'être la proie des « hallucinations innombrables », même quand il a cru en être le maître. **8.** Pour ce que le terme peut avoir pour lui de péjoratif, *cf.* la lettre à Delahaye de mai 1873.

Suis-je trompé ? la charité serait-elle sœur de la mort, pour moi[1] ?

Enfin, je demanderai pardon pour m'être nourri de mensonge. Et allons.

Mais pas une main amie ! et où puiser le secours ?

———

Oui l'heure nouvelle est au moins très sévère.

Car je puis dire que la victoire m'est acquise[2] : les grincements de dents, les sifflements de feu, les soupirs empestés se modèrent. Tous les souvenirs immondes s'effacent. Mes derniers regrets détalent, — des jalousies pour[3] les mendiants, les brigands, les amis de la mort, les arriérés de toutes sortes. — Damnés, si je me vengeais[4] !

Il faut être absolument moderne.

Point de cantiques : tenir le pas gagné[5]. Dure nuit[6] ! le sang séché[7] fume sur ma face, et je n'ai rien derrière moi, que cet horrible arbrisseau[8]... Le combat spirituel est aussi brutal que la bataille d'hommes ; mais la vision de la justice[9] est le plaisir de Dieu seul.

Cependant c'est la veille[10]. Recevons tous les influx de vigueur et de tendresse réelle. Et à l'aurore, armés d'une ardente patience, nous entrerons aux splendides villes[11].

———

1. Alors que la charité évangélique passe pour conduire à l'éternité. Échec de l'« entreprise de charité » pour l'autre (« Vierge folle ») et pour soi-même. 2. Il parvient à s'échapper de l'enfer. 3. L'envie que je portais aux... 4. C'est une manière de se venger de l'enfer, « l'ancien, celui dont le fils de l'homme ouvrit les portes » en mettant « fin » à « la superstition » (« Matin »). D'où l'affirmation suivante. 5. Ne pas reculer d'un pas quand on a avancé d'un pas ; donc mettre fin à ces hésitations qui ont marqué sa « saison ». 6. La « Nuit de l'enfer ». 7. Le sang répandu des coupes de la fureur de Dieu (Apocalypse, XVI, 3-4). 8. Allusion dantesque douteuse (l'arbrisseau = la tentation du suicide), contrairement à ce que prétend M. Frankel, *op. cit.*, p. 231. Il s'agit plutôt à notre avis de l'arbre de vie, symbole de l'élection, dernière vision de l'Apocalypse. Rimbaud renonce à se poser ce torturant problème du salut, qui a été pour lui un supplice infernal. Il met ainsi fin à son « combat spirituel ». 9. Le Jugement dernier. Reprise élargie de l'opposition qu'on trouvait en 1870 dans « Le Mal » : combat meurtrier des humains/ satisfaction égoïste de Dieu. 10. Le temps de veille, après le temps de sommeil et de délires. 11. Des villes nouvelles qui ne seront pas des hallucinations.

Que parlais-je de main amie ! Un bel avantage, c'est que je puis rire des vieilles amours mensongères, et frapper de honte ces couples menteurs, — j'ai vu l'enfer des femmes là-bas[1] ; — et il me sera loisible de *posséder la vérité dans une âme et un corps*[2].

Avril-août, 1873.

---

1. « Là-bas » = dans l'enfer qu'il vient de traverser.   2. Donc dans son individualité intacte, sans cette séparation que suggère la religion. *Une âme et un corps* = les siens. La diction devrait souligner l'article.

III.

ILLUMINATIONS

Après le Déluge

Aussitôt que l'idée[1] du Déluge se fut rassise[2],
Un lièvre[3] s'arrêta dans les sainfoins et les clochettes[4] mouvantes et dit sa prière à l'arc-en-ciel[5] à travers la toile de l'araignée[6].

Oh les pierres précieuses qui se cachaient, — les fleurs qui regardaient déjà[7].

Dans la grande rue sale les étals[8] se dressèrent, et l'on tira les barques vers la mer étagée là-haut comme sur les gravures[9].

Le sang coula, chez Barbe-Bleue[10], — aux abat-

---

1. *Cf.* l'idée, le projet de Déluge que Dieu a conçus et exposés devant Noé (Genèse, VI, 13 *sq.*). Mais c'est aussi plus largement l'idée qui préside à tous les Déluges connus dans les diverses mythologies et les diverses religions. **2.** Métonymie : Dieu dans sa colère s'est levé ; il se rassied. Il est désigné par son idée du Déluge. **3.** L'« animal qui symbolise la rapidité et la fuite » (M. Davies) et qui curieusement s'arrête. Image familière, rassurante, l'une de ces « merveilleuses images » que peuvent regarder les enfants. **4.** Les noms des deux plantes sont choisis pour leurs sonorités religieuses (*sain*foins, *clochettes*). **5.** Signe de l'alliance de Dieu non seulement avec l'homme, mais avec « tous les animaux de la terre » (Genèse, IX, 9-10). Rimbaud se révolte contre cette alliance dans « Alchimie du verbe » (« J'avais été damné par l'arc-en-ciel »). **6.** Tout se passe avec une extrême rapidité (« Aussitôt que... ») ; l'araignée a déjà eu le temps de tisser sa toile. **7.** Les pierres précieuses ont eu le temps de s'enfouir sous terre, les fleurs de s'ouvrir. **8.** Retour au commerce de la chair des bêtes qu'on tue : les animaux de boucherie débités sur les étals des bouchers ; les poissons pêchés par les pêcheurs dans des barques. Dieu, qui a conclu une alliance avec les animaux, les a pourtant donnés à manger à l'homme (Genèse, IX, 2-3). **9.** La vie humaine est « située à une époque primitive avant la découverte de la perspective » (M. Davies) : comme sur une enluminure naïve. **10.** Un de ces contes qui ont frappé Rimbaud (voir « Anne » dans les « Fêtes de la faim »), conte cruel (c'est le sang humain qui coule cette fois), qui pourtant plaît aux enfants.

toirs, — dans les cirques[1], où le sceau de Dieu[2] blêmit les fenêtres[3]. Le sang et le lait[4] coulèrent.

Les castors[5] bâtirent. Les « mazagrans »[6] fumèrent dans les estaminets.

Dans la grande maison de vitres encore ruisselante les enfants[7] en deuil regardèrent les merveilleuses images.

Une porte claqua, et sur la place du hameau, l'enfant tourna[8] ses bras compris des girouettes et des coqs des clochers de partout, sous l'éclatante giboulée.

Madame***[9] établit un piano dans les Alpes. La messe et les premières communions se célèbrèrent aux cent mille autels[10] de la cathédrale.

Les caravanes partirent. Et le Splendide Hôtel fut bâti dans le chaos de glaces et de nuit du pôle[11].

Depuis lors, la Lune entendit les chacals piaulant par les déserts de thym[12], — et les églogues en sabots grognant dans le verger. Puis, dans la futaie violette, bourgeonnante, Eucharis[13] me dit que c'était le printemps.

---

1. Comme les cirques romains, où coulait le sang des bêtes et des hommes. **2.** L'arc-en-ciel. **3.** Raccourci saisissant : on passe des cirques aux églises par l'intermédiaire absent des martyrs sacrifiés. **4.** Et non le lait et le miel qu'on attendrait dans un nouveau paradis. **5.** « Des bêtes qui, en détournant le cours des fleuves, saccagent l'ordre primitif de la nature » (M. Davies). **6.** « MAZAGRAN. — Breuvage dont le nom et l'usage datent de l'héroïque défense de Mazagran, en Algérie, par le capitaine Lelièvre ; on sert, dans un verre profond, du café noir, avec une cuiller à long manche, pour mêler le sucre et l'eau, et quelquefois l'eau de vie que le consommateur agite » (Littré). L'alcool : un des poisons inventés par l'Occident et le monde moderne (*cf.* « L'Impossible »). **7.** Seuls survivants du Déluge. La maison de vitres (première rédaction : « la maison en vitres »), fragile, mais transparente, leur permet de voir la création nouvelle. **8.** L'enfant ne se contente plus de regarder ; il sort pour commander et, en tournant ses bras, fait tourner les girouettes et les coqs de clochers, — qui ont eu eux aussi le temps de s'installer. **9.** La petite fille, déjà devenue Madame***. Elle transforme les montagnes en salon (on a parfois vu là une allusion vengeresse à la belle-mère de Verlaine). **10.** L'accélération s'accompagne de prolifération. **11.** Déserts de sable et déserts de glace sont colonisés. **12.** Tout se trouve bouleversé, en revanche, dans l'univers familier : ce sont les églogues qui grognent (et non les chacals) ; et elles ont déserté le thym au profit des chacals. **13.** Nom d'une nymphe compagne de Calypso dans le *Télémaque* de Fénelon. Mais Rimbaud connaissait-il ce texte ? *Eucharis* pourrait bien être la Grâce et, dans ce monde nouveau, on tente de refaire « le coup de la grâce » (« Mauvais sang »).

Sourds, étang, — Écume, roule sur le pont et pardessus les bois ; — draps noirs et orgues¹, — éclairs et tonnerres, — montez et roulez ; — Eaux et tristesses, montez et relevez² les Déluges.

Car depuis qu'ils se sont dissipés, — oh les pierres précieuses s'enfouissant, et les fleurs ouvertes, !³ — c'est un ennui ! et la Reine, la Sorcière⁴ qui allume sa braise dans le pot de terre, ne voudra jamais nous raconter ce qu'elle sait, et que nous ignorons.

Enfance

I

Cette idole⁵, yeux noirs et crin jaune⁶, sans parents ni cour, plus noble que la fable, mexicaine et flamande ; son domaine, azur et verdure insolents, court sur des plages nommées, par des vagues sans vaisseaux, de noms férocement grecs, slaves, celtiques

À la lisière de la forêt — les fleurs de rêve tintent⁷, éclatent, éclairent, — la fille à lèvre d'orange⁸, les genoux croisés dans le clair déluge qui sourd des prés, nudité qu'ombrent, traversent et habillent les arcs-en-ciel, la flore, la mer.

Dames qui tournoient sur les terrasses voisines de

---

1. Comme pour des funérailles de la Terre... **2.** Antithèse exacte de « rassise ». **3.** Retour à la vision initiale d'un monde qui renaît : une image préraphaélite (V.P. Underwood, *op. cit.*, p. 90), fade, ennuyeuse... **4.** Créature mythique qui détient le feu destructeur. **5.** L'Enfance elle-même ? La Femme plutôt (*cf.* « Soleil et Chair » : « Et l'Idole où tu mis tant de virginité,/ Où tu divinisas notre argile, la Femme »). Ou une réduction de la Femme. **6.** Dans « Les Poètes de sept ans », si Rimbaud a « les yeux bleus », sa voisine de huit ans, « la petite brutale », a « l'œil brun ». Mais on songe surtout ici à la description d'une poupée. **7.** *Cf.* les « clochettes » dans « Après le Déluge ». Les verbes ensuite s'appellent. **8.** L'idole de l'enfance — la poupée — est devenue l'idole de l'adolescence, « la fille à lèvres d'orange », celle de « Trois baisers ».

la mer[1] ; enfantes[2] et géantes, superbes noires dans la mousse vert-de-gris, bijoux debout sur le sol gras des bosquets et des jardinets dégelés[3] — jeunes mères et grandes sœurs aux regards pleins de pèlerinages[4] sultanes, princesses de démarche et de costume tyranniques[,] petites étrangères et personnes doucement malheureuses.

Quel ennui, l'heure du « cher corps » et « cher cœur »[5].

II

C'est elle, la petite morte, derrière les rosiers. — La jeune maman trépassée descend le perron — La calèche du cousin crie sur le sable — Le petit frère — (il est aux Indes !) là, devant le couchant, sur le pré d'œillets. — les vieux qu'on a enterrés tout droits dans le rempart aux giroflées[6].

L'essaim des feuilles d'or entoure la maison du général[7]. Ils sont dans le midi. — On suit la route rouge pour arriver à l'auberge vide. Le château est à vendre ; les persiennes sont détachées. — Le curé aura emporté la clef de l'église. — Autour du parc, les

---

1. Atmosphère de cour, cette fois (à l'opposé du « sans parents ni cour » du premier alinéa), avec des terrasses voisines de la mer qui font penser à Elseneur et à Ophélie. **2.** Néologisme pour un groupe fortement assonancé : petites et grandes. **3.** Comme dans « Après le Déluge », c'est le printemps. **4.** *Cf.* « Dévotion » : « À ma *sœur* Louise Vanaen de Voringhem : — Sa *cornette* bleue tournée à la mer du Nord [...] ». Les mots *sœurs* et *pèlerinages* s'appellent ici de la même façon. **5.** M.-A. Ruff a noté l'analogie avec « Le Balcon » de Baudelaire : « Car à quoi bon chercher tes beautés langoureuses/ Ailleurs qu'en ton *cher corps* et qu'en ton *cœur* si doux ? » Monde féminin, « *Mundus muliebris* » (pour reprendre une autre expression chère à Baudelaire), que Rimbaud juge parfaitement ennuyeux. **6.** Le jeu des identifications est ici difficile, et sans doute inutile. Dans les cinq cas apparition miraculeuse d'un absent. Tour particulièrement elliptique pour la dernière phrase : « les vieux qu'on a enterrés », les voilà « tout droits » (debout) « dans le rempart aux giroflées » (qui, si l'on en croit Delahaye, a réellement existé à Charleville). **7.** Selon le même Delahaye, souvenir de la villa du général Noiset, située sur la route de Flandre, près de Charleville.

loges[1] des gardes sont inhabitées... Les palissades sont si hautes qu'on ne voit que les cimes bruissantes. D'ailleurs il n'y a rien à voir là dedans[2].

Les prés remontent aux hameaux sans coqs, sans enclumes[3]. L'écluse est levée[4]. Ô les calvaires et les moulins du désert, les îles et les meules.

Des fleurs magiques bourdonnaient. Les talus *le*[5] berçaient. Des bêtes d'une élégance fabuleuse circulaient. Les nuées s'amassaient sur la haute mer faite d'une éternité de chaudes larmes.

III

Au bois il y a un oiseau, son chant vous arrête et vous fait rougir[6].

Il y a une horloge qui ne sonne pas[7].

Il y a une fondrière avec un nid de bêtes blanches[8].

Il y a une cathédrale qui descend et un lac qui monte[9].

Il y a une petite voiture abandonnée dans le taillis, ou qui descend le sentier en courant, enrubannée.

---

1. « Loges » en surcharge sur « maisonnettes ».   2. Série de cinq demeures vides, la dernière étant doublement vide : on ne peut rien voir ; il n'y a rien à voir.   3. Un hameau d'où toute vie a disparu (à l'opposé du « hameau » avec ses girouettes et ses coqs de clochers dans « Après le Déluge »).   4. Pour un nouveau déluge ? Le « désert » évoqué ensuite pourrait être la surface des eaux d'où émergent encore les calvaires, les moulins, les îles et les meules (avec un appel de mots moulins/ meules).   5. L'enfant-poète, selon A. Py (éd. des *Illuminations*, Droz, 1969, p. 86). *Le* est souligné sur le manuscrit, d'abord à l'encre donc par Rimbaud, ensuite au crayon sans doute par Fénéon, qui ne savait à quoi renvoyait ce pronom.   6. Un rouge-gorge, peut-être ; mais c'est celui qui l'écoute qui rougit. « Il rougissait pour la moindre chose », dit Delahaye au sujet de Rimbaud (lettre à Marcel Coulon du 2 avril 1929).   7. *Cf.* « Nuit de l'Enfer » : « Ah çà ! l'horloge de la vie s'est arrêtée tout à l'heure ».   8. La vie se réfugie dans un lieu d'où elle devrait être exclue.   9. Inversion plus systématique encore que les précédentes ; mais c'est encore la vision d'eaux qui montent et engloutissent une cathédrale.

Il y a une troupe de petits comédiens en costumes, aperçus sur la route à travers la lisière du bois[1].

Il y a enfin, quand l'on a faim et soif, quelqu'un qui vous chasse[2].

IV

Je suis le saint, en prière sur la terrasse, — comme les bêtes pacifiques[3] paissent jusqu'à la mer de Palestine.

Je suis le savant au fauteuil sombre. Les branches et la pluie se jettent à la croisée[4] de la bibliothèque.

Je suis le piéton de la grand'route par les bois nains ; la rumeur des écluses couvre mes pas. Je vois longtemps la mélancolique lessive d'or du couchant.

Je serais bien[5] l'enfant abandonné sur la jetée partie à la haute mer, le petit valet, suivant l'allée dont le front touche le ciel.

Les sentiers sont âpres. Les monticules se couvrent de genêts. L'air est immobile. Que les oiseaux et les sources sont loin ! Ce ne peut être que la fin du monde, en avançant.

V

Qu'on me loue[6] enfin ce tombeau, blanchi[7] à la chaux avec les lignes du ciment en relief — très loin sous terre.

---

1. *Cf.* « Ornières ». **2.** L'« enfance mendiante » évoquée au début de « L'Impossible ». **3.** Les « ouailles » du Christ. **4.** *Cf.* « Première Soirée », strophe I. **5.** Curieusement, l'indicatif (« je suis ») a dit les vocations, les rêves ; le conditionnel (« je serais bien », c'est-à-dire « il se pourrait bien plutôt que je sois ») exprime la chute dans la réalité. Dans tous les cas, ces visions de solitude conduisent à l'asphyxie dans un « admirable poème du malaise » (Jean-Pierre Richard, *Poésie et profondeur*, Éd. du Seuil, 1955, p. 192). **6.** Le mot implique un séjour temporaire, une « saison » au tombeau. **7.** *Cf.* « les sépulcres blanchis » dans Matthieu, XXIII, 27. Le rapprochement fait par

Je m'accoude à la table, la lampe éclaire très vivement ces journaux que je suis idiot de relire, ces livres sans intérêt. —

À une distance énorme au dessus de mon salon souterrain, les maisons s'implantent, les brumes s'assemblent. La boue est rouge ou noire. Ville monstrueuse, nuit sans fin[1] !

Moins haut, sont des égouts. Aux côtés, rien que l'épaisseur du globe. Peut être les gouffres d'azur, des puits de feu[2]. C'est peut-être sur ces plans que se rencontrent lunes et comètes, mers et fables.

Aux heures d'amertume je m'imagine des boules de saphir, de métal. Je suis maître du silence. Pourquoi une apparence de soupirail blêmirait-elle au coin de la voûte[3] ?

Conte

Un Prince était vexé de ne s'être employé jamais qu'à la perfection des générosités vulgaires. Il prévoyait d'étonnantes révolutions de l'amour[4], et soupçonnait ses femmes[5] de pouvoir mieux que cette complaisance agrémentée de ciel et de luxe. Il voulait voir la vérité, l'heure du désir et de la satisfaction essentiels. Que ce fût ou non une aberration de piété[6], il voulut[7]. Il possédait au moins un assez large pouvoir humain.

V.P. Underwood (*op.cit.*, p. 86) est plus convaincant que ceux que le même commentateur a faits avec la ville de Londres et ses *basements*.   **1.** *Cf.* l'« Adieu » d'*Une saison en enfer*. Mais Rimbaud est ici plus bas que la ville de l'enfer, et dissocié d'elle.   **2.** *Cf.* la braise gardée par la Sorcière à la fin d'« Après le Déluge » ; elle pourrait être la force secrète du monde, celle aussi qui en permet la destruction.   **3.** Refus de la lumière — du « sceau de Dieu [qui] blêmit les fenêtres » (« Après le Déluge »).   **4.** *Cf.* les paroles de l'Époux infernal dans « Délires » I : « Je n'aime pas les femmes. L'amour est à réinventer, on le sait ».   **5.** Polygamie : la scène se situe en Orient.   **6.** Piété tournée vers la recherche d'un Absolu qui est la satisfaction du Désir.   **7.** « Il voulait »

— Toutes les femmes qui l'avaient connu furent assassinées. Quel saccage du jardin de la beauté ! Sous le sabre, elles le bénirent. Il n'en commanda point de nouvelles. — Les femmes réapparurent.

Il tua tous ceux qui le suivaient, après la chasse ou les libations[1]. — Tous le suivaient.

Il s'amusa à égorger les bêtes de luxe. Il fit flamber les palais. Il se ruait sur les gens et les taillait en pièces. — La foule, les toits d'or[2], les belles bêtes existaient encore.

Peut-on s'extasier dans la destruction, se rajeunir par la cruauté ![3] Le peuple ne murmura pas. Personne n'offrit le concours de ses vues[4].

Un soir il galopait fièrement. Un Génie apparut, d'une beauté ineffable, inavouable même[5]. De sa physionomie et de son maintien ressortait la promesse d'un amour multiple et complexe ! d'un bonheur indicible, insupportable même ! Le Prince et le Génie s'anéantirent probablement dans la santé essentielle[6]. Comment n'auraient-ils pas pu en mourir ? Ensemble donc ils moururent.

Mais ce Prince décéda, dans son palais, à un âge ordinaire. Le prince était le Génie. Le Génie était le Prince[7].

La musique savante[8] manque à notre désir[9].

[...] il voulut » : moment de la décision, que le Prince peut prendre et exécuter en raison du pouvoir humain qu'il possède.
1. Les festins.   **2.** *Cf.* la *domus aurea* de Néron.   **3.** Le point d'exclamation marque cette extase même, cette satisfaction qui ne dure que le temps de l'acte.   **4.** Point de conseiller fâcheux.   **5.** « Ineffable » : qui ne peut être dite ; « inavouable » : que l'on n'ose pas reconnaître comme la sienne. Parallélisme des constructions : « d'un bonheur indicible, insupportable même ! »   **6.** *Cf.* « l'heure du désir et de la satisfaction essentiels » que le Prince attendait.   **7.** Singulière restriction : le Génie n'était que le Prince.   **8.** Celle qui, comme le Prince, veut trouver la *vérité*, l'*essence*.   **9.** Déçoit notre désir, qui est aussi désir de l'Absolu.

Parade

Des drôles[1] très solides. Plusieurs ont exploité vos mondes[2]. Sans besoins, et peu pressés de mettre en œuvre leurs brillantes facultés et leur expérience de vos consciences. Quels hommes mûrs ! Des yeux hébétés à la façon de la nuit d'été, rouges et noirs, tricolores[3], d'acier piqué d'étoiles d'or ; des faciès déformés, plombés, blêmis[,] incendiés[4] ; des enrouements folâtres ! La démarche cruelle des oripeaux ! — Il y a quelques jeunes, — comment regarderaient-ils Chérubin[5], ? — pourvus de voix effrayantes et de quelques ressources dangereuses. On les envoie prendre du dos[6] en ville, affublés d'un *luxe* dégoûtant.

Ô le plus violent Paradis[7] de la grimace enragée[8] ! Pas de comparaison avec vos Fakirs et les autres bouffonneries scéniques. Dans des costumes improvisés avec le goût du mauvais rêve ils jouent des complaintes, des tragédies de malandrins et de demidieux spirituels comme l'histoire ou les religions ne l'ont jamais été[9], Chinois, Hottentots[10], bohémiens[11],

---

1. Rimbaud jouera sur le double sens du terme : des personnages inquiétants (« terreur »), mais amusants (« raillerie », « comédie »). 2. Exploiter le monde sous le couvert de la grimace, velléité ancienne chez Rimbaud (voir la lettre à Izambard du 13 mai 1871) confirmée dans *Une saison en enfer* : c'est une manière de se venger. 3. L'expression justifie tardivement la comparaison avec la nuit d'été. Description des yeux fardés des clowns. 4. Les uns pâles, les autres rubiconds. 5. Leur contraire, le jeune homme charmant dont le rôle est chanté par une voix mélodieuse de femme dans l'opéra de Mozart. 6. L'expression est une parodie plaisante de « prendre du ventre ». On songe à des gigolos, mettant en œuvre des « ressources dangereuses ». Ou à des petits-maîtres, faisant « le gros dos », une main dans la ceinture de la culotte et l'autre dans la veste. 7. Parade/ Paradis : les mots s'appellent. 8. *Cf.* « Nuit de l'enfer » : « Bah ! faisons toutes les grimaces imaginables ». 9. Des tragédies supérieures à l'histoire (pour ce qui est des malandrins) et aux religions (pour ce qui est des demi-dieux spirituels). Se décidant à feindre, Rimbaud était prêt à jouer aussi bien le rôle du « bandit » que celui du « martyr » (« L'Éclair »). Première rédaction : « Spirituels comme l'histoire ni les religions n'ont jamais été ». 10. Grimés en Chinois (le faciès blêmi) ou en Hottentots (le faciès plombé). 11. Synonyme de saltimbanques.

niais, hyènes[1], Molochs[2], vieilles démences, démons[3] sinistres, ils mêlent les tours populaires, maternels, avec les poses et les tendresses bestiales[4]. Ils interpréteraient des pièces nouvelles et des chansons « bonnes filles ». Maîtres jongleurs[5], ils transforment le lieu et les personnes et usent de la comédie magnétique. Les yeux flambent, le sang chante, les os s'élargissent, les larmes et des filets rouges ruissellent[6]. Leur raillerie ou leur terreur dure une minute, ou des mois entiers. J'ai seul la clef de cette parade sauvage[7].

Antique

Gracieux fils de Pan[8] ! Autour de ton front couronné de fleurettes et de baies[9] tes yeux, des boules précieuses, remuent[10]. Tachées de lies brunes[11], tes joues se creusent. Tes crocs luisent[12]. Ta poitrine ressemble à une cithare, des tintements circulent dans tes bras blonds. Ton cœur bat dans ce ventre où dort le double sexe[13]. Promène-toi, la nuit[14], en mouvant doucement cette cuisse, cette seconde cuisse et cette jambe de gauche.

---

1. Les deux mots s'appellent par inversion de sons. **2.** Moloch : monstre auquel sacrifiaient les idolâtres. **3.** Démences/ démons : les mots s'appellent. **4.** *Cf.* le Bottom de Shakespeare dans *Le Songe d'une nuit d'été*. **5.** Expression calquée sur « maîtres chanteurs ». Ils jonglent avec les personnes, les attirant ou les rejetant tour à tour (« la comédie magnétique »). **6.** Étonnante évocation, avant la lettre, d'un « théâtre de la cruauté » qui possède le spectateur. **7.** C'est-à-dire : je suis maître de cette parade sauvage, je peux jouer tous ces rôles. **8.** « Le fils de Pan, le torcol ou oiseau mangeur de serpents, était un oiseau migrateur de printemps qu'on utilisait pour fabriquer des charmes érotiques » (Robert Graves, *Les Mythes grecs*, trad. Mounir Hafez, Fayard, 1967, p. 89). Sans tenter de donner par là une explication littérale de l'expression (qui relève assurément d'une mythologie fantaisiste), on peut observer que cet emblème érotique convient fort bien pour un rêve d'« amours monstres ». **9.** D'un corymbe dionysiaque. **10.** En surcharge sur « luisent ». **11.** La lie de vin, autre symbole dionysiaque. **12.** Ces deux phrases ont été ajoutées dans l'interligne. **13.** Cette phrase constitue une mystification, selon Bouillane de Lacoste (*Rimbaud et le problème des* Illuminations, p. 232, n. 2). Au contraire, en introduisant le motif de l'hermaphrodite, elle nous fournit la clef de cette prose. **14.** En rêve.

Being Beauteous

Devant une neige[1] un Être de Beauté de haute taille. Des sifflements de mort et des cercles de musique sourde[2] font monter, s'élargir[3] et trembler comme un spectre[4] ce corps adoré ; des blessures écarlates et noires[5] éclatent dans les chairs superbes. Les couleurs propres de la vie[6] se foncent, dansent, et se dégagent autour de la Vision, sur le chantier. Et les frissons s'élèvent[7] et grondent et la saveur forcenée de ces effets se chargeant[8] avec les sifflements mortels et les rauques musiques que le monde, loin derrière nous, lance sur notre mère de beauté[9], — elle[10] recule, elle se dresse. Oh ! nos os sont revêtus d'un nouveau corps amoureux[11].

---

1. Monde de neige, monde polaire, monde arctique où la vie de ce monde-ci a été abolie. 2. Comme le note S. Bernard, l'expression est tirée d'un cliché : les ondes de musique. 3. *Cf.* « Parade » : « les os s'élargissent ». 4. Géant, massif, ce corps est pourtant fragile et irréel. 5. A. Adam veut retrouver ici des détails anatomiques (la pointe des seins, le sexe). Mais l'important n'est pas là : ce corps superbe est déjà un corps blessé, donc menacé. 6. Le chantier de la Nouvelle Création. Les couleurs de la vie sont rebelles au nouveau démiurge. 7. Reprise de « trembler » ; la fragilité même tente de se faire force. 8. *Se chargeant avec* = venant se surimposer à. La musique créatrice — mais qui pourrait être aussi destructrice — (sifflements de mort, cercles de musique sourde) est doublée par une musique qui émane du corps créé lui-même, qui collabore à l'effort *forcené* de la vie, mais qui en dit en même temps la fragilité (les frissons). 9. Car cet Être de Beauté doit être la matrice de toute beauté future. 10. La Vision. Double mouvement contradictoire : une vie qui hésite à naître et pourtant tente de s'affirmer. 11. S. Bernard fait un rapprochement judicieux avec la vision des ossements desséchés dans Ezéchiel, XXXVII : « Il me dit : Prophétise sur ces ossements. Tu leur diras : ossements desséchés, écoutez la parole de Yahvé. Ainsi parle le Seigneur Yahvé à ces ossements. Voici que je vais faire entrer en vous l'esprit, et vous vivrez. Je mettrai sur vous des nerfs, je ferai pousser sur vous de la chair, je tendrai sur vous de la peau et je vous donnerai un esprit, et vous vivrez, et vous saurez que je suis Yahvé ».

* * *

Ô[1] la face cendrée[2], l'écusson de crin[3], les bras de cristal[4] ! le canon[5] sur lequel je dois m'abattre à travers la mêlée des arbres et de l'air léger !

Vies

I

Ô les énormes avenues du pays saint, les terrasses du temple[6] ! Qu'a-t-on fait du brahmane qui m'expliqua les Proverbes[7] ? D'alors, de là-bas, je vois encore même les vieilles[8] ! Je me souviens des heures d'argent et de soleil vers les fleuves, la main de la campagne[9] sur mon épaule, et de nos caresses debout dans les plaines poivrées[10]. — Un envol de pigeons écarlates[11] tonne autour de ma pensée — Exilé ici j'ai eu

---

1. *Oh* : l'enthousiasme ; *Ô* : le désappointement. **2.** Qui redevient poussière. **3.** *Cf.* « Enfance » I, le « crin jaune » de l'idole. L'expression, cette fois, pourrait désigner le pubis. Le terme est nettement péjoratif. **4.** Aussi fragiles que le cristal. **5.** Il s'agit moins d'une image phallique que d'un phantasme : peur de la guerre, du monde et de la mort (voir la fin de « Mauvais sang »). **6.** *Cf.* « Enfance » IV : « Je suis le saint, en prière sur la terrasse ». **7.** Les *sutras* védiques. **8.** Tant les images sont restées vives. L'expression n'a rien d'un non-sens. **9.** Texte du manuscrit que certains éditeurs ont cru devoir corriger en « compagne ». En croyant éviter un non-sens, ils commettent un contresens. La campagne tient lieu ici de compagnie féminine. **10.** *Cf.* « Démocratie » : « aux pays poivrés et détrempés ». **11.** V.P. Underwood a découvert l'expression « *red turbits* » dans les listes de mots anglais de Rimbaud ; de là à dire que les « pigeons écarlates » de « Vies » I venaient des « petites annonces des colombophiles anglais », il n'y avait qu'un pas, qu'il s'est heureusement gardé de franchir (« Rimbaud et l'Angleterre » dans *Revue de littérature comparée*, janvier-mars 1955, p. 33 ; l'hypothèse a été contestée par C.A. Hackett dans *Autour de Rimbaud* ; mise au point de V.P. Underwood dans son livre sur *Rimbaud et l'Angleterre*, pp. 333-335). La disposition entre tirets de cette phrase indique qu'elle exprime une brisure, et un passage — le

une scène[1] où jouer les chefs-d'œuvre dramatiques de toutes les littératures. Je vous indiquerais les richesses inouïes[2]. J'observe l'histoire des trésors[3] que vous trouvâtes. Je vois la suite[4] ! Ma sagesse[5] est aussi dédaignée que le chaos. Qu'est mon néant[6], auprès de la stupeur[7] qui vous attend ?

II

Je suis un inventeur[8] bien autrement méritant que tous ceux qui m'ont précédé ; un musicien même, qui ai trouvé quelque chose comme la clef de l'amour[9]. À présent, gentilhomme d'une campagne aigre au ciel sobre[10] j'essaie de m'émouvoir[11] au souvenir de l'enfance mendiante, de l'apprentissage ou de l'arrivée en sabots, des polémiques, des cinq ou six veuvages[12], et quelques noces où ma forte tête m'empêcha de monter

---

passage d'*alors* à maintenant, de là-bas à ici. Un prodigieux *envol* (*cf.* « million d'oiseaux d'or » dans « Le Bateau ivre »), un éblouissement (*écarlates*), un bruit de tonnerre : comme étourdi, sans comprendre, le poète se retrouve dans une autre vie. La phrase « Tout se fit ombre et aquarium ardent » a la même fonction dans « *Bottom* ».

1. Le monde occidental n'est qu'une scène pour un saltimbanque (*cf.* « Parade »).   2. Fort de mes vies antérieures, je pourrais vous indiquer des richesses que vous ne connaissez pas. On pense au boniment de « Nuit de l'enfer » — de l'imitation, de la simulation, du « théâtre ».   3. Trésors qui, à côté de ces « richesses inouïes », sont dérisoires. Rimbaud pense certainement aux pauvres trésors de la religion chrétienne.   4. Qui n'est pas telle que les Occidentaux se l'imaginent.   5. La « sagesse de l'Orient » (« L'Impossible ») : non pas la « sagesse bâtarde du Coran », mais celle de l'Inde.   6. Le *nirvana*.   7. L'étonnement que vous éprouverez quand vous verrez que les promesses de la religion chrétienne étaient trompeuses.   8. *Cf.* le passé de l'inventeur que Rimbaud envoie « au diable » dans « L'Impossible » et dont il reconnaît la vanité dans « Adieu ».   9. « La charité est cette clef » (Prologue d'*Une saison en enfer*). Le motif (musical ici) de la clef amène l'image du musicien.   10. On songe évidemment à Roche, à la maison familiale, à la sobriété imposée par les lieux (*cf.* la lettre à Delahaye de mai 1873).   11. Tentative d'application de son invention : l'amour, la charité.   12. Abandons. Le mot est verlainien, et on le trouvait dans la « Chanson de la plus haute Tour ».

au diapason des camarades[1]. Je ne regrette pas ma vieille part de gaîté divine[2] : l'air sobre de cette aigre campagne alimente fort activement mon atroce scepticisme[3]. Mais comme ce scepticisme ne peut désormais être mis en œuvre, et que d'ailleurs je suis dévoué à un trouble nouveau, — j'attends de devenir un très méchant fou.

III

Dans un grenier où je fus enfermé à douze ans j'ai connu le monde, j'ai illustré la comédie humaine. Dans un cellier j'ai appris l'histoire. À quelque fête de nuit dans une cité du Nord j'ai rencontré toutes les femmes des anciens peintres[4]. Dans un vieux passage[5] à Paris on m'a enseigné les sciences classiques. Dans une magnifique demeure[6] cernée par l'Orient entier j'ai accompli mon immense œuvre et passé mon illustre retraite. J'ai brassé mon sang[7]. Mon devoir m'est remis. Il ne faut même plus songer à cela. Je suis réellement d'outre-tombe, et pas de commissions[8].

---

1. Quelques beuveries où il s'est montré plus sobre que ses camarades, ayant plus de volonté qu'eux (« ma forte tête »). La métaphore musicale (« diapason ») ne se poursuit pas sans intention de dérision.   **2.** Acquise dans une vie antérieure.   **3.** Donc ma raillerie : celle qui s'exerçait contre les paysans et contre l'innocence dans la lettre à Delahaye de mai 73 ; mais aussi à celle qui est mise en œuvre dans les « Proses "évangéliques" » et dans *Une saison en enfer*.   **4.** Les femmes que représentaient les anciens peintres. Une ville flamande plutôt que Londres.   **5.** Y. Bonnefoy songe au passage Denfert près duquel Rimbaud a vécu (le « passage d'Enfer »), A. Py au passage Choiseul où était installé Lemerre, l'éditeur des Parnassiens. Cette seconde hypothèse paraît la meilleure. Mais la suite prouve qu'il s'agit de lieux rêvés plus que de lieux réels.   **6.** Ce pourrait être, une fois de plus, la transformation fantasmatique de Roche en château, avec la tentation orientale de « L'Impossible » et le temps de retraite qui a permis l'achèvement d'*Une saison en enfer*. Toutes les expressions sont volontairement grossies à des fins de dérision.   **7.** Dans « Mauvais sang ».   **8.** On trouve le mot au singulier à la fin de « Solde », associé à l'idée de voyage et de commerce. Les « commissions », c'est la récompense pour une mission accomplie (un « devoir »). Mais ce « devoir » est remis : Rimbaud en est déchargé.

Départ

Assez vu. La vision s'est rencontrée à[1] tous les airs.
Assez eu. Rumeurs des villes, le soir, et au soleil, et toujours.
Assez connu. Les arrêts de la vie[2]. — Ô Rumeurs et Visions !
Départ dans l'affection[3] et le bruit neufs !

Royauté

Un beau matin, chez un peuple fort doux, un homme et une femme superbes[4] criaient sur la place publique. « Mes amis, je veux qu'elle soit reine ! » « Je veux être reine ! » Elle riait et tremblait[5]. Il parlait aux amis de révélation, d'épreuve terminée. Ils se pâmaient l'un contre l'autre.

En effet ils furent rois toute une matinée où les tentures carminées[6] se relevèrent sur les maisons[7], et toute l'après-midi, où ils s'avancèrent du côté des jardins de palmes[8].

---

1. *À* en surcharge sur *dans*.   2. Des « moments d'extase » (A. Py, p. 111), mais tout aussi bien des moments de crise.   3. « Affection » : état aussi bien physique que moral qui résulte d'une influence subie (c'est le sens du latin *affectio*). Le terme résume très bien les décisions prises à la fin d'*Une saison en enfer*, en particulier : « Recevons tous les influx de vigueur et de tendresse réelle ».   4. Le mot s'oppose à doux.   5. Comme l'Être de Beauté de « *Being Beauteous* ».   6. La pourpre royale ?   7. Pour permettre de mieux voir passer le couple royal.   8. On retrouvera le motif dans « Angoisse » : les « palmes » devraient également servir de décor au « jour de succès ». *Cf.* Jean, XII, 12-15 : rentrant à Jérusalem après la résurrection de Lazare, Jésus est accueilli triomphalement par une foule nombreuse qui a « pris les rameaux des palmiers », et il arrive comme le « Roi » annoncé par les prophètes Isaïe et Zacharie.

À une Raison

Un coup de ton doigt sur le tambour décharge tous les sons[1] et commence la nouvelle harmonie.

Un pas de toi, c'est la levée des nouveaux hommes et leur en-marche[2].

Ta tête se détourne[3] : le nouvel amour[4] ! Ta tête se retourne, — le nouvel amour !

« Change nos lots[5], crible les fléaux[6], à commencer par le temps », te chantent ces enfants. « Élève n'importe où[7] la substance de nos fortunes et de nos vœux » on t'en prie,

Arrivée de toujours, qui t'en iras partout[8].

Matinée d'ivresse

Ô *mon* Bien ! Ô *mon* Beau[9] ! Fanfare atroce où je ne trébuche point ! Chevalet féerique[10] ! Hourra pour l'œuvre inouïe et pour le corps merveilleux[11], pour la

---

1. Épuise tous les sons connus ; c'est la *tabula rasa*, comme chez Descartes !   **2.** *Cf.* « Matin » ; mais on sait le peu de sympathie de Rimbaud pour l'armée.   **3.** Signe de tête de la divinité classique, comme l'a fait observer Rolland de Renéville ; mais c'est tout aussi bien le mouvement de tête d'un homme qui marche au pas.   **4.** *Cf.* « Génie » : « Il est l'amour, mesure parfaite et réinventée, raison merveilleuse et imprévue ».   **5.** Lot attribué à chacun par le destin (*moira*).   **6.** Transperce les fléaux pour les abolir.   **7.** N'importe où (hors du monde).   **8.** Rien de moins « rationnel » que cette dernière phrase, avec des contradictions dont on trouvera l'équivalent dans « Génie » (« il voyage »/ « il ne s'en ira pas ») et dont la moindre n'est pas la présence-absence. Et pourquoi avoir besoin de supplier une « arrivée de toujours » ? Là où d'autres ont vu l'exaltation nous verrions plus volontiers la chute.   **9.** On peut observer que cette double invocation correspond à la fois au « salut à la Bont[é] » prévu dans le brouillon d'« Alchimie du verbe » et au « salut à la Beauté » retenu dans la version définitive de ce même texte. Le Beau est inséparable du Bien comme la voyance était inséparable de l'« entreprise de charité ».   **10.** Instrument de torture (mais surcharge sémantique du mot : le chevalet du peintre, le chevalet du violon).   **11.** La « nouvelle harmonie » et le « nouvel amour » (« À une Raison ») *Inouïe* est à prendre au sens littéral et le *corps merveilleux* à rapprocher du « *Being Beauteous* ».

première fois ! Cela commença sous les rires des enfants, cela finira par eux[1]. Ce poison[2] va rester dans toutes nos veines même quand, la fanfare tournant[3], nous serons rendu à l'ancienne inharmonie. Ô maintenant nous si digne[4] de ces tortures[5] ! rassemblons fervemment cette promesse surhumaine faite à notre corps et à notre âme créés : cette promesse, cette démence ! L'élégance, la science, la violence[6] ! On nous a promis d'enterrer dans l'ombre l'arbre du bien et du mal[7], de déporter les honnêtetés tyranniques[8], afin que nous amenions notre très pur amour. Cela commença par quelques dégoûts et cela finit, — ne pouvant nous saisir sur[-]le[-]champ de cette éternité[9], — cela finit par une débandade de parfums.

Rire des enfants, discrétion des esclaves, austérité des vierges, horreur des figures et des objets d'ici, sacrés soyez-vous par le souvenir de cette veille[10]. Cela commençait par toute la rustrerie[11], voici que cela finit par des anges de flamme et de glace[12].

---

1. *Cf.* le chant des enfants dans « À une Raison ». **2.** Autre instrument de la torture. **3.** Ayant le résultat inverse (le retour à l'ancienne inharmonie) par rapport à celui qui était attendu (l'harmonie). **4.** Le mot a d'abord été écrit au pluriel, puis l's a été biffé sur le manuscrit. **5.** La « fanfare atroce » (pour l'œuvre inouïe), le « chevalet » (pour le corps merveilleux), le « poison ». **6.** *Cf.* Matthieu, X, 34 : « Ne croyez pas que je sois venu apporter la paix sur terre ; je ne suis pas venu apporter la paix, mais le glaive » ; XI, 12 : « Depuis les jours de Jean le Baptiste jusqu'à présent, le royaume des Cieux est violenté, et des violents s'en emparent ». **7.** Abolition donc de ce qui a causé la chute, et condition d'une rédemption. Les catégories traditionnelles — le Bien et le Mal — laisseront la place au *Bien* nouveau salué au début du texte. Dans la première version de son « Crimen amoris », Verlaine fait dire à son Satan de seize ans : « Vous le saviez qu'il n'est point de différence/ Entre ce que vous dénommez Bien et Mal ». L'expression de Rimbaud est particulièrement vigoureuse : on doit enterrer l'arbre du Bien et du Mal comme on enterre la hache de guerre. **8.** Au lieu de déporter les criminels, on déportera les tyranniques garants de la morale : étonnant avatar du motif du forçat chez Rimbaud ! **9.** Même si l'épreuve ouvre les portes de l'éternité, elle se situe dans le temps, elle dure : justification entre tirets de la présentation chronologique. **10.** *Cf.* l'« Adieu » d'*Une saison en enfer* : « Cependant c'est la veille ». **11.** *Ibid.* « [...] la réalité rugueuse à étreindre ! Paysan ! » **12.** *Ibid.* « Moi ! moi qui me suis dit mage ou ange, dispensé de toute morale, je suis rendu au sol ». Le mouvement ici se trouve inversé.

Petite veille d'ivresse[1], sainte[2] ! quand ce ne serait que pour le masque[3] dont tu nous a[s] gratifié. Nous t'affirmons, méthode[4] ! Nous n'oublions pas que tu as glorifié hier chacun de nos âges[5]. Nous avons foi au poison. Nous savons donner notre vie tout entière tous les jours[6].

Voici le temps des *Assassins*[7].

Phrases

Quand le monde sera réduit en un seul bois noir[8] pour nos quatre yeux étonnés, — en une plage pour deux enfants fidèles[9] — en une maison musicale[10] pour notre claire sympathie, — je vous trouverai.

Qu'il n'y ait ici[-]bas qu'un vieillard[11] seul, calme et beau, entouré d'un « luxe inouï », — et je suis à vos genoux.

Que j'aie réalisé tous vos souvenirs, — que je sois celle qui sait vous garrotter, — je vous étoufferai[12].

---

1. Cette « veille d'ivresse » est une « matinée d'ivresse » comme dans « Adieu » la « veille » est un « matin ». **2.** Reprise du mouvement précédent « sacrés soyez-vous ». **3.** Toujours le thème de la feinte, de la simulation. **4.** Le mot consonne étrangement avec « raison » dans la prose précédente. **5.** Chacun des âges précédents a eu sa « méthode ». Elle est elle aussi une « arrivée de toujours ». **6.** *Cf.* Matthieu, X, 39 : « Qui aura trouvé sa vie la perdra, et qui aura perdu sa vie à cause de moi la trouvera ». « Tout entière » a été ajouté dans l'interligne. **7.** Reprise de « la violence ». Le précepte évangélique est poussé à son terme. Depuis la suggestion d'Enid Starkie, l'explication d'*Assassins* par *Haschischins* (mot dont il est la corruption) est devenue traditionnelle. **8.** *Cf.* Verlaine, *La Bonne Chanson*, XVII : « Isolés dans l'amour ainsi qu'en un bois noir,/ Nos deux cœurs, exhalant leur tendresse paisible,/ Seront deux rossignols qui chantent dans le soir ». **9.** *Cf.* Verlaine, *Romances sans paroles*, « Ariettes oubliées », IV : « Soyons deux enfants, soyons deux jeunes filles/ Éprises de rien et de tout étonnées ». **10.** *Ibid.*, V : « Le piano que baise une main frêle ». **11.** *Cf. ibid* « Paysages belges », « Bruxelles » II : « J'estimerais beau/ D'être ces vieillards ». « Seul » a été rajouté dans l'interligne. **12.** Comme l'ancienne « Comédie en trois baisers », c'est une Comédie de l'amour en trois actes, dont le dernier est mortel. Verlaine et ses « phrases » ne sortent pas épargnés de cette parodie.

Quand nous sommes très forts, — qui recule ? très gais, qui tombe de ridicule ? Quand nous sommes très méchants, que ferait-on de nous[1].

Parez-vous, dansez, riez, — Je ne pourrai jamais envoyer l'Amour par la fenêtre[2].

— Ma camarade, mendiante, enfant monstre[3] ! comme ça t'est égal, ces malheureuses et ces manœuvres, et mes embarras[4]. Attache-toi à nous avec ta voix impossible[5], ta voix ! unique flatteur de ce vil désespoir.

[Fragments sans titre]

Une matinée couverte, en Juillet. Un goût de cendres vole dans l'air ; — une odeur de bois suant dans l'âtre, — les fleurs rouies[6] — le saccage des promenades — la bruine des canaux par les champs, — pourquoi pas déjà les joujoux et l'encens[7] ?

* * *

---

1. Le rapprochement avec Verlaine tenté par A. Adam s'impose moins ici. Les « phrases » sont trois affirmations superlatives, et également sans effet. La troisième s'éclaire si l'on se reporte à « Honte » (*Poésies complètes*, p. 257). **2.** À l'attitude légère des femmes (« aujourd'hui qu'elles sont si peu d'accord avec nous », écrit-il dans « L'Impossible »), il oppose sa foi en l'Amour (« le nouvel amour ») : mais ce n'est encore qu'une « phrase ». **3.** Motif des « amours monstres » (« L'Éclair ») renouvelé dans « Antique ». **4.** Types, actes et situations qui représentent la banalité des « vieilles amours mensongères » et des « couples menteurs » (« Adieu »). **5.** La voix double de l'hermaphrodite (*cf.* « Contralto » dans *Émaux et camées* de Théophile Gautier). Le mot « impossible » est à prendre littéralement (comme dans la sixième partie d'*Une saison en enfer*) : voix d'une créature imaginaire qui n'existe qu'à la faveur des mots, des « phrases » — un « mythe », au sens péjoratif du terme. **6.** Pourrissant dans l'eau. De même, les arbres des promenades sont saccagés. **7.** Pourquoi pas Noël ? tant cette mauvaise journée de juillet fait penser à

J'ai tendu des cordes de clocher à clocher ; des guirlandes de fenêtre à fenêtre ; des chaînes d'or d'étoile à étoile, et je danse [1].

* * *

Le haut étang fume continuellement. Quelle sorcière va se dresser sur le couchant blanc ? Quelles violettes frondaisons vont descendre [2] ?

* * *

Pendant que les fonds publics s'écoulent en fêtes de fraternité, il sonne une cloche de feu rose dans les nuages [3].

* * *

Avivant un agréable goût d'encre de Chine une poudre noire pleut doucement sur ma veillée, — Je baisse les feux du lustre, je me jette sur le lit, et tourné du côté de l'ombre je vous vois, mes filles ! mes reines [4] !

---

décembre. Parodie d'une phrase toute faite (« on se croirait à Noël »), mais peut-être aussi de l'espoir d'un « Noël sur la terre » (« Matin ») en toutes saisons.

1. Après l'abolition du temps, l'abolition de l'espace ; on songe à ce qu'écrira Nietzsche dans sa lettre à Burckhardt du 4 janvier 1889 : « J'ai seulement à être l'équilibre d'or de toutes choses ». Rimbaud s'est cru doué de « pouvoirs surnaturels » jusqu'au jour où il a été « rendu au sol » (« Adieu »). **2.** Deux des « hallucinations innombrables » (« Nuit de l'enfer »), l'une illustrant les « malices dans l'attention dans la campagne », l'autre la descente miraculeuse d'une couronne de feuillage (les « ronces purpurines » du Christ ?). *Cf.* pour la conjonction d'une descente et d'une ascension « Enfance » III : « Il y a une cathédrale qui descend et un lac qui monte ». **3.** L'hypothèse du souvenir d'un 14 Juillet a été définitivement ruinée par M.-A. Ruff (*op. cit.*, pp. 204-205), qui a rappelé que la date anniversaire de la prise de la Bastille est devenue fête nationale en 1880 seulement, après la chute de Mac-Mahon. À d'absurdes et coûteuses « fêtes de fraternité », Rimbaud oppose cette fête perpétuelle que le poète crée dans la nature, fête musicale mais fugitive. À rapprocher de « Fête d'hiver » et de « J'ai créé toutes les fêtes » dans l'« Adieu » d'*Une saison en enfer*. **4.** Débauche de noir pour créer artificiellement la nuit qui doit permettre la vision.

Ouvriers

Ô cette chaude matinée de février[1]. Le Sud[2] inopportun vint relever[3] nos souvenirs d'indigents[4] absurdes, notre jeune misère[5].

Henrika[6] avait une jupe de coton à carreau blanc et brun, qui a dû être portée au siècle dernier, un bonnet à rubans et un foulard de soie. C'était bien plus triste qu'un deuil. Nous faisions un tour dans la banlieue. Le temps était couvert et ce vent du Sud excitait toutes les vilaines odeurs des jardins ravagés et des prés desséchés[7].

Cela ne devait pas fatiguer ma femme au même point que moi. Dans une flache laissée par l'inondation du mois précédent[8] à un sentier assez haut elle me fit remarquer de très petits poissons[9].

La ville, avec sa fumée et ses bruits de métiers[10], nous suivait très loin[11] dans les chemins. Ô l'autre monde[12], l'habitation bénie par le ciel et les ombrages ! Le sud me rappelait les misérables incidents de mon enfance, mes désespoirs d'été[13], l'horrible quantité de force et de science que le sort a toujours éloignée de

---

1. Il était question, dans l'un des fragments précédents, d'un juillet pourri qui faisait songer à décembre. Cette « chaude matinée de février » présente l'anomalie inverse.   2. Le vent du Sud ; raccourci d'expression.   3. Ranimer.   4. *Cf.* « Royauté » et « Angoisse » : l'épreuve du temps d'indigence. « Absurde », appliqué à une personne, est un anglicisme.   5. *Cf.* « Phrases » : « Ma camarade, mendiante [...] »   6. Le nom est germanique plutôt qu'anglais (M.-A. Ruff), et plus précisément encore scandinave (A. Adam).   7. Sécheresse également inhabituelle en hiver : il n'a pas plu depuis un mois.   8. *Cf.* la « flache » où désirait revenir le Bateau ivre ; l'image est indissociable du passé ardennais de Rimbaud.   9. Image réduite, ironique de leur propre destin. On a cherché, qui à Londres en janvier 1873 (Chadwick), qui à Stuttgart en janvier 1875 (Ruff), des inondations ou des pluies excessives auxquelles Rimbaud pourrait faire ici allusion. Mais nous sommes dans l'imaginaire, avec un retour affaibli du mythe du déluge.   10. De métiers (à tisser). Ces rumeurs dont veut s'éloigner Rimbaud au profit du « bruit neuf » dans « Départ ».   11. Première rédaction : « nous poursuivait partout ».   12. Celui qu'ils désiraient trouver et qu'ils n'ont point trouvé.   13. Ses soifs ; *cf.* les poèmes de mai 1872 et *Une saison en enfer*.

moi. Non ! nous ne passerons pas l'été dans cet avare pays où nous ne serons jamais que des orphelins fiancés[1]. Je veux que ce bras durci[2] ne traîne plus *une chère image*[3].

Les Ponts

Des ciels gris de cristal[4]. Un bizarre dessin de ponts, ceux-ci droits, ceux-là bombés, d'autres descendant ou obliquant en angles sur les premiers[5], et ces figures se renouvelant dans les autres circuits éclairés du canal, mais tous tellement longs et légers que les rives, chargées de dômes[,] s'abaissent et s'amoindrissent. Quelques-uns de ces ponts sont encore chargés de masures[6]. D'autres soutiennent des mâts[7], des signaux, de frêles parapets. Des accords mineurs se croisent, et filent, des cordes[8] montent des berges. On distingue une veste rouge, peut-être d'autres costumes et des instruments de musique. Sont-ce des airs populaires, des bouts de concerts seigneuriaux[9], des restants d'hymnes publics ? L'eau est grise et bleue, large comme un bras de mer[10]. — Un rayon blanc, tombant du haut du ciel, anéantit cette comédie.

---

1. Des êtres faibles, dont l'union ne saurait faire la force.   **2.** Ayant donc acquis la force désirée.   **3.** Image affaiblie de la compagne traditionnelle ; *cf.* l'heure du « cher corps » et du « cher cœur » dans « Enfance » I.   **4.** Une lumière qui se réduit à une transparence sans éclat.   **5.** Effet de perspective. **6.** Selon V.P. Underwood, Rimbaud a pu voir des gravures où le Pont de Londres était encore chargé de maisons (ce qui fut vrai jusqu'au XVIIIᵉ siècle).   **7.** Les mâts des bateaux, vus au-dessus des ponts.   **8.** Appel de mots : accords/cordes. Les uns « filent », les autres retiennent.   **9.** Le passé lui-même se trouve donc relié.   **10.** On pourrait penser à la Tamise.

Ville

Je suis un éphémère[1] et point trop mécontent citoyen d'une métropole crue moderne[2] parce que tout goût connu a été éludé dans les ameublements et l'extérieur des maisons aussi bien que dans le plan de la ville. Ici vous ne signaleriez les traces d'aucun monument de superstition[3]. La morale et la langue sont réduites à leur plus simple expression, enfin ! Ces millions de gens qui n'ont pas besoin de se connaître amènent[4] si pareillement l'éducation, le métier et la vieillesse[5], que ce cours de vie doit être plusieurs fois moins long que ce qu'une statistique folle trouve pour les peuples du continent[6]. Aussi comme[7], de ma fenêtre, je vois des spectres nouveaux[8] roulant à travers l'épaisse et éternelle fumée[9] de charbon, — notre ombre des bois, notre nuit d'été[10] ! — des Érynnies[11] nouvelles, devant mon cottage qui est ma patrie et tout mon cœur puisque

---

1. La réduction de la durée est immédiatement indiquée et le mot « éphémère » sert en quelque sorte d'emblème à cette prose. 2. *Cf.* l'« Adieu » d'*Une saison en enfer* : « Il faut être absolument moderne ». Mais l'expression « crue moderne » implique quelque doute sur le résultat obtenu. 3. *Cf.* Lucrèce : « Tant la superstition a pu conseiller d'erreurs ». 4. Mènent. 5. Les trois âges de la vie. 6. Opposition de cette « métropole » et du « continent » : l'un des éléments que retiennent les commentateurs qui identifient Londres avec cette ville — et la morale réduite à sa plus simple expression avec le « struggle for life » (Steinmetz, dans *Littérature* n° 11). Mais la tendance à fuir le continent est permanente chez Rimbaud. 7. *Aussi comme* : tour syntaxique lâche qui commence une phrase apparemment inachevée — laissée à l'état d'inachèvement. Il pourrait reprendre *si pareillement* : le nivellement est poussé à son terme, nivellement des citoyens, nivellement des morts et des vivants. 8. *Nouveaux* : le terme surprend à côté de « spectres » ou d'« Érynnies » et il est important, puisqu'il sera redoublé. Ces créatures destinées à peupler la ville nouvelle, la ville moderne, apparaissent comme la proie ou les fléaux de la mort. 9. *Cf.* « Ouvriers » : « La ville, avec sa fumée ». 10. Deux éléments du décor rêvé (les « ombrages » définissaient aussi l'« autre monde » dans « Ouvriers »), rappel nostalgique. 11. L'orthographe correcte serait Érinyes. Divinités du remords, elles poursuivent le criminel. Suzanne Bernard (éd. cit., n. 2) rappelle que Leconte de Lisle avait fait jouer en janvier 1873 *Les Érinnyes*, adaptation d'Eschyle. Rimbaud pouvait se passer de cet intermédiaire.

tout ici ressemble à ceci[1], — la Mort sans pleurs, notre active fille et servante, et un Amour désespéré, et un joli Crime[2] piaulant dans la boue de la rue.

Ornières

À droite l'aube d'été[3] éveille les feuilles et les vapeurs et les bruits de ce coin du parc, et les talus de gauche[4] tiennent dans leur ombre violette[5] les mille rapides[6] ornières de la route humide. Défilé de féeries. En effet : des chars chargés d'animaux de bois doré, de mâts et de toiles bariolées, au grand galop de vingt chevaux de cirque tachetés, et les enfants et les hommes sur leurs bêtes les plus étonnantes ; — vingt véhicules, bossés[7], pavoisés et fleuris comme des carrosses anciens ou de contes, pleins d'enfants attifés pour une pastorale suburbaine[8] ; — Même des cercueils[9] sous leur dais de nuit dressant les panaches d'ébène, filant au trot des grandes juments bleues et noires.

---

1. La réduction est donc bien la conséquence de l'uniformité, de l'identité de toutes choses. **2.** Ce trio final peut renvoyer à l'*Orestie* : Agamemnon (le mort non pleuré), Cassandre (l'amante désespérée), Oreste (le vengeur). Mais cette explication n'est ni nécessaire ni suffisante. Il faudrait en particulier résoudre le problème syntaxique : à quel mot ces trois termes servent-ils d'apposition ? **3.** *Cf.* « Aube » : « J'ai embrassé l'aube d'été ». La droite est la direction lumineuse et favorable. **4.** La gauche reste la zone d'ombre, sinistre ; d'où la transformation finale de la vision. Jean-Pierre Richard a remarqué le rôle privilégié des talus dans l'imagination de Rimbaud : ils « sont sans doute les endroits où l'on peut le mieux voir germer la métamorphose et circuler la féerie » (*Poésie et profondeur*, p. 200). **5.** *Cf.* la « futaie violette » dans « Après le Déluge » : « cette couleur, beaucoup plus que le vert, signale une fécondité en acte » (J.-P. Richard, *ibid.*, p. 199). **6.** Mot-clé qui déclenche la vision. **7.** Travaillés en bosse, avec des effets de relief. **8.** On songe à la « troupe de petits comédiens en costumes » dans « Enfance » III. « Pastorale suburbaine » : le comble de l'artifice. **9.** Même transformation du *carrosse* en *corbillard* dans « Nocturne vulgaire ».

Villes

Ce sont des villes ! C'est un peuple pour qui se sont montés[1] ces Alleghanys[2] et ces Libans de rêve ! Des chalets de cristal[3] et de bois qui se meuvent sur des rails et des poulies invisibles[4]. Les vieux cratères ceints de colosses et de palmiers de cuivre[5] rugissent mélodieusement dans les feux. Des fêtes amoureuses sonnent[6] sur les canaux pendus derrière les chalets[7]. La chasse des carillons[8] crie dans les gorges. Des corporations de chanteurs géants[9] accourent dans des vêtements et des oriflammes éclatants comme la lumière des cimes. Sur les plate[s-]formes au milieu des gouffres les Rolands sonnent leur bravoure[10]. Sur les passerelles de l'abîme et les toits des auberges l'ardeur du ciel pavoise les mâts[11]. L'écroulement des apothéoses rejoint les champs des hauteurs où les centauresses séraphiques évoluent parmi les avalanches[12].

---

1. Double connotation du terme : altitude (montagne)/ artifice (construction, théâtre).   **2.** *Les Alleghanys* : chaîne de montagnes à l'est des États-Unis ; *Le Liban* = la chaîne libanaise. Réunion de l'Occident et de l'Orient.   **3.** *Cf.* la maison de vitres dans « Après le Déluge », les boulevards de cristal dans « Métropolitain ». Indice de fragilité pour cette création et pour ce rêve.   **4.** Même exigence de modernité que dans « Ville ». Liée aux « Alleghanys », à la modernité des États-Unis.   **5.** Vision orientale, appelée par les « Libans ». Tons rouges (le cuivre, les feux) avec un jeu de mots implicite (rougissent/ rugissent). Mélange de douceur (les palmiers) et de terreur (les cratères, les colosses) qui culmine dans l'alliance « rugissent mélodieusement ».   **6.** Toujours la création des « fêtes » (« Adieu » d'*Une saison en enfer*), toujours le décor rêvé pour le « nouvel amour ». *Sonare* = résonner.   **7.** Effet de perspective, comme sur une gravure ; mais surtout surimposition de deux paysages inconciliables : des chalets sur une pente ; une ville plate avec ses canaux.   **8.** D'une ville à l'autre les carillons se poursuivent, ou ils sont répétés par l'écho dans les gorges qui les amplifient.   **9.** On songe aux Maîtres Chanteurs. Même rappel du Moyen Âge, même alliance du passé et du présent dans « Les Ponts ».   **10.** Souvenir multiplié de Roland sonnant du cor à Roncevaux (Rimbaud nommait Théroldus (Turold) dans sa lettre à Demeny du 15 mai 1871).   **11.** Surimposition (des « mâts » soutenus par des « passerelles », comme dans « Les Ponts ») et ambiguïté (mâts d'un vaisseau, mâts de cocagne, mâts d'un cirque comme dans « Ornières »).   **12.** Série d'alliances de termes qui s'annulent. « Champs des hauteurs », calque d'une expression virgilienne *campi aerei*.

Au[-]dessus du niveau des plus hautes crêtes une mer troublée par la naissance éternelle de Vénus[1], chargée de flottes orphéoniques[2] et de la rumeur des perles et des conques précieuses[3], — la mer s'assombrit parfois avec des éclats mortels[4]. Sur les versants des moissons de fleurs grandes comme nos armes et nos coupes, mugissent[5]. Des cortèges de Mabs[6] en robes rousses, opalines[7], montent des ravines. Là[-]haut, les pieds dans la cascade et les ronces, les cerfs tettent Diane[8]. Les Bacchantes des banlieues[9] sanglotent et la lune brûle et hurle[10]. Vénus entre dans les cavernes des

---

1. « Naissance éternelle » : encore deux termes qui s'annulent. Retour et reprise parodique du mythe de Vénus anadyomène. 2. *Cf.* la « fanfare » de « Matinée d'ivresse » ; mais Rimbaud peut jouer sur les mots, avec un rappel du navire *Argo* où s'était embarqué Orphée. C'est de l'« orphique mâtiné d'orphéonesque » (Jean-Luc Steinmetz). 3. Coquilles en spirale dont, selon la fable, les tritons se servaient comme de trompes. Mais surimposition : on songe aussi à la conque dans laquelle surgit Vénus anadyomène (*cf.* Du Bellay : « Telle qu'estoit la nouvelle Cyprienne/ Venant à bord dans sa conque de mer »). *Conques* appelle *perles* (qui se forment dans certaines coquilles), mais « perle » peut aussi avoir un sens musical (les sons pleins de la flûte, sens 9 du Littré). 4. Alliance des contraires : « s'assombrit » avec des « éclats ». Éclats « mortels » parce qu'ils peuvent anéantir la vision, comme à la fin des « Ponts ». Toute cette phrase peut être interprétée comme une description métaphorique du ciel en termes de mer. 5. Alliance de l'inoffensif (les fleurs) et de l'offensif (les armes) : d'où la terreur inspirée par un mugissement qui est signe du *numen* (dans l'*Énéide*, la Sibylle mugit, VI, 99 ; la terre mugit, VI, 256). 6. Souvenir, là encore multiplié, de la reine Mab dans le *Roméo et Juliette* de Shakespeare I, 4. C'est une sorcière qui « vient, pas plus grosse qu'une pierre d'agate à l'index d'un échevin, traînée par un attelage de petits atomes » (trad. de P.J. Jouve et G. Pitoëff). On passe d'évocations *géantes* à une évocation *infante*. 7. Couleur de l'aube pour Rimbaud (« l'aube opale » dans le brouillon d'« Alchimie du verbe »). 8. V.P. Underwood (*Rimbaud et l'Angleterre* pp. 92-93) voit là le souvenir d'un groupe sculptural de Charles Bell, la *Wood Nymph*. Mais il s'agit bien plutôt d'une expression classique de l'*adunaton* (l'impossible), par exemple dans la première des *Bucoliques* de Virgile : « Aussi l'on verra les cerfs légers paître dans les airs », *adunaton* redoublé puisque les cerfs tètent Diane leur chasseresse. 9. Glatigny, dans *Les Vignes folles* (« La Bacchante apprivoisée ») avait évoqué l'essaim des Bacchantes : « Ivres de vin et de fureur,/ Qui bondissaient par les ravines/ Et les forêts pleines d'horreur » pour nous conduire à la Bacchante apaisée des salons. Même métamorphose, même affaiblissement allant jusqu'au larmoiement pour les Bacchantes suburbaines de Rimbaud (*cf.* les « Sabines de la banlieue » dans « Bottom »). 10. Alors qu'elle est habituellement froide et silencieuse. Échange et inversion des clichés traditionnels.

forgerons ¹ et des ermites. Des groupes de beffrois chantent les idées des peuples. Des châteaux bâtis en os sort la musique inconnue. Toutes les légendes évoluent et les élans se ruent dans les bourgs. Le paradis des orages s'effondre ². Les sauvages dansent sans cesse la fête de la nuit. Et une heure je suis descendu dans le mouvement d'un boulevard de Bagdad où des compagnies ont chanté la joie du travail nouveau ³, sous une brise épaisse, circulant sans pouvoir éluder les fabuleux fantômes des monts où l'on a dû se retrouver ⁴.

Quels bons bras, quelle belle heure me rendront cette région d'où viennent mes sommeils ⁵ et mes moindres mouvements ?

Vagabonds

Pitoyable, frère ! Que d'atroces veillées je lui dus ⁶ ! « Je ne me saisissais pas fervemment de cette entreprise ⁷. Je

---

1. Vénus était l'épouse de Vulcain, le dieu-forgeron, mais plus pressée de sortir du logis conjugal que d'y entrer. Et — en principe du moins ! — elle ne visite guère les ermites.   **2.** Dans ces quatre phrases l'incohérence augmente, les termes nous égarent entre divers sens possibles (les *élans* : les animaux si craintifs devenus furieux ? ou de purs dynamismes ? — le *paradis* : au sens architectural ou au sens spirituel du terme ?) ; mais surtout la vision entre dans la nuit (« la fête de la nuit ») et dans la mort (les « os » ; images de destruction : « se ruent », *cf.* « Conte » ; « s'effondre »), comme celle du défilé de féeries dans « Ornières ».   **3.** *Cf. Une saison en enfer*, « Matin » : « quand irons-nous, par-delà les grèves et les monts, saluer la naissance du travail nouveau [...] ? ». *Bagdad* (ville de Mésopotamie, donc au centre d'une très large plaine) tente de continuer le rêve oriental ; le mouvement du boulevard (*cf.* « Plates-bandes d'amarantes », *Poésies complètes*, p. 247) le rêve de vie ; les *compagnies* l'espoir d'une collectivité heureuse. Mais l'image des monts demeure, avec le reflet mortel qu'elle renvoie.   **4.** *Cf.* Gérard de Nerval, *Aurélia*, I, 2 : « Je croyais voir le lieu où nous étions s'élever, et prendre les formes que lui donnait sa configuration urbaine [...]. C'est là que nous devons nous retrouver ».   **5.** Donc mes songes (*somnia* en latin). « Villes I se présente ouvertement comme le récit d'un songe » (Jean Hartweg, « *Illuminations*, un texte en pleine activité », dans *Littérature* n° 11).   **6.** Passé, sinon « lointain » comme le dit Bouillane de Lacoste, du moins volontairement rejeté dans le lointain.   **7.** Le terme reste vague, les deux compagnons n'étant pas d'accord sur son objet.

m'étais joué de son infirmité[1]. Par ma faute nous retournerions en exil, en esclavage. » Il me supposait un guignon[2] et une innocence très-bizarres, et il ajoutait des raisons inquiétantes.

Je répondais en ricanant à ce satanique docteur[3], et finissais par gagner la fenêtre. Je créais, par delà la campagne traversée par des bandes[4] de musique rare, les fantômes du futur luxe nocturne[5].

Après cette distraction vaguement hygiénique[6], je m'étendais sur une paillasse. Et, presque chaque nuit, aussitôt endormi, le pauvre frère se levait, la bouche pourrie, les yeux arrachés, — tel qu'il se rêvait ! — et me tirait dans la salle en hurlant son songe de chagrin idiot[7].

J'avais en effet, en toute sincérité d'esprit, pris l'engagement de le rendre à son état primitif de fils du soleil[8], — et nous errions, nourris du vin des cavernes[9] et du biscuit de la route, moi pressé de trouver le lieu et la formule[10].

---

1. Sa faiblesse. On peut penser à la situation conjugale de Verlaine. 2. « Mauvaise chance » (Littré), « mauvais œil » (A. Py). 3. Rimbaud répond en ricanant (comme Méphistophélès) à cet autre docteur Faust. Rimbaud avait demandé à Delahaye de lui procurer le *Faust* de Goethe au moment où il préparait son « Livre païen » (lettre de mai 1873). Faust, acceptant la promesse du Diable, est moins « satanique » que devenu le proie de Satan. 4. Notation visuelle (*cf.* « Veillées » II), mais Rimbaud peut jouer sur le sens anglais du terme (*band*, musique, fanfare). 5. Un luxe « inouï » qui serait celui de leurs nuits futures. Mais ce n'étaient que chimères, « fantômes ». 6. Singulière réduction, après coup, de l'« entreprise ». 7. Au rêve féerique de l'un s'oppose le « songe de chagrin », de l'autre — le cauchemar où il se voit décrépit et ravagé. 8. Dans les diverses mythologies, les « fils du soleil » sont des immortels ; voir W. J. Perry, *The Children of the Sun*, London, 1927 et Mircea Eliade, *Traité d'histoire des religions*, Payot, 1949, pp. 125-126 : « dans différentes parties du monde les chefs passaient pour descendre directement du soleil ». La révolte contre la mort a été le *travail* rimbaldien (voir « L'Éclair » dans *Une saison en enfer*). 9. La correction *tavernes* est un contresens. Et l'explication fournie par Charles Bruneau est la bonne : les cavernes sont des petites fontaines comme on en trouve dans les forêts ardennaises. 10. La formule magique de la métamorphose, de la transformation alchimique de l'homme.

Illuminations 117

Villes

L'acropole[1] officielle outre les conceptions de la barbarie moderne les plus colossales[2]. Impossible d'exprimer le jour mat produit par ce ciel immuablement gris[3], l'éclat impérial des bâtisses, et la neige éternelle du sol. On a reproduit dans un goût d'énormité singulier toutes les merveilles classiques de l'architecture.[4] J'assiste à des expositions de peinture dans des locaux vingt fois plus vastes qu'Hampton-Court[5]. Quelle peinture ! Un Nabuchodonosor norvégien[6] a fait construire les escaliers des ministères ; les subalternes que j'ai pu voir sont déjà plus fiers que des Brahmas[7] et j'ai tremblé à l'aspect des gardiens de colosses et officiers de constructions[8]. Par le groupement des bâtiments en squares, cours et terrasses fermées, on [a] évincé les cochers[9]. Les parcs représentent la nature primitive travaillée par un art

---

1. « Ville élevée ou citadelle dans les cités grecques » (Littré), lieu de la religion officielle en particulier. V.P. Underwood voudrait bien retrouver là un bâtiment de Londres, mais il hésite entre le Crystal Palace (p. 71) et la National Gallery (p. 308). Et qu'aurait de « barbare » l'« architecture très classique » de ce dernier édifice ?   **2.** Le mot est essentiel : des villes géantes. Le mot *colosses*, qui reviendra plus loin, est présent aussi dans « Villes », « *Ce sont des villes...* ».   **3.** Acropole non plus grecque, mais nordique. Les « ciels gris » suscitaient aussi la vision des ponts.   **4.** Création « crue moderne », comme « Ville » (p. 111, n. 2), mais artificielle, épigonale.   **5.** « Allusion peu claire. Hampton Court, résidence royale des XVIe, XVIIe siècles, à 20 km de Londres, sur la Tamise, n'est pas vaste et n'est pas spécialement un musée de peintures, bien que ses grands appartements en renferment beaucoup » (V.P. Underwood, *Rimbaud et l'Angleterre*, p. 73). Mais ce n'est qu'un point de comparaison.   **6.** Roi constructeur ; c'est le « roi de Babylone » dont il était question dans « Bonne pensée du matin » et qui, ici, est transformé en souverain septentrional. Mais surtout l'idée de gigantisme reste attachée à Nabuchodonosor en raison de la statue colossale et fragile, aux pieds d'argile, qui lui apparaît dans la Bible.   **7.** Jugé illisible, le mot devient lisible quand on le démêle de celui qu'il surcharge (*nababs*). Il ne peut être alors que « Brahmas ». Rimbaud pense à certaines représentations colossales du dieu Brahma (à quatre têtes). On bien il emploie « Brahmas » pour *Brahmanes* ou *Brahmes* (membres de la première caste, la caste sacerdotale, en Inde).   **8.** Calque de l'anglais *building-officers* (Underwood, p. 73).   **9.** Donc on est dans des ensembles sans issue, étouffants.

superbe. Le haut quartier a des parties inexplicables : un bras de mer, sans bateaux, roule sa nappe de grésil bleu entre des quais chargés de candélabres géants[1]. Un pont court conduit à une poterne immédiatement sous le dôme de la Sainte-Chapelle[2]. Ce dôme est une armature d'acier artistique de quinze mille pieds[3] de diamètre environ.

Sur quelques points des passerelles de cuivre, des plates-formes, des escaliers qui contournent les halles et les piliers, j'ai cru pouvoir juger la profondeur de la ville. C'est le prodige dont je n'ai pu me rendre compte : quels sont les niveaux des autres quartiers sur ou sous l'acropole ? Pour l'étranger de notre temps la reconnaissance[4] est impossible. Le quartier commerçant est un circus[5] d'un seul style, avec galeries à arcades. On ne voit pas de boutiques. Mais[6] la neige de la chaussée est écrasée ; quelques nababs[7] aussi rares que les promeneurs d'un matin de dimanche à Londres, se dirigent vers une diligence de diamants. Quelques divans de velours rouge : on sert des boissons polaires[8] dont le prix varie de huit cent[s] à huit mille roupies. À l'idée de chercher des théâtres sur ce circus, je me réponds que les boutiques

---

1. Surimposition, comme dans « Villes », « *Ce sont des villes...* » : une surface d'eau plane (un « bras de mer » *cf.* « Les Ponts ») se superpose à la vision d'une acropole. Bras de mer sans bateaux parce qu'il est gelé, arctique (sa « nappe de grésil bleu »). Décor de plus en plus funèbre, avec les réverbères devenus « candélabres ».   **2.** Demeure donc ici un « monument de superstition », contrairement à « Ville ».   **3.** C'est-à-dire 4 615 mètres. Ni les dimensions fantastiques de l'édifice, ni le nom français qui cette fois lui est donné n'invitent à l'identifier avec tel ou tel dôme londonien (sur les hypothèses proposées, voir V.P. Underwood, *op. cit.*, pp. 69-70).   **4.** Le visiteur est donc originaire d'un autre lieu et d'un autre temps par rapport à ces villes « d'anticipation » qui, comme le « Splendide-hôtel » dans « Après le Déluge » sont bâties « dans le chaos de glaces et de nuit du pôle ».   **5.** « Rond-point » en anglais (*cf.* « Piccadilly-Circus, avec ses *théâtres* et ses *arcades* bordées de *boutiques* », V.P. Underwood, *op. cit.*, p. 341).   **6.** = et pourtant (comme si des clients l'avaient piétinée).   **7.** Richards. « Nabab. Titre des princes de l'Inde musulmane. Famil[ièrement]. Se dit des Anglais qui ont rempli de grands emplois ou fait le commerce dans l'Inde, et qui sont revenus avec des revenus considérables » (Littré). Le mot appelle et le nom de Londres et le terme *roupie* (monnaie de l'Inde).   **8.** Boissons glacées, ou plutôt boissons en usage dans ce pays polaire.

doivent contenir des drames assez-sombres[1]. Je pense qu'il y a une police ; mais la loi doit être tellement étrange, que je renonce à me faire une idée des aventuriers[2] d'ici.

Le faubourg[3] aussi élégant qu'une belle rue de Paris est favorisé d'un air de lumière. L'élément démocratique compte quelques cents âmes[4]. Là encore les maisons ne se suivent pas ; le faubourg se perd bizarrement dans la campagne, le « Comté »[5] qui remplit l'occident éternel des forêts et des plantations prodigieuses où les gentilshommes sauvages chassent leurs chroniques sous la lumière qu'on a créée[6].

Veillées

I

C'est le repos éclairé, ni fièvre ni langueur[7], sur le lit ou sur le pré.

C'est l'ami ni ardent ni faible. L'ami.

C'est l'aimée ni tourmentante ni tourmentée. L'aimée.

---

1. (Pour qu'il ne soit pas besoin de chercher de théâtres). Boutiques doublement inquiétantes : on ne voit pas ce qu'elles contiennent ; on ne les voit même pas elles-mêmes. Première rédaction : *dans ce circus*.   2. Ceux qui font fi de cette loi.   3. Ce qui est en dehors du bourg, de l'enceinte ; donc ici la ville basse par opposition à l'acropole.   4. = Quelques centaines d'âmes.   5. On peut suivre ici les indications précieuses de V.P. Underwood. « Comté » transpose l'anglais *County* (qui lui-même vient du français) et Rimbaud passe sans solution de continuité du *Comté* comme espace au *Comté* comme caste : « l'aristocratie terrienne, surtout hippomane et adonnée à la chasse ». Il a pu voir « dans une vitrine du British Museum, sous quelque éclairage artificiel "moderne", des enluminures des *Chroniques* [de Froissart] et de la *Chasse* du comte Gaston Phébus » et les transposerait ici. Le passé devient futur : rien n'a changé.   6. La lumière artificielle ; pas seulement celle des vitrines du musée, mais celle que la civilisation moderne installe dans cette ville de l'avenir, au cœur de la nuit polaire.   7. Ce mot et cette négation indiquent suffisamment qu'il ne saurait s'agir de Verlaine, comme l'a cru Chadwick.

L'air et le monde point cherchés. La vie[1].
— Était-ce donc ceci[2] ?
— Et le rêve fraîchit[3].

II

L'éclairage revient à l'arbre de bâtisse[4]. Des deux extrémités de la salle, décors quelconques[5], des élévations harmoniques se joignent[6]. La muraille en face du veilleur est une succession psychologique de coupes de frises, de bandes atmosphériques et d'accidences géologiques[7]. — Rêve intense et rapide de groupes sentimentaux avec des êtres de tous les caractères parmi toutes les apparences[8].

III

Les lampes et les tapis de la veillée font le bruit des vagues, la nuit, le long de la coque et autour du steerage[9].

---

1. La vie (comme plénitude). **2.** Expression d'une déception : « N'était-ce donc que ceci ? » **3.** « Baisse de tension » pour S. Bernard ; au contraire « accélération du rêve » pour A. Py. La première interprétation nous semble plus naturelle. **4.** Le pilier central autour duquel s'est édifiée la construction. **5.** En apposition à « élévations ». **6.** Des surfaces qui s'élèvent comme d'un commun accord et finissent par se rejoindre au sommet de l'arbre de bâtisse. L'architecture, sommaire, est celle d'un chapiteau autour d'un mât. **7.** La phrase semble ne pas parvenir à capter la vision, avec des termes qui voudraient être techniques et ne parviennent pas à l'être, des alliances de mots impossibles. À rapprocher de la phrase suspendue à la fin de « Ville ». **8.** Prolifération qui tend vainement vers la totalité. **9.** Première rédaction : *sur le pont*. « *Steerage* n'était pas [...] un mot très accessible aux Français : peu de dictionnaires bilingues expliquaient qu'il s'agit de l'entrepont arrière d'un navire, où l'on parque les passagers de troisième classe — c'est sans doute la partie que connaissait le mieux

La mer de la veillée[1], telle que les seins d'Amélie[2].

Les tapisseries, jusqu'à mi-hauteur, des taillis de dentelle, teinte d'émeraude, où se jettent les tourterelles de la veillée[3].

....

La plaque du foyer noir[4], de réels soleils des grèves : ah ! puits des magies ; seule vue d'aurore, cette fois.

Mystique

Sur la pente du talus[5] les anges tournent[6] leurs robes de laine[7] dans les herbages d'acier et d'émeraude[8].

Des prés de flammes[9] bondissent jusqu'au sommet du mamelon. À gauche[10] le terreau de l'arête est piétiné par tous les homicides et toutes les batailles, et tous les bruits

---

notre *voyageur* impécunieux » (V.P. Underwood, *Rimbaud et l'Angleterre*, p. 294).
1. Préparée par la phrase précédente, la métaphore se fixe définitivement dans un raccourci d'expression saisissant. **2.** Inutile de chercher à identifier cette Amélie, terme d'une rêverie ondulatoire. **3.** *Cf.* l'envol des « pigeons écarlates » dans « Vies » I. Là interruption d'une vie, ici interruption d'un rêve. D'où la ligne de points qui suit. **4.** Transfert d'épithète (la plaque noire du foyer) : le foyer est éteint. Les visions lumineuses vont naître d'un manque ; mieux, elles seront ce manque même. **5.** Au sujet de « talus », voir « Ornières » et la note. **6.** Dans l'Apocalypse ils tournent autour du trône de Dieu : c'est cette ronde qui est évoquée ici. **7.** « Ils ont lavé leurs robes et les ont blanchies dans le sang de l'Agneau » (Apocalypse, VII, 14). Rimbaud procède par raccourci d'expression (*robes* faites *de* la *laine* de l'Agneau) et enchaînement des images (agneau — herbages). **8.** Ce « monde rayonnant de métal et de pierre » — comme le dit Baudelaire — est caractéristique des *Illuminations*. L'émeraude n'est pas seulement une notation de couleur, mais de substance (les pierres précieuses, qui sont aussi dans l'Apocalypse le matériau de la Jérusalem céleste). Le métal est au contraire la substance moderne qui s'allie à la précédente pour une vision nouvelle. **9.** Les flammes de l'étang de feu (Apocalypse, XX, 15), de l'enfer. **10.** La gauche est ici la direction défavorable, la droite la direction favorable comme dans « Ornières ». Mais à la vision naïve des damnés (à gauche) et des élus (à droite) se trouve substituée la vision moderne des « batailles » (à gauche), des « progrès » (à droite).

désastreux filent leur courbe. Derrière l'arête de droite la ligne des orients, des progrès [1].

Et tandis que la bande en haut du tableau est formée de la rumeur tournante et bondissante des conques des mers et des nuits humaines [2],

La douceur fleurie des étoiles et du ciel et du reste [3] descend en face du talus, comme un panier [4], — contre notre face [5], et fait l'abîme [6] fleurant et bleu [7] là-dessous.

Aube

J'ai embrassé [8] l'aube d'été [9].

Rien ne bougeait encore au front [10] des palais. L'eau était morte. Les camps d'ombres [11] ne quittaient pas la route du bois. J'ai marché, réveillant [12] les haleines vives et tièdes, et les pierreries regardèrent [13], et les ailes se levèrent sans bruit [14].

La première entreprise fut, dans le sentier déjà empli de frais et blêmes éclats, une fleur qui me dit son nom.

---

1. Des lumières qui se lèvent. *Cf.* « L'Impossible » dans *Une saison en enfer*. **2.** Même perspective que dans « Après le Déluge » : la mer là où l'on attendait le ciel, les « nuits humaines » là où l'on attendait la lumière divine. La reprise des termes et le passage de « tournante » (*cf.* les anges) à « bondissante » (*cf.* les flammes) renforcent encore la substitution. **3.** Une pointe d'insolence dans cet *et caetera*. **4.** Comme un panier (de fleurs) ; on songe aussi à la descente dans un panier du *deus ex machina*. **5.** L'homme peut respirer cette douceur à pleines narines. **6.** L'abîme qui aurait dû être infernal. **7.** L'odeur, la couleur du Ciel. **8.** Au sens propre : j'ai entouré de mes bras. **9.** *Cf.* « Bonne pensée du matin » et le début d'« Ornières ». **10.** Fronton (A. Py) ; mais l'autre sens n'est pas exclu dans ce climat d'animisme. **11.** La métaphore s'explique par la prose précédente. **12.** Le poète reprend la tâche qui était dévolue à la seule « Aube d'été » dans « Ornières ». **13.** *Cf.* « Après le Déluge » : « Oh ! les pierres précieuses qui se cachaient, — les fleurs qui regardaient déjà ». Le poète semble revenir ici à un « âge d'or » que l'accélération du temps bousculait dans « Après le Déluge ». **14.** À l'inverse de l'envol bruyant qui brise le rêve (voir « Vies » I, « Veillées » III).

Je ris au wasserfall[1] blond qui s'échevela à travers les sapins : à la cime argentée je reconnus la déesse[2].

Alors je levai un à un les voiles. Dans l'allée, en agitant les bras[3]. Par la plaine, où je l'ai dénoncée au coq. À la grand'ville elle fuyait parmi les clochers et les dômes, et courant comme un mendiant sur les quais de marbre, je la chassais.

En haut de la route[4], près d'un bois de lauriers, je l'ai entourée avec ses voiles amassés[5], et j'ai senti un peu son immense corps. L'aube et l'enfant tombèrent au bas du bois.

Au réveil il était midi[6].

Fleurs

D'un gradin[7] d'or, — parmi les cordons de soie, les gazes grises, les velours verts et les disques de cristal qui noircissent[8] comme du bronze au soleil, — je vois

---

1. Chute d'eau, en allemand. De nombreux commentateurs ont cru pouvoir utiliser ce trait linguistique pour retrouver dans « Aube » le souvenir d'une promenade faite par Rimbaud à Stuttgart en 1875. Mais il y était de février à avril, et non l'été, et la date est certainement trop tardive.   2. L'aube d'été elle-même.   3. *Cf.* « Après le Déluge » : « sur la place du hameau, l'enfant tourna les bras ». Comme cet enfant, le poète manifeste une autorité croissante et inopportune que traduit la montée de la violence (agiter, dénoncer, chasser).   4. « Au lieu précis où, tout à l'heure, s'accrochaient les *camps d'ombre* » (A. Tisse, *op. cit.*, p. 150).   5. Démarche humble, pudique qui contraste avec la précédente (« je levai un à un les voiles ») et permet, cette fois, de « sentir un peu son immense corps ». Résultat à la fois positif et restrictif.   6. « Bonne pensée du matin » s'achevait aussi sur le mot « midi ».   7. Le mot est souligné par les commentateurs qui pensent au théâtre, et il a en effet une connotation théâtrale. C'est en tout cas le siège du spectateur, qu'il s'agisse du simple talus métamorphosé ou du trône de Dieu (Apocalypse, XXI, 3). Intéressant rapprochement fait par M. Frankel avec la traduction de Lamennais pour le *Paradis* de Dante (*op. cit.*, p. 157).   8. « Le noircissement des teintes indique très souvent chez Rimbaud une imminence de création, un paroxysme latent » (J.-P. Richard, p. 205).

la digitale s'ouvrir[1] sur un tapis de filigranes[2] d'argent, d'yeux et de chevelures.

Des pièces d'or jaune[3] semées sur l'agate, des piliers d'acajou supportant un dôme d'émeraudes, des bouquets de satin blanc et de fines verges de rubis[4] entourent la rose d'eau[5].

Tels qu'un dieu aux énormes yeux bleus et aux formes de neige, la mer et le ciel[6] attirent aux terrasses[7] de marbre la foule des jeunes et fortes roses[8].

Nocturne vulgaire

Un souffle ouvre des brèches opéradiques[9] dans les cloisons, — brouille le pivotement[10] des toits rongés, — disperse[11] les limites de foyers, — éclipse les croi-

---

1. Les pierres précieuses ne se cachent donc pas ici pendant que les fleurs regardent, s'ouvrent, comme dans la création manquée d'« Après le Déluge ». 2. *Filigrane* : « ouvrage d'or ou d'argent travaillé à jour et dont les figures sont formées de petits filets enlacés les uns dans les autres ou contournés les uns sur les autres ; il y a des grains sur les filets ». Ces grains sont ici d'*argent* (notation attendue), d'*yeux* (*cf.* les « pierreries » qui « regardèrent », dans « Aube ») et de *chevelures* (même alliance dans « Barbare »). M. Frankel retrouve l'expression la « chevelure de la fleur » dans la traduction citée du *Paradis*, XXXII, 6 (*op. cit.*, p. 160). 3. *Cf.* « Mémoire » : « Plus pure qu'un louis, jaune et chaude paupière le souci d'eau [...] » 4. En botanique, la « verge d'or » est une « plante radiée qui porte un long épi de fleurs jaunes » (Littré). 5. S. Bernard pense au nénuphar. Mais il est bien plus important que le centre de l'évocation soit, non une fleur réelle, et à la place de la rose mystique, une fleur qui n'existe pas en dehors de la flore rimbaldienne : une rose qui a la transparence de l'eau. 6. L'azur et les nuages ; l'onde et l'écume. On a déjà vu comment dans les *Illuminations* la mer et le ciel sont interchangeables dans une même abolition de la verticalité. 7. Élément des nouvelles villes rimbaldiennes (« Villes » II), et aussi lieu de prière (« Enfance » IV) ; *cf.* dans « Enfance » I les « dames qui tournoient sur les terrasses voisines de la mer ». 8. Comme une foule de fleurs élues, en tout cas une flore régénérée. Jean-Pierre Richard voit au contraire ici une destruction de la floralité. 9. D'opéra. Le mot est un calque de l'anglais *operatic*, mais on le trouve aussi chez les Goncourt, comme l'a fait observer V.P. Underwood. 10. Pivoter = enfoncer en terre sa racine principale. À rapprocher de l'« arbre de bâtisse » dans « Veillées » II. 11. En surcharge sur *éclipse*

sées. — Le long de la vigne[1], m'étant appuyé du pied à une gargouille, — Je suis descendu dans ce carrosse[2] dont l'époque est assez indiquée par les glaces convexes, les panneaux bombés et les sophas contournés — Corbillard[3] de mon sommeil, isolé, maison de berger de ma niaiserie[4], le véhicule vire sur le gazon de la grande route effacée[5] : et dans un défaut en haut de la glace de droite tournoient les blêmes figures lunaires, feuilles, seins[6] ; — Un vert et un bleu très foncés envahissent l'image[7]. Dételage aux environs d'une tache de gravier[8].

— Ici va-t-on siffler[9] pour l'orage, et les Sodomes, — et les Solymes[10], — et les bêtes féroces et les armées, (— Postillon et bêtes de Songe reprendront-ils sous les plus suffocantes futaies, pour m'enfoncer jusqu'aux yeux dans la source de soie[11].)

---

1. Sans doute la vigne vierge, et la « gargouille » est une simple gouttière. C'est une évasion romanesque, ou « opéradique », par la fenêtre.   **2.** *Cf.* « Ornières ». J. Plessen souligne la « joliesse rococo du carrosse », « vrai carrosse de conte de fées » qui est aussi une « demeure féminisée » (*Promenade et poésie*, p. 194) ; J.-P. Richard note que ce « véhicule XVIIIe siècle » est « tout entier construit comme une symphonie de lignes courbes ».   **3.** Même transformation dans « Ornières ».   **4.** C'est-à-dire de la niaiserie de mon songe. Allusion dépréciative à la « maison du berger » dont Vigny faisait le cadre idéal de son évasion avec Éva.   **5.** Le gazon qui existait avant que la grande route ne fût tracée. Cette route se trouve « effacée » par la remontée dans le temps. **6.** Images rondes dans les glaces convexes (S. Bernard) ; « déchaînement onirique du paysage, et des objets apparemment incongrus, mais tous également reliés à une rêverie de fécondité et de sexualité » (J.-P. Richard) ; « ballet érotique » (J. Plessen). Images fades et dépréciées en tout cas.   **7.** Obscurcissement menaçant qui « annonc[e] le déchaînement d'une violence multiforme » (J.-P. Richard), en tout cas une mutation du rêve.   **8.** Comme si la grande route reparaissait ou comme si cette « tache de gravier » prenait les proportions d'un obstacle. Un simple détail, devenu obsédant, modifie le cours du rêve. **9.** Pour les appeler.   **10.** Solyme = Jérusalem (*cf.* « Mauvais sang »). Sodome et Solyme : deux villes soumises à la colère de Dieu et qui apparaissent comme telles dans les invectives de Jésus : voir Matthieu, XI, 23-24 ; XXIII, 37 *sq.* ; XXIV, 1 *sq.* en particulier : « Il ne sera pas laissé ici pierre sur pierre qui ne soit détruite ». Pour les Apôtres, la ruine de Jérusalem doit entraîner la fin du monde. C'est la première direction possible : direction vers un avenir qui est *eschaton*, la fin du monde.   **11.** Seconde direction possible : reprendre le voyage féerique dans un monde d'un « luxe inouï », voyage qui ramène au passé donc à l'asphyxie.

— Et nous envoyer, fouettés à travers les eaux clapotantes et les boissons répandues, rouler sur l'aboi des dogues[1]...
— Un souffle disperse les limites du foyer[2].

Marine

Les chars d'argent et de cuivre —
Les proues d'acier[3] et d'argent —
Battent l'écume, —
Soulèvent les souches des ronces —
    Les courants de la lande,
Et les ornières immenses du reflux
Filent circulairement[4] vers l'est,
Vers les piliers de la forêt, —
Vers les fûts[5] de la jetée,
Dont l'angle est heurté par des tourbillons de lumière[6]

---

1. Continuation de la première hypothèse (les boissons répandues = les coupes de l'Apocalypse ; les dogues = les bêtes féroces) ou tout aussi bien de la seconde (les roturiers chassés, *cf.* « Mauvais sang », « Enfance » III), ou même d'une troisième : dénouement en tout cas catastrophique ; « le tournoiement aboutit à un *roulement*, un trébuchement d'ivresse, un vertige » (J.-P. Richard). **2.** Reprise d'une partie de la phrase initiale, la cellule-mère du songe. **3.** En surcharge sur *azur*. **4.** L'adverbe est important : la vision va « virer », revenir à la normale. **5.** Le système d'échange invite à prendre *fûts* au sens d'arbres droits et élancés. Mais Rimbaud joue sur le double sens du terme (*fût* en architecture = le corps de la colonne compris entre la base et le chapiteau), ce qui va permettre à l'élément architectural (la jetée, la limite) de l'emporter. **6.** Éblouissement, choc, tourbillon : interruption fréquente du rêve rimbaldien dans les *Illuminations*.

Fête d'hiver

La cascade sonne[1] derrière les huttes d'opéra-comique[2]. Des girandoles[3] prolongent, dans les vergers et les allées voisins du Méandre[4], — les verts et les rouges du couchant. Nymphes d'Horace coiffées au Premier Empire[5], — Rondes Sibériennes[6], Chinoises de Boucher[7].

Angoisse

Se peut-il qu'Elle[8] me fasse pardonner les ambitions continuellement écrasées, — qu'une fin aisée[9] répare

---

1. *Cf.* « Villes » I : « des fêtes amoureuses sonnent sur les canaux pendus derrière les chalets ». *Sonner* a son sens latin = retentir. **2.** On sait le goût de Rimbaud pour les « opéras vieux » (« Alchimie du verbe ») et singulièrement pour les opéras-comiques de Favart. Il pourrait y avoir un jeu de mots sur *huttes* (ut). **3.** Gerbes tournantes d'un feu d'artifice qui prolongent les feux naturels du couchant (les *verts* et les *rouges*). Mais ce sont aussi des faisceaux de jets d'eau (d'où la continuité des images liquides : *cascade, girandoles, Méandre*). Le mot va imposer la vision d'un tournoiement (girer). **4.** Fleuve d'Asie Mineure au cours particulièrement sinueux. Contiguïté (*voisins*) qui pourrait exprimer un rapport métaphorique (les allées sinueuses, les méandres des allées). **5.** Donc doublement conventionnelles, comme pour une « pastorale suburbaine » (« Ornières »). *Nymphes* est appelé par *vergers*, cadre traditionnel des *églogues* (voir « Après le Déluge »). **6.** Couple qui confirme le titre : *Rondes* appartient au registre de la fête, des girandoles ; *Sibériennes* à celui de l'hiver. **7.** François Boucher (1703-1770) a dessiné des cartons de tapisserie représentant des chinoiseries. Comme les opéras-comiques de Favart ils flattent le goût de Rimbaud pour les charmes désuets du XVIIIe siècle. Rapport de contiguïté (la Sibérie et la Chine sont limitrophes), continuité des images (coiffures des nymphes, coiffures des Chinoises en forme de huttes), allitération donnant à la fin du poème une pulsation, un rythme giratoire (« *Ch*inoises de Bou*ch*er »). **8.** La majuscule surcharge la minuscule sur le manuscrit. Multiples exégèses : la Femme (Gengoux), la Sorcière (Étiemble-Y. Gauclère), la religion chrétienne (Matucci), la Mort (S. Bernard), la Vie (Adam), la Raison, la Méthode, la Musique savante, la Poésie (Py). Mais pourquoi vouloir à tout prix préciser ? Il s'agit d'un « principe féminin » (Forestier), mais démoniaque (« la Vampire ») qui inspire des espérances trompeuses. **9.** Fortune au terme de l'épreuve de la pauvreté. *Cf.* « Ouvriers ».

les âges d'indigence, — qu'un jour de succès[1] nous endorme sur la honte[2] de notre inhabileté fatale[3],

(Ô palmes ! diamant[4] ! — Amour, force[5] ! — plus haut[6] que toutes joies et gloires ! — de toutes façons, partout, — démon[7], dieu, — Jeunesse[8] de cet être-ci ; moi !)

Que des accidents de féerie scientifique[9] et des mouvements de fraternité sociale[10] soient chéris comme restitution progressive de la franchise[11] première ?...

Mais la Vampire qui nous rend gentils commande que nous nous amusions avec ce qu'elle nous laisse[12], ou qu'autrement nous soyons plus drôles[13].

Rouler aux blessures[14], par l'air lassant et la mer ; aux supplices, par le silence des eaux et de l'air meurtriers ; aux tortures qui rient, dans leur silence atrocement houleux[15].

---

1. Un seul jour, comme dans « Royauté » (le couple royal pourrait reparaître dans le *nous* qui vient relayer le *je*). **2.** Nous fasse fermer les yeux sur la honte. **3.** Le succès devrait pouvoir s'obtenir par « science » (voir plus bas) mais aussi par « rouerie » (*cf.* « Démocratie ») : deux chimères. **4.** Deux éléments du « comfort », du « luxe » désirés : le motif des *palmes* apparaissait à la fin de « Royauté », celui du *diamant* dans « Villes », « *L'acropole officielle...* » (la « diligence de diamants » des nababs). **5.** Deux aspirations essentielles : le nouvel amour (« À une Raison ») et la « force [...] que le sort a toujours éloignée de moi » (« Ouvriers »). *Cf.* « Adieu » d'*Une saison en enfer* : « Recevons tous les influx de vigueur et de tendresse réelle ». **6.** *Cf.* « À une Raison » : « Élève n'importe où la substance de nos fortunes et de nos vœux ». **7.** La minuscule surcharge la majuscule. **8.** Vœu d'une jeunesse éternelle, celle d'un démon ou d'un dieu, peu importe. **9.** Les résultats d'une recherche qui a les apparences de la science mais procède par surprises comme la magie. *Cf.* « Mouvement ». **10.** *Cf. Une saison en enfer*, « Matin ». **11.** Liberté. **12.** Les hochets que sont tous ces vœux chimériques. **13.** Renvoi à l'attitude de la « parade ». **14.** *Cf.* « Nocturne vulgaire » : « Et nous envoyer, fouettés à travers les eaux clapotantes et les boissons répandues, rouler sous l'aboi des dogues ». Cette dernière phrase est d'ordinaire interprétée comme l'expression d'une préférence et d'un choix, ceux de l'aventurier (= Mieux vaut encore rouler). On peut y voir aussi un complément de la proposition précédente : la Vampire s'amuse à nous voir rouler... D'où les « tortures qui rient ». **15.** Redondances et reprises de mots exprimant une répétition plus qu'une véritable progression.

Illuminations 129

Métropolitain

Du détroit d'indigo¹ aux mers d'Ossian², sur le sable rose et orange qu'a lavé le ciel vineux³ viennent de monter et de se croiser des boulevards de cristal⁴ habités incontinent⁵ par des jeunes familles pauvres qui s'alimentent chez les fruitiers⁶. Rien de riche. — La ville !

Du désert de bitume⁷ fuient droit en déroute avec les nappes de brumes échelonnées en bandes affreuses au ciel qui se recourbe, se recule et descend, formé de la plus sinistre fumée noire que puisse faire l'Océan en deuil, les casques, les roues, les barques, les croupes⁸. — La bataille !

---

1. *Indigo* : le bleu le plus foncé tirant sur le violet. Toute tentative de localisation est vouée à l'échec, et inutile.   2. Parmi les trop nombreuses suggestions de V.P. Underwood, nous retiendrons celle d'un jeu de mots Océan/ Ossian (*Rimbaud et l'Angleterre*, p. 304). Si l'on se fie à la suggestion des sonorités et des images (indigo/ Inde ; Ossian/ Écosse), la métropole se situe au centre d'un *Commonwealth* parfaitement uni.   3. Transfert d'expression à partir d'un cliché poétique, d'origine homérique : la mer vineuse. Autre référence ironique, après Ossian.   4. Les rues gelées de Londres (Underwood), des rues bordées de maisons aux grandes baies (Adam) : c'est oublier que nous sommes en pleine fantasmagorie ; avec des boulevards qui « mont[ent] » comme les chalets de cristal sur des rails dans « Villes », « *Ce sont des villes...* », et avec ce cristal, substance à la fois précieuse et fragile, qui, comme le note Margaret Davies, est « la matière même de l'imagination rimbaldienne, matière qui parce qu'elle diffuse la lumière en est une source féconde, et qui peut donc être en elle-même une illumination ».   5. Jeu de mots probable avec *continent* (*cf.* « Ville »).   6. Périphrase ironique pour « qui ont une nourriture frugale » ; *cf.* la lettre de Verlaine à Lepelletier du 23 novembre 1872 : « ici on a pour 2 sous (one penny), trois oranges, et des poires (exquises) incalculablement. Des grandes aussi, des pommes, etc. ! » S'il devait y avoir là « un aspect de l'illuminisme social professé par Rimbaud » (L. Forestier), ce ne pourrait être que sur le mode dérisoire !   7. Le pavage des rues au bitume était encore une « merveille » de Londres à l'époque — encore qu'il ne fût pas inconnu à Paris (voir Underwood, p. 307). Mais c'est encore l'Océan qui est vu comme un « désert de bitume ». Du moins saisit-on l'enchaînement des visions.   8. Ces quatre mots sont sujets de « fuient droit ». La vision d'une bataille navale et d'une bataille terrestre sont mêlées. S'il s'agit aussi d'une vision urbaine, on retiendra la suggestion de V.P. Underwood (p. 56) : le souvenir de gravures londoniennes de Gustave Doré, publiées en 1872, avec les casques des policemen, les roues des voitures, les

Lève la tête : ce pont de bois[1], arqué ; les derniers potagers de Samarie[2] ; ces masques enluminés sous la lanterne fouettée par la nuit froide[3] ; l'ondine[4] niaise à la robe bruyante, au bas de la rivière ; les crânes lumineux dans les plan[t]s de pois[5], — et les autres fantasmagories — la campagne.

Des routes bordées de grilles et de murs[6], contenant à peine leurs bosquets, et les atroces fleurs qu'on appellerait cœurs et sœurs[7], Damas[8] damnant de long[u]eur, — possessions de féeriques aristocraties ultra-

---

croupes des chevaux et les barques dont on voit les agrès au bout de la rue. Sans oublier le *fog*... **1.** Suggestion de M. Davies : « Le ciel qui, dans la vision précédente se recourbait et descendait, s'est changé à cause de cet acte en un pont de bois, arqué » (pp. 29-30). Le pont : l'instrument d'une composition ; l'arche : un point de salut. **2.** Association d'idées : un pont de bois/ des potagers près d'une rivière ; l'arche/ la voûte d'une église/ le Christ et sa rencontre avec une femme aux abords de Samarie, dans les derniers potagers qui marquent la limite entre la campagne et la ville de Samarie (car pour Rimbaud Samarie est une ville ; voir « À Samarie », p. 34). **3.** Le rapprochement a souvent été fait avec « *Entends comme brame* », *Poésies complètes*, p. 256 où nous avons cru reconnaître la lune et son reflet ironique, l'auréole prêtée aux saints. Peut s'y ajouter le souvenir du *Songe d'une nuit d'été* (que Rimbaud connaissait ; voir « Bottom ») où la lune est représentée par une *lanterne* tenue par l'un des clowns (les *masques*). Mais la nuit d'été est devenue une « nuit froide », et la fête une « fête d'hiver ». **4.** Image chère à Aloysius Bertrand dans *Gaspard de la nuit* ; Rimbaud l'a déjà congédiée dans la deuxième partie de sa « Comédie de la soif ». Le mot *niais* revient plusieurs fois dans les *Illuminations* pour déprécier les visions (*cf.* « Parade », « Nocturne vulgaire »). **5.** Nouveau rappel de « *Entends comme brame* », avec « la rame viride du pois » et l'« effet nocturne » des auréoles des saints, « ces crânes lumineux ». La correction « plan[t]s de pois » nous paraît s'imposer. **6.** C'est à « Enfance » II, à la « route rouge pour arriver à l'auberge vide », aux « palissades » dominées par des « cimes bruissantes » qu'on est maintenant renvoyé : une campagne, mais tout aussi bien une ville, une banlieue comme celle de Charleville ou de Londres, qui se réduisent à des routes bordées de propriétés closes d'où le vagabond se sent exclu. **7.** Végétation proliférante et inquiétante, avec des *fleurs atroces* auxquelles les gens bien (et les poètes *cf.* « Ce qu'on dit au poète à propos de fleurs ») s'obstinent à donner des noms fades dans un enchaînement de mots écœurant : *fleurs/ cœurs/ sœurs*. **8.** Il s'agirait de l'étoffe, selon Étiemble et Y. Gauclère (*Rimbaud*, p. 231). Mais la majuscule semble exclure cette hypothèse. Rimbaud continue à jouer avec les associations de mots : routes (d'où chemins), (chemins de) Damas — le lieu de l'illumination de saint Paul (Actes des apôtres, XXV, 12-13 : « je me rendais à Damas [...] quand, vers le milieu du jour, en chemin, je vis, venant du ciel, plus

Rhénanes, Japonaises, Guaranies[1], propres encore à recevoir la musique des anciens — et il y a des auberges qui pour toujours n'ouvrent déjà plus[2] — il y a des princesses, et si tu n'es pas trop accablé, l'étude des astres[3] — le ciel.

Le matin où avec Elle[4] vous vous débattîtes parmi les éclats de neige, les lèvres vertes, les glaces[,] les drapeaux noirs et les rayons bleus, et les parfums pourpres du soleil des pôles, — ta force.

Barbare

Bien après les jours et les saisons, et les êtres et les pays[5],
Le pavillon en viande saignante[6] sur la soie des mers[7] et des fleurs arctiques ; (elles n'existent pas.)

---

brillante que le soleil, une lumière resplendir autour de moi et de ceux qui faisaient route avec moi ». Pas d'illumination soudaine ici, mais une longue attente (*longeur* sur le manuscrit est une coquille, mais la bonne leçon est bien *longueur* et non, comme l'a suggéré Bouillane de Lacoste, *langueur*) ; non pas le salut, mais la damnation (avec appel de sonorités *Damas damnant*).

1. Propriétés privées, domaines réservés à des aristocrates que le rêveur imagine comme lointains et féeriques. L'Allemagne, le Japon, le folklore des Indiens (les *Guaranies* sont des Indiens d'Amérique du Sud) : tout le trésor des contes. Avec un éloignement progressif dans l'espace (lancé par *ultra*) et dans le temps (rêve d'un avant la colonisation des Indiens). **2.** Rapprochement suggéré par M. Davies avec « L'Irréparable » de Baudelaire, où « L'Espérance qui brille aux carreaux de l'Auberge/ Est soufflée, est morte à jamais » et où « Le Diable a tout éteint aux carreaux de l'Auberge ». **3.** L'élégance (les *princesses*) et la science (l'*étude des astres*), deux aspirations rimbaldiennes (*cf.* « Matinée d'ivresse »). **4.** *Cf.* « Elle », « la Vampire » dans la pièce précédente. Il s'agit ici non plus de se laisser berner par elle, non plus d'être purement et simplement rejeté, mais de lutter, et en luttant de conquérir la « force » désirée. Décor polaire. **5.** Après la fin du temps, après la fin du monde. **6.** Le pavillon d'un vaisseau, le drapeau rouge qui succède aux *drapeaux noirs* de « Métropolitain ». Intéressant rapprochement fait par Margaret Davies avec le *Moby Dick* de Melville et la carcasse saignante de cachalot que le capitaine Achab fait hisser jusqu'au mât (« Rimbaud and Melville », *Revue de littérature comparée*, octobre-décembre 1969). **7.** *Cf.* les « cordons de soie » dans « Fleurs », la « source de soie » dans « Nocturne vulgaire ».

Remis des vieilles fanfares d'héroïsme — qui nous attaquent encore le cœur et la tête — loin des anciens assassins [1] —

Oh [2] ! le pavillon en viande saignante sur la soie des mers et des fleurs arctiques ; (elles n'existent pas)

Douceurs [3] !

Les brasiers [4], pleuvant aux rafales de givre, — Douceurs ! — les feux à la pluie du vent de diamants — jetée par le cœur terrestre éternellement carbonisé pour nous [5]. — Ô monde [6] ! —

(Loin des vieilles retraites et des vieilles flammes, qu'on entend, qu'on sent [7],)

Les brasiers et les écumes. La musique, virement des gouffres et choc des glaçons aux astres [8].

Ô Douceurs, ô monde, ô musique ! Et là, les formes, les sueurs, les chevelures et les yeux, flottant [9]. Et les

---

1. Rappel explicite de « Matinée d'ivresse » (les fanfares, les assassins) et de « Démocratie » : la voyance, la destruction du monde sont rejetées dans le temps. 2. Marque d'une intensité plus grande (M. Davies, commentaire de « Barbare » dans *A. Rimbaud I. Images et témoins*, article cité, p. 37). 3. « Charme » par lequel le poète démiurge tente de conjurer le chaos et de faire régner la « nouvelle harmonie ». 4. En surcharge sur *fournaises* ; de même plus bas. *Cf.* les « braises de satin » dans « L'Éternité ». 5. Le monde semble avoir explosé, libérant la matière à l'état de fusion qui en occupe le centre, le « cœur terrestre » : d'où ce déluge de feu, de diamants (les pierres précieuses qui se cachaient) qui ne saurait se confondre avec le simple geyser. *Cf.* le « puits de feu » à la fin d'« Enfance » et le pot de terre où la Sorcière allume sa braise dans « Après le Déluge ». 6. Invocation cette fois, appel à un monde à naître. 7. *Cf.* les « anges de flamme et de glace » dans « Matinée d'ivresse ». De nouveau la voyance ancienne est éloignée, et pourtant elle reste présente. « Comme pour les fanfares musicales, il y a encore des retours en arrière dans un mouvement qui ne cesse d'être cyclique. Ce sont des retraites, des flammes qu'*on entend, qu'on sent* toujours » (M. Davies, art. cit.). 8. Donc une musique du chaos. 9. Triomphe de l'élément liquide dans un paysage diluvien : des chevelures isolées, des yeux épars — épaves sinistres d'un monde barbare où la viande des corps déchirés semble saigner de toute part —, les sueurs, plus légères que l'eau, flottant à la surface. Enfin les formes, dont Rimbaud rêve dans *Une saison en enfer*, « l'impossible » dissolution, sont abandonnées au chaos. *Yeux* et *chevelures* entraient pourtant dans le filigrane du nouveau monde floral (voir « Fleurs ») et Jean-Pierre Richard voit dans ces épaves des symboles d'une renaissance future : « le dernier mouvement de "Barbare" parvient à rassembler sur la surface d'une eau-mère, et dans la fécondité d'un chaud désordre flottant,

larmes blanches, bouillantes, — ô douceurs ! — et la voix féminine[1] arrivée au fond des volcans et des grottes arctiques.

Le pavillon[2].....

Fairy[3]

Pour Hélène[4] se conjurèrent les sèves ornementales[5] dans les ombres vierges et les clartés impassibles dans le silence astral. L'ardeur de l'été fut confiée à des oiseaux muets et l'indolence requise à une barque de deuils sans prix par des anses d'amours morts et de parfums affaissés[6].

---

la plupart des objets, organes ou substances où s'incarne d'ordinaire le mythe rimbaldien de la genèse » (*Poésie et profondeur*, p. 213). **1.** Nous ne pouvons en revanche suivre ici J.-P. Richard quand, victime des interprétations sentimentales (Delahaye, Henry Miller, etc.), il perçoit dans cette voix « une directe intervention d'autrui dans l'aventure rimbaldienne, [...] la nostalgie d'un éveil par les autres, [...] la possibilité d'une métamorphose qui serait due à une influence amoureuse ». On songe plutôt à la Sorcière, cette déesse chthonienne qui livrerait enfin son secret (M. Davies), ou à « Elle », l'antagoniste des deux poèmes en prose précédents. **2.** « Le fait que le chant s'interrompt aussitôt qu'entendu, et que le pavillon une fois nommé disparaît [...] marque, au moment de la défaite et tout en la reconnaissant, un des triomphes de l'art » (M. Davies, art. cit.). **3.** *Fairy* signifie « Fée » en anglais. Mais, fait observer V.P. Underwood, « le rapport de *Fairy* [...] avec le poème auquel il est attribué est insaisissable, à moins qu'il ne faille donner à ce mot le sens argotique de *cocotte*. [...] Il est possible qu'il ait prêté à ce substantif le sens de *féerie* qu'il ne possède pas, ou encore que notre poète ait mal écrit le mot *Faery*, assez fréquent dans la poésie anglaise et signifiant *royaume féerique, fantastique* (*Rimbaud et l'Angleterre*, p. 293). **4.** Difficile à identifier. Ni l'Hélène de Troie, ni celle de Shakespeare dans *Le Songe d'une nuit d'été*, ni celle d'Edgar Poe (pour cette dernière suggestion, voir Underwood, *op. cit.*, p. 112) ne ressemblent à l'Hélène évoquée ici. **5.** Anglicisme pour « ornementales ». Deux registres métaphoriques : l'arbre (sèves/ ombres), le ciel (clartés/ silence astral) avec un chiasme. Dominante : la froideur (ornementales, vierges, impassibles). **6.** Symbolisme des objets (de faux oiseaux, une barque funèbre). La fin de la phrase est très elliptique et les mots peuvent s'enchaîner par appel de sonorités (« a*mours m*orts », « par*fums a*ffaissés »). Autre représentation visuelle d'un parfum à la fin de « Métropolitain ».

— Après le moment de l'air des bûcheronnes à[1] la rumeur du torrent sous la ruine des bois, de la sonnerie des bestiaux à l'écho des vals, et des cris des steppes[2]. —

Pour l'enfance d'Hélène frissonnèrent les fourrures et les ombres, — et le sein des pauvres, et les légendes du ciel[3].

Et ses yeux et sa danse supérieurs encore aux éclats précieux, aux influences froides[4], au plaisir du décor et de l'heure uniques.

Guerre

Enfant, certains ciels ont affiné mon optique[5] : tous les caractères[6] nuancèrent ma physionomie. Les Phénomènes s'émurent[7]. — À présent, l'inflexion éternelle des moments et l'infini des mathématiques[8] me chassent par ce monde[9] où je subis tous les succès civils[10], respecté de l'enfance étrange et des affections

---

1. *À* surcharge *avec*. **2.** Si cet alinéa contient des allusions, elles échappent aux commentateurs. Touches impressionnistes pour définir le moment précédent : un temps de destruction (les bûcheronnes, responsables sans doute de la *ruine des bois*) et de bruits inquiétants (*la rumeur du torrent*) ou inquiets (*la sonnerie des bestiaux* en écho, comme un signal d'alarme ; *les cris des steppes*). Divers bruits, divers paysages se mêlent dans cette symphonie. **3.** *Cf.* le quatrième alinéa de « Métropolitain ». **4.** Qui les ont déterminés. **5.** Ma vue. **6.** On l'a obligé à prendre toutes les expressions correspondant à des caractères différents. Ce sont les « âcres hypocrisies » de l'enfant qui « suait d'obéissance » (« Les Poètes de sept ans » : rapprochement judicieux fait par Suzanne Bernard). **7.** Toutes les manifestations du visible se mirent en mouvement. Sorte de conjuration cosmique contre lui. **8.** « L'inflexion des moments (qui constituent le temps) vers l'éternité », celle des chiffres vers l'infini mathématique le poussent à des départs, vers la ligne indéfiniment reculée de l'horizon. Commentaire de J. Plessen : « Il semble bien que, dans ses rêves d'un monde devenu pure harmonie fondée sur le nombre, il ait supposé les mathématiques capables de cette *expansion des choses infinies* dont parle Baudelaire » (*Promenade et poésie*, p. 140). **9.** À travers ce monde (sens de *per* latin). **10.** Ceux dont il est exclu.

énormes[1]. — Je songe à une Guerre[2], de droit ou de force, de logique bien imprévue.

C'est aussi simple qu'une phrase musicale.

Solde

À vendre ce que les Juifs n'ont pas vendu[3], ce que noblesse ni crime n'ont goûté, ce qu'ignore[4] l'amour maudit et la probité infernale des masses : ce que le temps ni la science n'ont pas à reconnaître ;

Les Voix[5] reconstituées ; l'éveil fraternel de toutes les énergies chorales et orchestrales et leurs applications instantanées ; l'occasion, unique, de dégager nos sens[6] !

À vendre les Corps sans prix, hors de toute race, de tout monde, de tout sexe, de toute descendance[7] ! Les richesses jaillissant à chaque démarche ! Solde de diamants sans contrôle[8] !

À vendre l'anarchie pour les masses[9] ; la satisfaction irrépressible pour les amateurs supérieurs[10] ; la mort atroce pour les fidèles et les amants !

À vendre les habitations[11] et les migrations, sports, féeries et comforts parfaits, et le bruit, le mouvement et l'avenir qu'ils font[12] !

---

1. Ses aspirations impossibles.   **2.** Penser ici à l'intention qu'eut Rimbaud (en juillet 1875 !) de s'engager dans l'armée carliste est pure aberration... **3.** Eux qui ont la réputation de faire commerce de tout. *Cf.* la Pâque des Juifs et les vendeurs chassés du temple dans Jean, II, 16 : « Cessez de faire de la Maison de mon Père une maison de commerce ».   **4.** Accord latin. Les éditeurs font d'ordinaire la correction « ignorent », qui a été faite par une main étrangère sur le manuscrit.   **5.** Motif de la voix (« Barbare », « Sonnet » de « Jeunesse », etc.), motif du chœur (« Vingt ans ») liés au nouvel espoir de Rimbaud. **6.** *Cf.* « Jeunesse » IV.   **7.** *Cf.* « *Being Beauteous* ».   **8.** Le monde d'un « luxe inouï », où les pierres précieuses ne se cachent plus (voir le début de « Fleurs », « Aube », etc.). *Diamants sans contrôle* : dont nul n'a contrôlé la pureté.   **9.** *Cf.* « Démocratie ».   **10.** *Cf.* « les tics d'orgueil puéril » (« Jeunesse » IV).   **11.** Les constructions des « Villes ».   **12.** *Cf.* « Mouvement », mais aussi « Scènes », « *Fairy* » et « Génie ».

À vendre les applications de calcul et les sauts d'harmonie inouïes[1]. Les trouvailles et les termes non soupçonnés, possession immédiate.

Élan insensé et infini aux splendeurs invisibles aux délices insensibles[2], — et ses secrets affolants pour chaque vice — et sa gaîté effrayante pour la foule[3] —

À vendre les Corps, les voix, l'immense opulence inquestionable[4], ce qu'on ne vendra jamais. Les vendeurs ne sont pas à bout de solde ! Les voyageurs n'ont pas à rendre leur commission de si tôt[5] !

Jeunesse

I

DIMANCHE

Les calculs de côté[6], l'inévitable descente du ciel[7], et la visite des souvenirs et la séance des rhythmes occupent la demeure, la tête et le monde de l'esprit.

— Un cheval détale sur le turf suburbain[8] et le long des cultures et des boisements, percé par la peste carbonique[9]. Une misérable femme de drame[10], quelque part dans le monde, soupire après des abandons impro-

---

1. *Cf.* « Jeunesse » I et IV. **2.** Aux splendeurs que jusqu'ici l'on ne pouvait pas voir, aux délices que jusqu'ici on ne pouvait goûter. *Cf.* les « douceurs » invoquées dans « Barbare ». **3.** *Cf.* « Parade ». Première rédaction : « pour tous ». **4.** *Unquestionable* signifie en anglais « incontestable » (Underwood, *Rimbaud et l'Angleterre*, p. 117). Mais Rimbaud a fort bien pu créer un mot qui signifie « qu'on ne peut questionner », « insondable » (hypothèse d'A. Py, éd. cit., p. 182). **5.** On songe au voyageur de commerce et à la commission qui lui revient sur les ventes. Mais Rimbaud joue sur le sens du terme : sa quête lui est très tôt apparue comme un voyage, et elle l'est restée de la lettre à Demeny du 15 mai 1871 (et du « Bateau ivre ») jusqu'à « Mouvement » ou à « Barbare ». **6.** Étant mis de côté. **7.** *Cf.* la fin de « Mystique » ou le deuxième alinéa de « Métropolitain ». **8.** « Pour Littré en 1873, le *turf* est un genre de sport, mais le *turf suburbain* de Rimbaud a son sens primitif de *gazon* » (V.P. Underwood, *Rimbaud et l'Angleterre*, p. 294). **9.** Aggravation de la « fumée de charbon » (« Ville » et *cf.* « Ouvriers »). Le motif de la *peste* lié à celui de la *ville* et associé à l'idée de châtiment apocalyptique se trouve à la fin d'*Une saison en enfer*. **10.** Inutile de penser, comme on l'a fait, à Mathilde Verlaine.

bables. Les desperadoes[1] languissent après l'orage, l'ivresse et les blessures. De petits enfants étouffent des malédictions le long des rivières. —

Reprenons l'étude au bruit de l'œuvre dévorante qui se rassemble et remonte dans les masses[2].

II

SONNET

Homme[3] de constitution ordinaire, la chair
n'était-elle pas un fruit pendu dans le verger[4], — ô
journées enfantes ! le corps un trésor à prodiguer ; — ô
aimer, le péril ou la force de Psyché[5] ? La terre
avait des versants fertiles en princes et en artistes[6],
et la descendance et la race vous poussaient aux
crimes et aux deuils[7] : le monde votre fortune et votre
péril[8]. Mais à présent, ce labeur[9] comblé, toi, tes
                                                  [calculs,
— toi, tes impatiences[10] — ne sont plus que votre
                                                  [danse et

---

1. Des cerveaux-brûlés, des risque-tout, tels les aventuriers de « Démocratie ». « *Desperadoes* est un mot anglais, venu du vieil espagnol, employé surtout par les journalistes et les auteurs de romans policiers : Rimbaud écrit très exactement le pluriel anglais en *-oes* » (Underwood, *op. cit.*, pp. 294-295). **2.** La promesse de chaos, la préparation à l'apocalypse dont il était question à la fin de « Soir historique ». **3.** *Homme* est souligné. Les sonnets amoureux n'étaient-ils pas généralement adressés à une Dame ? Car c'est bien une apparence de sonnet que ce poème en prose disposé sur quatorze lignes. **4.** V.P. Underwood a rapproché ces mots du sonnet « Luxures », que Verlaine envoyait à Lepelletier le 16 mai 1873 : « Chair ! ô seul fruit mordu des jardins d'ici-bas... » Rappel du mythe de l'Éden — dans les premiers temps de l'humanité, ses « journées enfantes » — et de la Chute. **5.** L'âme (avec un rappel implicite du mythe d'Éros et de Psyché). **6.** Les vocations nobles. **7.** Les vocations « ignobles ». **8.** Reprise du mot « péril », avec disposition en chiasme. **9.** Première rédaction : « le labeur ». Le démonstratif annonce ce qui suit (les « calculs », les « impatiences » du travailleur). **10.** Modalités différentes du « labeur » : pour l'un, les calculs ; pour l'autre, les impatiences. Rimbaud s'adresse à l'un puis à l'autre, mais pour aboutir à une « humanité fraternelle » où ces disparités n'existent plus. Ainsi s'explique le passage du *tu* au *vous*.

votre voix [1], non fixées [2] et point forcées, quoique d'un
[double
événement [3] d'invention et de succès une saison [4],
— en l'humanité fraternelle [5] et discrète par l'univers
sans images [6] ; — la force et le droit réfléchissent la
[danse
et la voix à présent seulement appréciées [7].

III

VINGT ANS

Les voix instructives exilées... L'ingénuité physique amèrement rassise... — Adagio [8] — Ah ! l'égoïsme infini de l'adolescence [9], l'optimisme studieux : que le monde était plein de fleurs cet été ! Les airs et les formes mourant [10]... Un chœur, pour calmer l'impuissance et l'absence ! Un chœur de verres [11] de mélodies nocturnes... En effet les nerfs vont vite chasser [12].

---

1. C'est-à-dire : « Il n'y a plus que votre danse et votre voix ». La *danse* est une manière de dominer l'univers (*cf.* « Fairy »), la *voix* l'incantation qui permet de faire surgir un univers nouveau. **2.** *Non fixées* sur un corps, comme l'amour ; non déterminées par les versants de la terre ou de la race, comme les vocations. **3.** Reprise : le « double événement », c'est la double façon d'arriver, donc les deux modalités précédemment évoquées — les « calculs », les « impatiences » — pour l'« invention » et le « succès » de la « danse » et de la « voix ». **4.** Lecture incertaine : « saison » plutôt que « raison ». La « saison » est le temps même de l'« événement ». **5.** Dans une humanité désormais fraternelle. **6.** La vision se trouverait définitivement abolie. **7.** Même couple à la fin de « Guerre ». Ils ont été acquis grâce à la danse et à la voix auxquels ils renvoient et auxquels, par conséquent, il faut rendre grâces. **8.** Mouvement lent. **9.** Le reproche majeur formulé par Verlaine contre Rimbaud. **10.** La dissolution du monde qu'il a désirée. **11.** V.P. Underwood songe aux *pubs* londoniens, ce qui nous ramène un peu trop sur terre. Il ne s'agit pas non plus, à notre avis, de ce monde de cristal que construisent pour le briser certaines des *Illuminations*. Il y a bien là le vœu d'une ambiance cordiale et même banale. **12.** Selon S. Bernard, Rimbaud songeait au terme de marine : un navire chasse sur ses ancres lorsqu'il ne reste pas stable, mais qu'il entraîne ses ancres, emmené par le courant.

IV

Tu en es encore à la tentation d'Antoine[1]. L'ébat du zèle écourté, les tics d'orgueil puéril, l'affaissement et l'effroi[2].

Mais tu te mettras à ce travail : toutes les possibilités harmoniques et architecturales s'émouvront autour de ton siège[3]. Des êtres parfaits, imprévus, s'offriront à tes expériences. Dans tes environs affluera rêveusement la curiosité d'anciennes foules et de luxes oisifs. Ta mémoire et tes sens ne seront que la nourriture de ton impulsion créatrice. Quant au monde, quand tu sortiras, que sera-t-il devenu ? En tout cas, rien des apparences actuelles[4].

Promontoire

L'aube d'or[5] et la soirée frissonnante trouvent notre brick en large[6] en face de cette Villa et de ses dépendances[7], qui forment un promontoire aussi étendu que l'Épire et le Péloponnèse, ou que la grande île du Japon, ou que l'Arabie[8] ! Des fanums[9] qu'éclaire la

---

1. T majuscule ou minuscule, le manuscrit n'est pas clair sur ce point. L'ouvrage de Flaubert a paru en avril 1874. Mais on en connaissait déjà des fragments, et Rimbaud n'avait pas besoin de Flaubert pour songer à « la tentation d'Antoine ». 2. Ces trois mots ou groupes de mots pourraient renvoyer, dans l'ordre, aux trois mouvement précédents : l'interruption dans l'étude (« Dimanche »), la satisfaction anticipée (« Sonnet »), le moment de dépression (« Vingt ans »). 3. Le trône du nouveau démiurge. 4. Cette phrase, souvent citée, est importante : la rupture sera moins brutale que ne le dit ailleurs Rimbaud. Les « apparences actuelles » restent, passées au filtre de la mémoire et des sens, le point de départ des métamorphoses. 5. Encore l'aube d'été (*cf.* « Ornières », « Aube »). 6. Texte du manuscrit. 7. Chez les Romains, la *villa* était constituée par un ensemble de bâtiments. 8. Ces comparaisons accumulées indiquent clairement une rêverie sur une carte, ou à partir des souvenirs visuels d'un atlas. 9. Autre latinisme : des temples. Il y a, paraît-il, des édifices de style classique à Scarborough. Mais « Villes », « *L'acropole officielle...* » rassemble aussi « toutes les merveilles classiques de l'architecture ».

rentrée des théories[1], d'immenses vues de la défense des côtes modernes ; des dunes illustrées de chaudes fleurs[2] et de bacchanales ; de grands canaux de Carthage et des Embankments d'une Venise louche[3], de molles éruptions d'Etnas[4] et des crevasses de fleurs et d'eaux des glaciers[5], des lavoirs entourés de peupliers d'Allemagne ; des talus de parcs singuliers penchant des têtes d'Arbre du Japon, et les façades circulaires des « Royal » ou des « Grand » de Scarbro' ou de Brooklyn[6] ; et leurs railways[7] flanquent, creusent, surplombent les dispositions dans cet Hôtel, choisies dans l'histoire des plus élégantes et des plus colossales constructions de l'Italie, de l'Amérique et de l'Asie[8], dont les fenêtres et les terrasses à présent pleines d'éclairages, de boissons et de brises riches, sont ouvertes à l'esprit des voyageurs et des nobles — qui permettent, aux heures du jour, à toutes les tarentelles des côtes[9], — et même aux ritournelles des vallées

---

1. *Théorie* : « dans l'antiquité grecque, députation qu'on envoyait pour offrir, au nom d'une ville, des sacrifices à un dieu, ou lui demander des oracles » (Littré). Certaines étaient envoyées par mer, celle des Athéniens à Délos par exemple. **2.** L'opposé des « fleurs arctiques » de « Barbare ». *Illustrées* : ces dunes sont vues comme les pages d'un livre, comme une enluminure. **3.** Transfert : les canaux sont la caractéristique majeure de Venise ; les quais celle d'un port, comme Carthage. Le mot anglais *Embankments* désignait alors à Londres des chaussées très modernes (Underwood, p. 294). **4.** *Cf.* les « vieux cratères » dans « Villes », « *Ce sont des villes...* » ; « molles » par rapport aux éruptions désirées de « Barbare ». V.P. Underwood songe, assez gratuitement, aux pièces montées d'un feu d'artifice (p. 182). **5.** Même procédé d'atténuation : des crevasses de glaciers, mais de fleurs et d'eaux. **6.** « Royal Hotel » et « Grand Hotel » : ils existaient tous les deux à Scarborough (ville très à la mode à l'époque, sur la côte du Yorkshire, à 380 km de Londres ; le Grand Hotel était le plus grand d'Europe ; l'orthographe phonétique *Scarbro'* avait été utilisée dans des feuilles locales : nous empruntons tous ces renseignements à V.P. Underwood) ; en revanche ils étaient inconnus à Brooklyn. Aux diverses hypothèses présentées par V.P. Underwood pour justifier la conjonction de ces deux noms, nous ajouterons celle-ci : les États-Unis sont déjà considérés alors comme le lieu de la modernité et des constructions géantes. **7.** Imaginés sans doute d'après les railways londoniens, et métamorphose des ascenseurs. **8.** Le modernisme extrême va de pair avec une plongée dans toutes les architectures du passé. **9.** Des côtes (biffé : illustres). Les tarentelles, danses de Tarente, sont particulièrement endiablées. À mettre en parallèle avec les bacchanales qui « illustraient »

illustres de l'art, de décorer merveilleusement les façades du Palais-Promontoire [1].

Dévotion

À ma sœur Louise Vanaen de Voringhem [2] : — Sa cornette bleue tournée à la mer du Nord. — Pour les naufragés.

À ma sœur Léonie Aubois d'Ashby [3]. Baou [4] — l'herbe d'été bourdonnante et puante [5]. — Pour la fièvre des mères et des enfants.

À Lulu [6], — démon — qui a conservé un goût pour les oratoires du temps des Amies et de son éducation incomplète. Pour les hommes ! À madame*** [7].

À l'adolescent que je fus [8]. À ce saint vieillard [9], ermitage ou mission.

À l'esprit des pauvres. Et à un très haut clergé [10].

---

les dunes. Visions superposées comme cela arrive fréquemment dans les *Illuminations* et motif de la ronde, déjà rencontré dans « Fête d'hiver ».

1. *Cf.* Victor Hugo : « Le pâtre promontoire au chapeau de nuées » (« Pasteurs et troupeaux », dans *Les Contemplations*). **2.** Nom à consonance flamande, vraisemblablement forgé par Rimbaud. D'où la cornette (avec un autre appel de mots sœur/ cornette). **3.** *Ashby* : « Il y a en Angleterre une trentaine de localités de ce nom » (V.P. Underwood, p. 312). De quoi décourager toutes les tentatives d'identification de « l'une des plus mystérieuses passantes qui traversent les *Illuminations* » (André Breton, *Flagrant Délit*). Les composantes du nom s'appellent par leurs sonorités. **4.** Exclamation à valeur incantatoire. **5.** *Cf.* « Voyelles », v. 3-4, « Chanson de la plus haute Tour », les « vilaines odeurs » des « prés desséchés » dans « Ouvriers ». La chaleur, autre menace mortelle. **6.** Même consonne initiale que pour les deux précédents prénoms, et elle se trouve redoublée. Une lesbienne, comme le suggère l'allusion au recueil de Verlaine *Les Amies* (1868), scènes d'amour saphiques. L'homosexualité féminine : une menace pour les hommes. **7.** Anonymat voulu. On trouve dans l'*Album zutique* un poème de Verlaine « À Madame*** ». Complément, peut-être, de l'allusion précédente. **8.** *Cf.* « Vingt ans », dans « Jeunesse », et l'adieu à l'adolescence. **9.** À ce saint vieillard qu'il aurait pu être (*cf.* le début d'« Enfance » IV et la note). A. Adam songe au brahmane de « Vies » I. **10.** *Cf.* l'opposition des Croisés, des manants et des « conseils du Christ » dans « Mauvais sang ».

Aussi bien à tout culte en telle place de culte mémoriale[1] et parmi tels événements qu'il faille se rendre, suivant les aspirations du moment ou bien notre propre vice sérieux[2].

Ce soir, à Circeto[3] des hautes glaces, grasse comme le poisson, et enluminée comme les dix mois de la nuit rouge[4] — (son cœur ambre et spunk[5]), — pour ma seule prière muette comme ces régions de nuit et précédant des bravoures plus violentes que ce chaos polaire.

À tout prix et avec tous les airs[6], même dans des voyages métaphysiques[7]. — Mais plus *alors*[8].

Démocratie

« Le drapeau[9] va au paysage immonde, et notre patois[10] étouffe le tambour[11].

---

1. Calque probable de l'expression anglaise « memorial place of worship » (Underwood, p. 306) : lieu consacré à quelque culte qu'on ne veut ou ne peut qualifier de *church* et au souvenir d'une personne ou d'un événement intéressant les fidèles.   **2.** Reprise possible des « impatiences » (de l'être impulsif) et des « calculs » (de « l'être sérieux ») dont il est question dans le « Sonnet » de « Jeunesse ».   **3.** Métamorphose probable de Circé (Rimbaud connaissait l'épisode de la *nekuia*, l'invocation des morts, au chant XI de l'*Odyssée* ; voir « Alchimie du verbe » p. 75 ; et il est possible qu'il s'en soit souvenu dans « Barbare », autre évocation polaire). Voir l'hypothèse de V.P. Underwood, p. 190, celle de Margaret Davies (« Rimbaud and Melville », art. cit.), celle d'A. Py, éd. cit., p. 221. Autre hypothèse mythologique : l'amalgame de Circé et de la déesse phénicienne Dirceto.   **4.** On attendrait plutôt les six mois de la nuit rouge. Rimbaud amplifie le phénomène connu sous le nom de « soleil de minuit ».   **5.** Parenthèse mystérieuse et diversement glosée (voir Underwood, p. 295). L'hypothèse la plus satisfaisante est celle qui décèle une allusion aux sécrétions des cétacés (l'ambre gris du cachalot est son sperme, et *spunk* a le sens de sperme en anglais argotique). Dans un monde vidé des humains, pourrait s'élever une prière « muette » pour la reproduction des seules baleines.   **6.** Toujours les « impatiences » (cette prière doit être satisfaite « à tout prix ») et les « calculs » (la voix usera de « tous les airs »).   **7.** Des voyages qui vont au-delà du monde connu (*cf.* le début de « Barbare »).   **8.** Il n'y aura plus besoin de dévotion quand l'épreuve du chaos polaire sera achevée.   **9.** Paysage méprisé tant que le drapeau du colonisateur n'y a pas été planté.   **10.** Première entreprise ; la déchéance du langage.   **11.** Non pas celui des militaires, mais celui des indigènes. *Cf.* « Mauvais sang » : « Cris, tambour ».

« Aux centres[1] nous alimenterons la plus cynique prostitution. Nous massacrerons les révoltes logiques[2].

« Aux pays poivrés[3] et détrempés ! — au service des plus monstrueuses exploitations industrielles ou militaires.

« Au revoir ici, n'importe où[4]. Conscrits du bon vouloir[5], nous aurons la philosophie féroce ; ignorants pour la science[6], roués pour le confort ; la crevaison pour le monde qui va. C'est la vraie marche. En avant, route ! »

Scènes

L'ancienne Comédie poursuit ses accords et divise ses Idylles[7] :
Des boulevards[8] de tréteaux.
Un long pier[9] en bois d'un bout à l'autre d'un champ rocailleux où la foule barbare évolue sous les arbres dépouillés[10].

---

1. Dans les bourgades.   **2.** Que ne pourra manquer de susciter l'entreprise coloniale.   **3.** « Producteurs de poivre » (A. Py) ; mais l'expression est plus forte encore. *Cf.* les « plaines poivrées » dans « Vies » I.   **4.** Raccourci : allons n'importe où.   **5.** Volontaires (A. Py). Mais, là encore, l'expression est plus forte. Ces conscrits semblent recrutés par une volonté qui les dépasse.   **6.** *Cf.* la deuxième strophe de « Mouvement ». Ici la science est méprisée ; seule importe la satisfaction matérielle qu'elle peut procurer et qu'il faudra obtenir par tous les moyens.   **7.** Double suggestion : un prolongement comme illimité ; une dé-composition.   **8.** Le mot, déjà rencontré plusieurs fois dans les *Illuminations* (« Villes » I, « Métropolitain »), accentue la première suggestion. De plus, l'image de *boulevard* est liée chez Rimbaud à celle de mouvement et de théâtre (*cf.* « Plates-bandes d'amarantes »).   **9.** En anglais : jetée, digue. Ce « *pier* en bois » peut figurer une scène de dimension inhabituelle et d'une construction sommaire (donc encore un « boulevard de tréteaux »), mais à l'image de la ville se trouve substituée celle du port, qui sera reprise plus loin.   **10.** On songe à la « ruine des bois » dans *Fairy*. Les *arbres* ont été *dépouillés* pour la construction de ce *long pier en bois* qui tient lieu de scène. Le mot « barbare » a été rajouté sur la ligne.

Dans des corridors de gaze noire¹ suivant le pas des promeneurs aux lanternes et aux feuilles².

Des oiseaux des mystères³ s'abattent sur un ponton de maçonnerie⁴ mû par l'archipel couvert des embarcations des spectateurs⁵.

Des scènes lyriques accompagnées de flûte et de tambour⁶ s'inclinent dans des réduits ménagés sous les plafonds⁷, autour des salons de clubs modernes ou des salles⁸ de l'Orient ancien.

La féerie manœuvre au sommet d'un amphithéâtre couronné par les taillis⁹ — Ou s'agite et module pour les Béotiens¹⁰, dans l'ombre des futaies mouvantes sur l'arête des cultures.

---

1. Les coulisses, pour A. Py (éd. cit., p. 202). Notre interprétation est différente. Le « champ rocailleux » (ou devenu tel après la « ruine des bois ») va tenir lieu de salle : et selon une métamorphose où se plaît l'imagination rimbaldienne, il se couvre d'étoffe précieuse et propice au silence (la gaze ; *cf.* les « gazes grises » dans « Fleurs »).   2. Salle plongée dans l'obscurité (*noire*) où l'on ne suit les *pas* des *promeneurs* (le public) que grâce aux *lanternes* (*cf.* les lampes de nos modernes ouvreuses) et (retour à l'image du champ) au bruit des *feuilles* (tombées des *arbres dépouillés*).   3. Première rédaction, rayée et surchargée sur le manuscrit : *Des oiseaux comédiens*. Rimbaud peut se souvenir des *Oiseaux* d'Aristophane (les deux expressions surprenantes pourraient alors trouver leur justification). Mais l'image a un intérêt : elle permet de passer des arbres dépouillés (d'où les oiseaux ont été chassés) au *ponton* (où, comme des mouettes, ils peuvent se rassembler). Les trois registres d'images (le théâtre, le champ, le port) sont ainsi superposés.   4. Scène qui devrait être plus solide puisqu'elle est de *maçonnerie* et qui est pourtant mobile, sujette aux mouvements du public. 5. Au champ s'est substituée la surface de la mer, nouvelle image de la salle. Ce sont les embarcations des spectateurs (leurs sièges ou les groupes de sièges) qui constituent comme autant d'îlots.   6. La flûte et le tambour (le tambourin dionysiaque) accompagnent les passages lyriques dans la comédie grecque. 7. Comme il convient à des oiseaux. C'est cette fois la seconde suggestion (décomposition, scène compartimentée) qui l'emporte.   8. « Salles » surcharge *maisons*. Comme dans les grands passages rhapsodiques des *Illuminations* (les « Villes », « Promontoire », etc.) l'ancien et le moderne, l'Orient et l'Occident se trouvent réunis. Ils pourraient figurer ici les civilisations humaines d'où, comme dans la comédie d'Aristophane, s'échappent ceux qui veulent rejoindre la cité des oiseaux. Les « salons de clubs modernes » constituent une allusion à la vie londonienne (voir V.P. Underwood, *Rimbaud et l'Angleterre*, p. 64). 9. Le regard est entraîné vers le haut, les *taillis*, les feuillages où peuvent nicher les oiseaux. Dans la comédie d'Aristophane la huppe (Térée métamorphosé) appelle sa compagne dans les taillis.   10. *Ibid.* Pisthétaïros, pour convaincre la huppe Térée de fonder la cité des oiseaux, lui prouve qu'elle occupera la même

Illuminations

L'opéra-comique se divise sur une scène[1] à[2] l'arête d'intersection de dix[3] cloisons dressées de la galerie aux feux.

Soir historique

En quelque soir[4], par exemple, que se trouve le touriste naïf, retiré de nos horreurs économiques, la main d'un maître anime le clavecin des prés[5] ; on joue aux cartes au fond de l'étang[6], miroir évocateur des reines et des mignonnes[7] ; on a les saintes, les voiles, et les fils d'harmonie, et les chromatismes légendaires, sur le couchant[8].

---

situation intermédiaire entre la Terre et les dieux que la Béotie entre Athènes et le sanctuaire de Delphes. « Alors, tout comme nous autres, si nous voulons aller au sanctuaire de Delphes, nous demandons passage aux Béotiens, de la même façon quand les hommes sacrifieront aux dieux, si les dieux ne vous versent pas des droits pour le transit en territoire étranger et à travers le vide, vous intercepterez la fumée des gigots ». Si le rapprochement paraît fragile, on pensera au public des béotiens...
  1. Faute de lecture fréquente (*notre scène*) dans les éditions, avec des commentaires qui constituent inévitablement des contresens. **2.** « À » surcharge *que*. Rimbaud a hésité dans la rédaction de cette phrase difficile. **3.** « De dix » surcharge *d'une*. Hésitation dans la vision architecturale elle-même. Ces dix cloisons qui semblent se rejoindre ne forment-elles pas comme une « hutte d'opéra-comique » (*cf.* « Fête d'hiver ») ? **4.** Le moment de « Barbare » est situé « loin des vieilles retraites », donc au-delà de ce « soir » quelconque. **5.** Double retraite donc : dans l'espace (la nature vierge), dans le temps (un salon du XVIIIe siècle avec un clavecin). La plupart des commentateurs ont pensé au bruit des grillons ou des cigales : explication simple, mais trop banale. Un « maître » (un peintre tout aussi bien qu'un musicien) peut jouer avec la gamme des couleurs (*cf.* plus bas les « chromatismes »). **6.** Rappelant l'époque où il « s'habituai[t] à l'hallucination simple » Rimbaud prend entre autres exemples dans « Alchimie du verbe » : « je voyais [...] un salon au fond d'un lac ». **7.** Explication de la vision précédente, présentée donc avec quelque timidité. « Mignonnes » pourrait être un équivalent féminin de « mignons » : favorites. **8.** Jetées comme négligemment, quelques évocations nées du soleil couchant. Mais les mots s'appellent : on passe sans peine de « saintes » à « voiles » (vêtements religieux : *cf.* les « voiles » de la déesse dans « Aube »), de « voiles » à « fils », d'« harmonie » à « chromatismes ». Les alliances de mots (« les fils d'harmonie »), le double sens (*chromatismes* = la gamme chromatique ; mais *chroma* signifie « couleur » en grec) permettent comme plus haut de jouer sur un double registre visuel et auditif.

Il[1] frissonne au passage des chasses et des hordes[2]. La comédie goutte sur les tréteaux de gazon[3]. Et l'embarras des pauvres et des faibles sur ces plans[4] stupides !

À sa vision esclave[5], l'Allemagne[6] s'échafaude vers des lunes ; les déserts tartares s'éclairent ; les révoltes anciennes grouillent dans le centre du Céleste Empire[7] ; par les escaliers et les fauteuils de rois[8] — un petit monde blême et plat[9], Afrique et Occidents, va s'édifier. Puis un ballet de mers et de nuits connues[10], une chimie sans valeur[11], et des mélodies impossibles.

La même magie[12] bourgeoise à tous les points où la malle[13] nous déposera ! Le plus élémentaire physicien sent qu'il n'est plus possible de se soumettre à cette atmosphère personnelle, brume de remords physiques[14], dont la constatation est déjà une affliction.

Non ! Le moment de l'étuve[15], des mers enlevées[16], des embrasements souterrains[17], de la planète empor-

---

1. *Il* : le « touriste naïf ». **2.** *Cf.* « Michel et Christine ». **3.** Les gouttes de rosée sur le pré évoquent une comédie qui se monterait sur des tréteaux. Voir Jean-Pierre Richard, *Poésie et profondeur*, p. 212 : « Former des gouttes, les faire s'égoutter, ce sera la fonction primordiale du pré, une fonction qui peut donner lieu aux plus stupéfiantes genèses, celle par exemple dans « Soir historique » de tout un monde artificiel, de la *comédie* qui *goutte sur les tréteaux de gazon* ». **4.** *Les plans* = les scènes. Transfert d'épithète (*stupides*). Le « touriste » peut songer à la maladresse des artisans d'Athènes, la troupe de Quince, dans *Le Songe d'une nuit d'été*. Après l'évocation d'un monde aristocratique dans le premier alinéa, c'est se retrouver roturier, paysan, « esclave ». **5.** L'expression est ambiguë : « vision d'esclave » (voir la note précédente) ou vision passive, qui accepte toutes les hallucinations qui se présentent. **6.** Point de départ d'une évasion dans l'espace, dans le temps, dans la légende (de même « ultra-rhénanes » est le premier terme d'une série dans « Métropolitain »). **7.** L'Empire du Milieu, la Chine. **8.** Lecture de Paul Hartmann ; d'autres lisent *fauteuils de rocs*. Accumulation des architectures et des royautés connues. **9.** Piètre résultat après l'accumulation de tant de matériaux. *Blême* est dépréciatif chez Rimbaud (*cf.* « Nocturne vulgaire »). **10.** Le qualificatif vaut pour les deux substantifs précédents. L'image chorégraphique prend le relais de l'image architecturale pour dénoncer la même vanité de vastes rhapsodies oniriques tentant de rassembler la totalité du temps et de l'espace. **11.** La chimie : science des mélanges. **12.** *Cf.* « Adieu » : « Moi qui me suis dit mage ». **13.** La malle-poste, mode de transport collectif. **14.** La « faiblesse », le « vice », le « mauvais sang », l'« infirmité ». **15.** Quand le monde sera en fusion. **16.** Des raz-de-marée. **17.** *Cf.* « Barbare ».

tée[1], et des exterminations conséquentes[2], certitudes si peu malignement indiquées dans la Bible et par les Nornes[3] et qu'il sera donné à l'être sérieux de surveiller. — Cependant ce ne sera point un effet de légende !

Bottom

La réalité étant trop épineuse[4] pour mon grand caractère[5], — je me trouvai néanmoins[6] chez Madame[7], en gros oiseau gris bleu[8] s'essorant[9] vers les moulures du plafond et traînant l'aile dans les ombres de la soirée.

Je fus, au pied du baldaquin supportant ses bijoux adorés[10] et ses chefs-d'œuvre physiques, un gros ours aux gencives violettes[11] et au poil chenu de chagrin, les yeux aux cristaux et aux argents des consoles.

---

1. Dans un tourbillon cosmique. **2.** Qui s'ensuivront. **3.** Déesses de la destinée dans la mythologie scandinave. « Urd (le passé), Verdandi (le présent), Skuld (le futur). Elles se tenaient sous l'arbre Yggdrasil et donnaient en runes la destinée de chaque nouveau-né » (René Guichard, *De la mythologie scandinave*, Picard, 1971, p. 51). Rimbaud pouvait les connaître par « La Légende des Nornes » dans les *Poèmes Barbares* de Leconte de Lisle, mais aussi directement par une traduction du *Voluspä* (par exemple *Poëmes islandais tirés de l'Edda de Saemund*, éd. F.G. Bergmann, Imprimerie royale, 1838). **4.** L'épithète apparaîtra plaisante quand on aura appris, à la fin du poème, la métamorphose en âne. **5.** *Cf.* « les tics d'orgueil puéril » (« Jeunesse » IV). **6.** Lien logique inattendu : il oppose l'ensemble de l'aventure à cette proposition initiale. **7.** Autre lecture : « ma dame » **8.** Lucius, dans les *Métamorphoses* d'Apulée, aurait dû être métamorphosé en hibou si la servante Photis avait utilisé le bon onguent. Enid Starkie a songé au prince charmant, dans *L'Oiseau bleu*, devenu oiseau « couleur du temps » et volant vers sa bien-aimée enfermée en haut d'une tour. Il y aurait d'autres « sources » possibles. Aucune ne rend exactement compte de la scène ici décrite. **9.** Prenant son essor. « *S'essorer*. Se dit, en fauconnerie, de l'oiseau qui s'écarte et revient difficilement sur le poing » (Littré). **10.** *Cf.* « Les Bijoux » de Baudelaire. **11.** Là encore, diverses sources possibles (Apulée, *La Belle et la Bête*, *L'Ours et le pacha*) et des interprétations parfois surprenantes (une descente de lit, pour Antoine Adam). Mais Rimbaud joue surtout avec les allitérations (gencives violettes, poil chenu de chagrin) et sur les mots (chagrin/ consoles). Regard de cupidité, en tout cas, plus que de lubricité...

Tout se fit ombre et aquarium[1] ardent. Au matin[2], — aube de juin[3] batailleuse, — je courus aux champs, âne, claironnant et brandissant mon grief[4], jusqu'à ce que les Sabines de la banlieue[5] vinrent se jeter à mon poitrail.

H

Toutes les monstruosités[6] violent les gestes atroces d'Hortense. Sa solitude est la mécanique érotique[7], sa lassitude, la dynamique amoureuse[8]. Sous la surveillance d'une enfance, elle a été, à des époques nombreuses, l'ardente hygiène des races[9]. Sa porte est ouverte à la misère. Là, la moralité des êtres actuels se décorpore[10] en sa passion, ou en son action. — Ô ter-

---

1. V.P. Underwood a tenté d'identifier cet aquarium avec celui du Crystal Palace, ouvert en septembre 1871 et le premier au monde qui fût pourvu d'un système d'éclairage artificiel inauguré le 10 octobre 1872, un peu plus d'un mois après l'arrivée de Rimbaud à Londres. Le renseignement est intéressant (*Rimbaud et l'Angleterre*, pp. 76-77). L'essentiel reste la nouvelle métamorphose possible en poisson, et le passage marqué par l'obscurcissement et la couleur vive, de la captivité à la liberté, du luxe au dénuement.   2. Première rédaction : « Et au matin ».   3. La nuit d'été shakespearienne est la nuit de la Saint-Jean, en juin.   4. Certains commentateurs ont vu là une équivoque obscène. Mais est-ce bien nécessaire ? Le grief est celui du favori expulsé ou trompé, ou de celui qui a été trop longtemps captif.   5. Comme sur le tableau de Delacroix, *Les Sabines*, où les Sabines se jettent au-devant des guerriers prêts à s'entretuer. L'image a été préparée par les images militaires précédentes (batailleuse, claironnant, brandissant). On traduit d'ordinaire : les prostituées.   6. *Cf.* le rêve des « amours monstres » (« L'Éclair »). Sorte de chaos érotique.   7. La masturbation, peut-être, refuge du solitaire à qui « la camaraderie des femmes » est « interdit[e] » (« Mauvais sang »).   8. Au contraire, le désir inspiré par un autre être, qui conduit à la lassitude, l'« ennui » du « cher corps » et « cher cœur » (« Enfance » I)   9. Exact, précisent Étiemble et Yassu Gauclère : dans les civilisations de l'Inde antique, les mères croyaient viriliser leurs fils en leur enseignant la masturbation. Mais le texte nous oblige à considérer que l'enfance reste en dehors d'Hortense (même tour négatif que dans « Guerre » : « respecté d'une enfance ») ; cette « distraction [...] hygiénique » (« Vagabonds ») ne saurait intervenir qu'à partir du temps des « amours novices ».   10. Le mot semble s'opposer à *hygiène* (*mens sana in corpore sano*), comme la « moralité actuelle » à l'usage des « époques nombreuses ».

rible frisson des amours novice[s] sur le sol sanglant et par l'hydrogène clarteux¹ ! trouvez Hortense.

Mouvement

Le mouvement de lacet sur la berge des chutes² du
[fleuve,
Le gouffre à l'étambot³,
La célérité de la rampe,
L'énorme passade⁴ du courant
Mènent par les lumières inouïes⁵
Et la nouveauté chimique⁶
Les voyageurs entourés des trombes du val
Et du strom⁷.

Ce sont les conquérants du monde
Cherchant la fortune chimique personnelle⁸ ;
Le sport et le comfort⁹ voyagent avec eux ;
Ils emmènent l'éducation
Des races, des classes et des bêtes, sur ce Vaisseau.
Repos et vertige¹⁰

---

1. Le gaz d'éclairage. **2.** Détail qui, comme le note A. Adam suffit à ruiner l'hypothèse des commentateurs qui veulent voir dans ce fleuve l'Escaut et dans cette traversée celle de la mer du Nord par Verlaine et Rimbaud en mars 1873. **3.** *Étambot* : « forte pièce de bois élevée à l'extrémité de la quille sur l'arrière du bâtiment » (Littré). Le mot se trouve chez Jules Verne. **4.** *Passade* : « action par laquelle un nageur en enfonce un autre dans l'eau, et le fait passer sous lui » (Littré). **5.** L'un des mots-clés des *Illuminations*. Avec ici une alliance de mots remarquable. **6.** De nouvelles substances, de nouveaux alliages. **7.** Mot germanique, qui désigne un violent courant marin. La présence de ce mot ne saurait permettre de conclure à la transposition d'un voyage réel fait par Rimbaud. Le mot se trouve plusieurs fois dans la traduction qu'a faite Baudelaire d'*Une descente dans le Maelstrom* d'Edgar Poe (voir V.P. Underwood, *Rimbaud et l'Angleterre*, p. 22). Et il était question des « Maelstroms épais » dans « Le Bateau ivre ». **8.** Rimbaud souligne la contradiction entre l'entreprise collective et l'ambition personnelle, la quête du nouveau (la chimie) et la conquête du connu (le monde). **9.** Orthographe anglaise du mot. *Sport* et *comfort* sont liquidés dans « Solde ». **10.** Tour très elliptique qui permet de renforcer une nouvelle contradiction : ce vaisseau permet de se donner la

À la lumière diluvienne,
Aux terribles soirs d'étude[1].

Car[2] de la causerie parmi les appareils, — le sang[3], les fleurs, le feu, les bijoux, —
Des comptes agités à ce bord fuyard,
— On voit, roulant comme une digue au delà de la route hydraulique[4] motrice :
Monstrueux, s'éclairant sans fin, — leur stock d'études ;
Eux chassés dans l'extase harmonique[5],
Et l'héroïsme de la découverte.

Aux accidents atmosphériques les plus surprenants[6]
Un couple de jeunesse s'isole sur l'arche,
— Est-ce ancienne sauvagerie qu'on pardonne[7] ?
Et chante et se poste[8].

Génie

Il est l'affection[9] et le présent puisqu'il a fait la maison ouverte à l'hiver écumeux et à la rumeur de l'été[10],

---

sensation de vertige tout en goûtant le repos du *comfort*, du connu préservé à bord.
 1. C'est le Déluge qui est terrible, et les soirs d'études qui sont éclairés. Rimbaud brouille volontairement les groupes de mots pour montrer, là encore, l'étrange contradiction de l'entreprise.   **2.** Le mot introduit un commentaire du mot *étude*.   **3.** *Les appareils* : l'action moderne ; *le sang* : l'action primitive (« Le sang coula », dans « Après le Déluge »).   **4.** Expression forgée, avec équivoque sonore, sur *roue hydraulique*. Comme le note A. Py (éd. cit., p. 217), le chemin de la mer semble entraîner le navire dans son propre mouvement.   **5.** L'extase de celui qui entend l'harmonique au-delà de la note, donc de celui qui se sent toujours entraîné plus loin.   **6.** Les modalités du Déluge.
7. Un pareil isolement était considéré comme impardonnable dans l'ancien monde. Le serait-il désormais ?   **8.** « La répétition de *et* suggère une détermination entêtée » (Jacques Plessen, *Promenade et poésie*, Mouton, 1967, p. 206).   **9.** Terme qui correspond à une aspiration nouvelle majeure ; *cf.* les « affections énormes » (qui lui manquent) dans « Guerre », et le départ « dans l'affection et le bruit neufs » (« Départ »).   **10.** *Cf.* « Adieu » : « Recevons tous les influx de vigueur et de tendresse réelle ».

lui qui a purifié les boissons et les aliments, lui qui est le charme des lieux fuyants[1] et le délice surhumain des stations. Il est l'affection et l'avenir, la force et l'amour que nous, debout dans les rages et les ennuis, nous voyons passer dans le ciel de tempête et les drapeaux d'extase.

Il est l'amour[2], mesure parfaite et réinventée, raison merveilleuse et imprévue, et l'éternité : machine[3] aimée des qualités fatales. Nous avons tous eu l'épouvante de sa concession et de la nôtre[4] : ô jouissance de notre santé, élan de nos facultés, affection égoïste et passion pour lui, lui qui nous aime pour sa vie infinie...

Et nous nous le rappelons et il voyage... Et si l'Adoration s'en va, sonne, sa promesse sonne[5] : « Arrière ces superstitions, ces anciens corps, ces ménages et ces âges[6]. C'est cette époque-ci qui a sombré ! »

Il ne s'en ira pas, il ne redescendra pas d'un ciel[7], il n'accomplira pas la rédemption des colères de femmes et des gaietés des hommes et de tout ce péché : car c'est fait, lui étant, et étant aimé[8].

Ô ses souffles, ses têtes, ses courses ; la terrible célérité de la perfection des formes et de l'action.

Ô fécondité de l'esprit et immensité de l'univers !

Son corps ! le dégagement rêvé, le brisement de la grâce croisée de violence nouvelle !

---

1. *Lieux fuyants* : « Il semble que dans la combinaison de ce substantif et de cet adjectif, le poète ait cherché à relier ce qu'il y a de ferme et de protecteur dans le mot *lieux* à tous les plaisirs de la course éperdue suggérés par le mot *fuyants* » (J. Plessen, *op. cit.*, p. 271). **2.** Le « nouvel amour » demandé « à une Raison ». Le Prince de « Conte » « prévoyait d'étonnantes révolutions de l'amour » et vit dans la « physionomie » et le « maintien » du « Génie » « la promesse d'un amour multiple et complexe ». **3.** Nous entendons ici le mot au sens théâtral du terme : la *méchanè* (*machina*) d'où descend le dieu. **4.** Notre concession : ce que les enfants appelaient « nos lots » dans « À une Raison », lots qu'ils aspiraient à changer. **5.** Aucune négligence dans la rédaction, comme le croient d'ordinaire les éditeurs. Mais effet imitatif, comme dans une chanson populaire. **6.** *Ménages/ âges*, rappel de son qui constitue un autre effet imitatif. **7.** Contrairement au Christ à la fin de chacun des Évangiles. **8.** « *S'il n'accomplira pas la rédemption*, c'est qu'elle est déjà réalisée du simple fait qu'il est et qu'il est aimé » (A. Thisse, *Rimbaud devant Dieu*, p. 243).

Sa vue, sa vue ! tous les agenouillages anciens et les peines *relevés* à sa suite[1].

Son jour ! l'abolition de toutes souffrances sonores et mouvantes dans la musique plus intense[2].

Son pas ! les migrations plus énormes que les anciennes invasions[3].

Ô Lui et nous ! l'orgueil plus bienveillant que les charités perdues.

Ô monde ! et le chant clair des malheurs nouveaux[4] !

Il nous a connus tous et nous a tous aimés. Sachons, cette nuit d'hiver[5], de cap en cap, du pôle tumultueux au château, de la foule à la plage[6], de regards en regards, forces et sentiments las[7], le héler et le voir, et le renvoyer[8], et, sous les marées[9] et au haut des déserts de neige, suivre ses vues, ses souffles, son corps, son jour[10].

---

1. Abolition des formes (les agenouillages, terme aussi méprisant que les accroupissements, comme l'a noté J. Plessen, p. 63) et des craintes (les châtiments de l'enfer) ou de la discipline (les actes de contrition) de la religion chrétienne. *Relevées* est corrigé en « *relevés* » sur le manuscrit.   **2.** Transformation du chaos des souffrances en une nouvelle harmonie.   **3.** Les déplacements de races et de continents. « Invasions » surcharge *guerres*.   **4.** *Cf.* « Barbare » : « La musique, virement des gouffres et choc des glaçons aux astres ». Nouveau chaos qui est la promesse d'un monde nouveau.   **5.** *Cf. Les Déserts de l'amour* : « C'était une nuit d'hiver, avec une neige pour étouffer le monde décidément ». Mais c'est en même temps une autre (une contre-) Nuit de Noël.   **6.** Tous lieux rimbaldiens de l'attente et du « travail » pour un monde nouveau : le pôle (*cf.* la fin de « Dévotion »), le château (*cf.* le Palais-Promontoire), la foule (motif du boulevard), la plage (*cf.* la « plage armoricaine » dans « Mauvais sang »).   **7.** Union de la force ou de la faiblesse dans une collectivité, ou alternance acceptée de l'espérance forte et du moindre espoir en un même être.   **8.** Le congédier, selon René Char (*Recherche de la base et du sommet*, p. 104) ; le renvoyer, comme on renvoie une balle, ou comme un miroir renvoie un reflet, selon A. Py (éd. cit., p. 227). Le contexte nous paraît imposer l'idée d'un relais (comme les signaux qui doivent transmettre à Argos la nouvelle de la prise de Troie, au début de l'*Agamemnon* d'Eschyle).   **9.** « La haute mer devient une véritable voûte céleste, que l'homme contemple d'en bas » (J. Plessen, *op. cit.*, p. 118).   **10.** Reprise incomplète, et dans un ordre légèrement modifié, de la précédente série d'anaphores.

IV.

PROLONGEMENTS

[Lettre à Delahaye du 5 mars 1875]

Stuttgart, 5 février 75.

Verlaine[1] est arrivé ici l'autre jour, un chapelet aux pinces... Trois heures après on avait renié son dieu et fait saigner les 98 plaies de N.S. Il est resté deux jours et demi, fort raisonnable et sur ma remonstration s'en est retourné à Paris, pour, de suite, aller finir d'étudier *là-bas dans l'île*[2].

Je n'ai plus qu'une semaine de Wagner[3] et je regrette cette argent payant de la haine, tout ce temps foutu à rien. Le 15 j'aurai ein freundliches Zimmer[4] n'importe où, et je fouaille la langue avec frénésie[5], tant et tant que j'aurai fini dans deux mois au plus.

Tout est assez inférieur ici — j'excèpe un : Riessling, dont j'en vite un ferre en vâce des gôdeaux gui l'onh fu naîdre à ta santé imperbédueuse. Il soleille et gèle, c'est tannant.

(Après le 15, Poste restante Stuttgart.)

À toi.

RIMB[6].

---

1. En haut à gauche un dessin de Rimbaud représentant une rue (la WAGNERstrasse où résidait le docteur Lübner), la maison Lübner et, repartant, Verlaine qui est sans doute celui qui prononce les mots inscrits : « DAMMT IN EWIGKEIT ! » (Damné pour l'éternité). Ceci à l'adresse de Rimbaud, qui ne serait plus damné pour une saison seulement. Fac-similé dans l'*Album Rimbaud*, p. 196.   **2.** En Angleterre.   **3.** La Wagnerstrasse.   **4.** Une chambre agréable (celle de la Marienstrasse dont il sera question dans la lettre suivante). **5.** On a conservé des listes de mots allemands recopiés par Rimbaud, voir *Album Rimbaud*, p. 195.   **6.** Après la signature, autre dessin de Rimbaud représentant la vieille ville de Stuttgart, de nombreuses bouteilles de Riessling, consolation du damné pendant que s'en va le train emportant Verlaine. Fac-similé dans l'*Album Rimbaud*, p. 194.

[Lettre aux siens du 17 mars 1875]

17 mars 1875.

Mes chers parents,

Je n'ai pas voulu écrire avant d'avoir une nouvelle adresse. Aujourd'hui j'accuse réception de votre dernier envoi, de 50 francs. Et voici le modèle de subscription des lettres à mon adresse :

```
Wurtemberg
  Monsieur Arthur Rimbaud
  2, Marien Strasse, 3 tr.
                              STUTTGART.
```

« 3 tr. » signifie 3e étage.

J'ai là une très grande chambre, fort bien meublée, au centre de la ville, pour dix florins, c'est-à-dire 21 fr. 50 c, le service compris ; et on m'offre la pension pour 60 francs par mois : je n'en ai pas besoin d'ailleurs : c'est toujours tricherie et assujettissement, ces petites combinaisons, quelque économiques qu'elles paraissent. Je m'en vais donc tâcher d'aller jusqu'au 15 avril avec ce qui me reste (encore 50 francs) comme je vais encore avoir besoin d'avances à cette date-là : car, ou je dois rester encore un mois pour me mettre bien en train, ou j'aurai fait des annonces pour des placements dont la poursuite (le voyage, par ex.) demandera quelque argent. J'espère que tu trouves cela modéré et raisonnable. Je tâche de m'infiltrer les manières d'ici par tous les moyens possibles, je tâche de me renseigner ; quoiqu'on ait réellement à souffrir de leur genre. Je salue l'armée [1], j'espère que Vitalie et Isabelle vont bien, je prie qu'on m'avertisse si l'on désire q[uel]que chose d'ici, et suis votre dévoué.

A. RIMBAUD.

---

1. Frédéric Rimbaud, qui faisait alors son service militaire.

[Lettre à Delahaye du 14 octobre 1875]

14 octobre 75.

Cher ami,

Reçu le Postcard et la lettre de V.[1] il y a huit jours. Pour tout simplifier, j'ai dit à la Poste d'envoyer ses restantes chez moi, de sorte que tu peux écrire ici, si encore rien aux restantes. Je ne commente pas les dernières grossièretés[2] du Loyola, et je n'ai plus d'activité à me donner de ce côté-là à présent, comme il paraît que la 2e « portion » du « contingent » de la « classe 74 » va-t-être appelée le trois novembre suivant ou prochain[3] : la chambrée de nuit :

Rêve

On a faim dans la chambrée —
  C'est vrai...
    Émanations, explosions. Un génie :
« Je suis le gruère ! —
Lefèbvre[4] *: « Keller ! »*
Le génie : « Je suis le Brie ! »
Les soldats coupent sur leur pain :
  « C'est la vie !
Le génie — « Je suis le Roquefort !
  — « Ça s'ra not' mort !...
  — Je suis le gruère
    Et le Brie... etc.

---

1. De Verlaine, alors à Stickney en Angleterre. Cette carte et cette lettre sont perdues : Verlaine fait allusion à la lettre d'« il y a environ deux mois » dans un nouvel envoi à Rimbaud le 12 décembre. **2.** C'est-à-dire, certainement, ses répugnantes leçons de morale. **3.** Rimbaud venait d'avoir 21 ans et croyait être prochainement appelé pour le service militaire. En réalité, il en était exempté pour cinq ans grâce à l'engagement contracté par son frère. **4.** Fils du propriétaire du 13, rue Saint-Barthélemy, où habitait Mme Rimbaud.

Valse

On nous a joints, Lefèbvre et moi, etc.

De telles préoccupations ne permettent que de s'y absorbère[1]. Cependant renvoyer obligeamment, selon les occases, les « Loyolas »[2] qui rappliqueraient.

Un petit service : veux-tu me dire précisément et concis — en quoi consiste le « bachot » ès sciences actuel, partie classique, et mathém., etc. — Tu me dirais le point de chaque partie que l'on doit atteindre : mathém., phys., chim., etc., et alors des titres, immédiat, (et le moyen de se procurer) des livres employés dans ton collège ; par ex. pour ce « Bachot », à moins que ça ne change aux diverses universités : en tous cas, de professeurs ou d'élèves compétents, t'informer à ce point de vue que je te donne. Je tiens surtout à des choses précises, comme il s'agirait de l'achat de ces livres prochainement. Instruct. militaire et « Bachot », tu vois, me feraient deux ou trois agréables saisons ! Au diable d'ailleurs ce « gentil labeur ». Seulement sois assez bon pour m'indiquer le plus mieux possible la façon comment on s'y met.

Ici rien de rien.

— J'aime à penser que le Petdeloup et les gluants pleins d'haricots patriotiques ou non ne te donnent pas plus de distraction qu'il ne t'en faut. Au moins ça ne chlingue pas la neige, comme ici.

À toi « dans la mesure de mes faibles forces ».

Tu écris :

A. RIMBAUD.
31, rue St-Barthélémy
Charleville (Ardennes), va sans dire.

---

1. Prononciation provinciale de l'infinitif.   **2.** Les lettres et envois de Verlaine.

P.-S. — La corresp. « en passepoil » arrive à ceci que le « Némery[1] » avait confié les journaux du Loyola à un *agent de police* pour me les porter !

---

1. Hémery, ancien camarade de collège. Il était employé à la mairie de Charleville.

NOTICES

Principes de cette édition

Ce volume a été conçu dans la continuité du précédent, *Poésies complètes,* et il en est le complément indispensable. Les « premières proses » se prolongent moins qu'elles ne se renouvellent dans ces deux chefs-d'œuvre, *Une saison en enfer,* les *Illuminations,* qui sont en prose, mais, si l'on peut dire, dans une prose qui est plus que de la prose : une prose rompue, parfois abrupte, dans le premier cas, une prose poétique, — au point qu'elle peut être « versifiée » (l'expression est d'André Guyaux) —, dans le second. Si « Alchimie du verbe », au centre d'*Une saison en enfer,* semble un adieu à la poésie en vers, si « Marine » et « Mouvement », dans les *Illuminations,* sont ce qu'elle pourrait devenir, il est difficile de considérer la chanson de chambrée, dans la lettre à Delahaye du 14 octobre 1875, comme un retour : ce « Rêve » et la « Valse » qui suit, plus dérisoires que jamais, contribuent à ce qui sera décidément un *enterrement* (la métaphore apparaissait dans l'« Adieu » d'*Une saison en enfer*).

Les mêmes principes ont été retenus que dans le premier volume. Nous avons cherché à épouser la ligne d'une vie, pendant ces années 1873-1875, à insérer les lettres, même si elles ne contiennent presque jamais d'échantillons poétiques (sauf, précisément, celle du 14 octobre 1875, où Rimbaud, à cet égard, semble se parodier lui-même), à respecter le texte de l'édition originale (dans le cas d'*Une saison en enfer,* dont le manuscrit manque) ou celui des manuscrits (conservés pour les *Illuminations,* à l'exception de deux textes). Nous ne nous sommes pas interdit de rares corrections de coquilles, qui s'imposaient, ou quelques ajouts de ponctuation, en les signalant entre crochets.

Nous ne pouvions nous cacher que nous avions affaire à deux textes très différents dans l'état où ils nous sont parvenus. Pour *Une saison en enfer,* nous bénéficions du soutien et de la garantie de l'édition originale. Les *Illuminations,* dont le titre même est incertain et ne nous a été transmis que par Verlaine, se présentent plutôt comme un nouveau dossier. Le fait que les premiers éditeurs, ceux de *La Vogue,* en 1886, aient voulu mettre de l'ordre, complique les choses plus qu'il ne les éclaire. C'est un peu, toutes proportions gardées, comme s'il fallait publier, dans le même volume, les *Provinciales* et les *Pensées.*

Pour *Une saison en enfer,* nous avons suivi, jusque dans sa présentation, l'édition originale, et nous présentons bien un texte fini ; mais nous avons voulu en suivre la genèse à travers des avant-textes ou des témoignages capitaux, des lettres (dont les lettres à Verlaine, qui font revivre le drame vécu de l'enfer par lequel est passé le couple d'homosexuels), des projets (ceux de « Livre païen », de « Livre nègre », d'« histoires atroces », dont Rimbaud entretient Delahaye dans une lettre de mai 1873), une réalisation parallèle (la récriture de l'Évangile selon saint Jean dans les trois proses dites « évangéliques »), des ébauches ou brouillons (auxquels nous faisons seulement allusion).

Pour les *Illuminations,* sans vouloir ni refaire le minutieux travail philologique d'André Guyaux ni aller dans le sens des hypothèses vertigineuses d'Emmanuel

Martineau[1], nous avons adopté un moyen terme entre la tradition et l'invention. Nous nous en expliquons plus bas. L'important pour nous était d'aboutir à un « ou bien... ou bien » : ou bien la grande et nouvelle liquidation de « Solde », ou bien l'appel lancé au « Génie », l'espoir du « dégagement rêvé » et du « chant clair », fût-il celui « des malheurs nouveaux ».

Éclaircissements

LETTRE À DELAHAYE DE MAI 1873 (p. 31)

Rimbaud est arrivé dans la ferme familiale de Roche, où se trouvait sa famille, le vendredi saint, 11 avril 1873. Verlaine est chez sa tante paternelle, à Jéhonville en Belgique. Ernest Delahaye, un camarade de Charleville, forme avec eux un trio.

[PROSES « ÉVANGÉLIQUES »] (pp. 38-43)

Rimbaud reprend et suit l'Évangile selon saint Jean, IV, 1-42 pour la première prose ; IV, 43-54 pour la seconde ; V pour la troisième. On pourrait donc avoir trois scènes évangéliques traditionnelles : l'entrée de Jésus en Samarie et la rencontre de la Samaritaine (I), la guérison du fils d'un officier (fonctionnaire royal) de Galilée (II), le miracle du paralytique de la piscine de Bethsaïda (III).

Mais l'intention est nettement parodique. Rimbaud dénonce le paradoxe d'une parole prophétique qui opère par retours en arrière et jugements sur le passé

---

1. « *Enluminures* (ex *Illuminations*), restituées et publiées par Emmanuel Martineau », dans *Conférence* n° 1, automne 1995. Nous ne donnons cette référence que comme exemple d'une tentative désespérée et désespérante.

(I), l'imposture des prétendus miracles (II), l'attitude suspecte des mendiants et la manière dont ils peuvent narguer le prétendu Sauveur (III). Bethsaïda, cette cour des miracles, est décrite aussi comme un lieu infernal : on y sent le soufre, on y voir le feu, la puissance du Démon s'y déploie. C'est dire que ces textes préparent *Une saison en enfer*.

S'y ajoute un argument philologique de poids : certains des brouillons d'*Une saison en enfer* figurent au verso, ou au recto, des feuillets où sont inscrits ces fragments. Les trois proses peuvent correspondre à un projet qu'a eu Rimbaud. Mais il faut surtout comprendre qu'*Une saison en enfer* enchaîne (voir en particulier « Nuit de l'enfer », où se poursuit la reprise de l'Évangile selon saint Jean) et réalise, de manière moins directe, mais combien efficace, le contre-évangile rimbaldien.

UNE SAISON EN ENFER (pp. 47-86)

Texte de l'édition originale, A. RIMBAUD, *UNE / SAISON EN ENFER*, prix : un franc, Bruxelles, Alliance typographique M.-J. Poot et Compagnie, 37 rue aux Choux, 1873. Certaines corrections s'imposent. Nous les avons indiquées dans les notes. On possède des brouillons. Le premier n'a pas de titre : il s'agit d'une page correspondant aux parties IV et VII de « Mauvais sang ». Le second semble avoir pour titre « Fausse conversion », et constitue l'ébauche de « Nuit de l'enfer ». Le troisième, malheureusement endommagé, prépare la fin d' « Alchimie du verbe » : il est particulièrement intéressant à cause des modifications qui sont intervenues dans le choix des poèmes cités.

Seul livre publié par Rimbaud, *Une saison en enfer* est la seule de ses œuvres qui soit véritablement achevée. Qu'elle ne constitue qu'une mince plaquette n'ôte rien à son importance extrême. Journal, comme l'a bien vu Danièle Bandelier, « carnet de damné », ce récit pourrait être un roman ; mais il est d'une grande densité et tend à devenir oraculaire et prophétique.

Du « Livre païen » à la Saison

Les dates indiquées à la fin, — les seules de ce Journal —, avril-août 1873 ne doivent pas être suspectées. Elles permettent d'établir un lien plus fort entre un projet envisagé depuis le printemps et la réalisation définitive. Les « histoires atroces » du « Livre païen », du « Livre nègre » dont Rimbaud entretenait Delahaye dès le mois de mai 1873 ont pu aboutir à ce qui n'est pas exactement cela, mais y ressemble, dans les huit sections de « Mauvais sang ». D'une « demi-douzaine » à huit, le passage se fait aisément. C'est d'ailleurs la seule partie de la *Saison* où le thème païen et le thème nègre apparaissent clairement. Le damné, qui ne sait « [s']expliquer sans paroles païennes », découvre qu'en lui « le sang païen revient », ce sang d'un être « de race inférieure » qui a été en quelque sorte mal christianisé ; mais il devrait être envoyé dans les Limbes, et non en enfer. Plus loin, le damné se définit comme « une bête, un nègre » et, « entr[ant] au vrai royaume des enfants de Cham », il revit l'existence d'un indigène que les Blancs essaient de soumettre et de coloniser. Mais ces Blancs ne sont-ils pas, eux, des « nègres blancs » ?

Peut-être Rimbaud a-t-il poursuivi la rédaction de son livre quand il s'est retrouvé à Londres avec Verlaine au mois de juin 1873. Un dessin de Verlaine le montre écrivant dans un *pub*. Selon les premiers biographes de Rimbaud, Bourguignon et Houin, il portait en exergue : « Comment se fit la *Saison en enfer* ». Mais ce mois de juin passé, selon Verlaine, dans un

« quartier très gai », était-il propice à la rédaction d'une œuvre aussi sombre ? On peut en douter.

Après les deux coups de revolver tirés à Bruxelles par Verlaine sur Rimbaud, le 10 juillet 1873, Rimbaud regagna la ferme de Roche. À la fin de juillet et en août, les conditions se trouvaient rassemblées pour une remise sur le métier et un achèvement précipité. Il est plus que probable que le projet s'est alors modifié, et même qu'il a connu une mutation profonde. Le « dernier *couac* », évité de peu (et il s'agit sans doute moins du dernier *couic* que du dernier raté dans une inharmonie croissante), l'échec de sa liaison avec Verlaine ont conduit Rimbaud à se remettre complètement en question. L'enfer correspond à une crise, alors intensément vécue. Les « feuillets » deviennent plus brûlants que jamais, la chaleur de l'été et la fièvre créatice aidant. On est tenté de se fier pour une fois au témoignage d'Isabelle Rimbaud, à travers le récit de son mari, le beau-frère posthume Pierre Dufour alias Paterne Berrichon :

« Dès le lendemain [de son arrivée à Roche], s'isolant dans son grenier à grain où, au printemps, il l'avait ébauchée, il continua d'écrire et de mettre au point *Une saison en enfer*.

Ce jour-là et les jours suivants, dans la salle à manger, à la table de famille, il est de plus en plus triste, muet. Mais, aux heures de travail, à travers le plancher, on perçoit les sanglots qui réitèrent, convulsifs, coupés, tour à tour, de gémissements, de ricanements, de cris de colère, de malédictions »[1].

La rédaction achevée, Rimbaud s'empressa de porter son texte à l'imprimeur-éditeur bruxellois M.-J. Poot. Imprimée à 500 exemplaires, et sans doute à compte d'auteur, Mme Rimbaud aidant, la plaquette sortit des presses en octobre 1873. La présence de l'auteur est

---

1. *Jean-Arthur Rimbaud le poète*, Mercure de France, 1912, p. 278-279.

attestée à Bruxelles le 24 octobre. Il ne prit que quelques exemplaires. Le reste, sans doute impayé, resta dans les caves de l'éditeur. On retrouva le stock en 1901, à une date où, plusieurs fois rééditée à Paris, et dès 1886 dans *La Vogue* (n° 8, 6-13 septembre, n° 9, 13-20 septembre, n° 10, 20-27 septembre), *Une saison en enfer* avait acquis une sorte de célébrité.

Une composition savante

L'ouvrage a sans doute été écrit dans la rage. Mais il faut se garder sur ce point encore de céder au « mythe ». Cecil Arthur Hackett a fait observer à juste titre que la « frénésie d'inspiration » n'excluait nullement la « lucidité de structure » dans *Une saison en enfer*[1].

Et les brouillons sont là pour nous prouver que le texte a été très travaillé.

Une aventure se déroule, comme dans un roman. Tout commence par une conquête, cette fois brutale, de la liberté (« Je me suis enfui », dans le Prologue, le départ « sur la plage armoricaine » dans « Mauvais sang »). Au milieu du livre, dans « Délires II », l'aventure devient Odyssée vers une sombre Cimmérie, aux confins du monde. À la fin, dans la première section d'« Adieu », le bateau, qui n'est plus qu'une « barque », « tourne », retourne, « vers le port de la misère, la cité énorme au ciel taché de feu et de boue ». Il est nargué par des plages qui ne sont plus qu'au ciel, par un « grand vaisseau d'or » qui n'est plus que le mirage des ambitions détruites. Mais pourquoi un autre départ, vers les « splendides villes », ne serait-il pas possible ?

Sur cette trame narrative, d'ailleurs discrète, et à la faveur d'une série d'« histoires » (le mot revient au début de « Délires » II), s'organise une composi-

---

1. Article publié dans le numéro 2 de la série « Rimbaud » de la *Revue des Lettres Modernes,* Minard, 1973.

tion dramatique très frappante. Le court Prologue, sans titre, met déjà en place le conflit avec Satan, qui veut rétablir dans son état d'« hyène » celui qui croyait pouvoir rêver de « charité ». « Mauvais sang » replonge dans le passé le plus lointain, — celui de la famille, celui de la race, celui de l'Histoire —, avant de faire revivre au damné une nouvelle vie, celle d'un nègre soumis aux Blancs. « Nuit de l'enfer » évoque le plus brûlant de l'enfer, le feu du feu, où le damné remâche ses ambitions déçues, ses illusions perdues, ses tentatives vaines pour sortir « hors du monde ». Vient alors, véritablement central, le grand diptyque des « Délires » : délires de l'amour (I), monologue prêté à la « Vierge folle » et sarcastiquement commenté, qui prend des allures de psychodrame ; délires de la création poétique pour celui qui a cru dans la chimère d'une « Alchimie du verbe » (II). Négatif dans le premier cas (l'échec de la liaison avec Verlaine est transparent), le bilan est ambigu dans le second : l'aventure de la folie volontaire est revécue de manière brûlante avant d'être suspendue. « L'Impossible » dit le leurre d'une évasion vers l'Orient, qui a pourtant permis peut-être une « minute d'éveil ». À partir de cette « vision de la pureté », la scène s'éclaire peu à peu, et pas seulement à la flamme fuligineuse de l'enfer : si « L'Éclair » n'apporte que le rappel de la nécessité du travail, « Matin » laisse espérer un « travail nouveau », un « Noël sur la terre », plus socialiste que chrétien. Le texte final, « Adieu », laisse craindre le retour de l'automne et bientôt de l'hiver, mais il fait aussi de l'« heure nouvelle », si « sévère » soit-elle, le point de départ d'une reconquête de soi.

Le damné a failli devenir un « opéra fabuleux ». *Une saison en enfer*, en tout cas, est bien une composition musicale. Yoshikazu Nakaji a montré qu'on pouvait faire de « Délires II » un opéra, avec cinq récitatifs et une coda, entrecoupés de cinq airs [1]. Après tout, l'alchimie n'est-elle pas le lieu où « se cristallisent des airs » ? Mais ces airs, auxquels conduit un récitatif parfois très tendu, on les rencontre tout au long d'*Une saison en enfer*. C'est, par exemple, l'air, bref, mais intense, de l'avènement de la force dans « Mauvais sang ». C'est le boniment du thaumaturge dans « Nuit de l'enfer ». C'est — grand air de non-bravoure — la confession de la Vierge folle. La vie nouvelle, dans « Adieu », exclura les « cantiques », non la musique.

Une prose oraculaire

« C'est très-certain, c'est oracle, ce que je dis » : ainsi, dans « Mauvais sang », le païen, le damné pourtant, commente-t-il sa propre parole. Une telle notation sert de guide pour suggérer les lignes d'une poétique de la *Saison*.

Une parole oraculaire est d'abord une parole abrupte. Et tel est bien le cas ici. La phrase est souvent très brève (« On ne part pas », « Les blancs débarquent »). Elle se réduit même à des éléments nominaux (« Assez ! voici la punition. — *En marche !* »). Les tours exclamatifs abondent (« Le travail humain ! », « Noël sur la terre ! »). Les affirmations sont impérieuses (« Il faut être absolument moderne »), les négations coupantes (« Point de cantiques ») et les formules y ont valeur d'ordre (« La vie est la farce à mener par tous », « Tenir le pas gagné »).

C'est ensuite une parole obscure. L'oracle de Delphes s'exprimait par énigmes. Rimbaud lui-même passe par là, et il en a conscience. L'obscurité tient alors à une concision extrême, à la pratique constante de la juxtaposition, de l'asyndète. Cette prose va vite, et pourtant

---

[1]. *Combat spirituel ou immense dérision ? Essai d'analyse textuelle d'*Une saison en enfer, José Corti, 1987.

chaque mot a du poids. Il en a d'autant plus que Rimbaud joue sur le double sens (le « paysan » est à la fois le païen, *paganus*, et le travailleur de la terre, la « main à charrue », ou encore celui qui aura, comme lui, « la réalité rugueuse à étreindre » ; « saluer la Beauté », c'est lui rendre hommage, mais aussi lui dire adieu).

Cette parole a du prix même si elle n'est pas, comme la jeunesse fabuleuse, « à écrire sur des feuilles d'or ». Rimbaud sait qu'il ne dispose que de « quelques hideux feuillets de [s]on carnet de damné ». Sur ces feuillets peuvent s'inscrire des vers blancs (« Je me suis armé contre la justice », « Je devins un opéra fabuleux »). Mais la prose poétique n'est pas nécessairement celle qui imite la poésie. Rimbaud ne cherche à éviter ni le brouillage syntaxique, ni la cacophonie, ni l'hiatus (« Par l'esprit on va à Dieu »). Il utilise systématiquement le cliquetis de la répétition, la surprise de la rupture, un rythme saccadé, haletant. Il arrive aussi que l'évocation s'amplifie, que l'écrivain laisse exceptionnellement fuser un chant clair. Cette évolution est de plus en plus sensible dans la fin du livre, confirmant l'espoir d'une « aurore ».

*

***** (p. 47)

Il est probable que ce texte est tardif dans l'ordre de la rédaction. S'il assume, d'une manière un peu tendue, les fonctions du prologue, il contient maints éléments d'épilogue. Rimbaud dessine à l'avance le schéma d'une aventure, qui est celui de son histoire de damné, donc de tout le livre. Cette histoire revêt, dès l'abord, une couleur fortement mythique. La fable (« jadis ») a des allures de parabole (le festin, le trésor, l'enfant prodigue) et le carnet de damné sera, comme les proses inspirées par la lecture de saint Jean, un évangile inverse, et inversé. Le texte liminaire dit déjà l'impossibilité du retour, le refus de l'espérance, l'illusion de la charité, la marche conjointe vers une mort et une damnation assurées, même si le héros de la *Saison*, après en avoir eu un avant-goût, bénéficie comme Faust d'un sursis.

*

Mauvais sang (p. 49)

Peut-être commencé au printemps, « Mauvais sang » a été certainement refondu et augmenté après le mois de juillet. Non que l'incident de Bruxelles éclaire le morceau : on a insisté exagérément sur un prétendu aveu d'homosexualité, trop facilement confondu aveu le « vice » dont il est question dans ces pages. Point d'autre vice que l'infériorité native du descendant des Gaulois, du manant, — que ce « mauvais sang », le sang païen hérité d'ancêtres barbares et idolâtres et d'une famille roturière qu'on poussait à partir pour la croisade, mais qui participait tout aussi bien au sabbat. Une race non baptisée, ou plutôt une race mal baptisée, cela revient au même, d'autant plus qu'il est maintenant trop tard : « l'Évangile a passé », et la promotion du tiers état, après la Révolution, n'a rien changé à l'affaire. Il n'est donc plus de recours que l'acceptation de ce mauvais sang, dans une logique poussée à l'extrême : partir pour le royaume des enfants de Cham, non plus comme colon ivre de brutalité, d'argent et de gloire (partie III), mais comme nègre, comme vrai nègre ; être innocent en face des Européens bourreaux, ces faux nègres. Mais le recours est illusoire. Ou il est inutile. Ou il tourne à la comédie. Car l'innocent naïf pourrait bien feindre l'innocence dans une conversion trop éclatante pour être vraie. De toute façon, les blancs débarquent, cernant les nègres, baptisant les païens, les enrôlant surtout. Ne les baptisant que pour les enrôler.

Le déroulement du drame est implacable. Et pourtant, comme l'a justement observé Jean-Pierre Richard, le rythme est celui « d'un trépignement immobile, d'une frénésie ressassante et toujours en lutte contre elle-même » (*Poésie et profondeur*, Éd. du Seuil, 1955, p. 211). Le mouvement se trouve arrêté en particulier par la dérision qui vient corriger chaque élan, saper toute possibilité de salut : le véritable ver rongeur, le cannibale de l'histoire...

*

Nuit de l'enfer (p. 58)

La perspective s'est modifiée : Rimbaud ne tente plus guère de s'affirmer comme païen, de défendre son innocence ; il se sait « esclave de son baptême » et damné par ceux qui le lui ont procuré. C'est pourquoi il « sen[t] le roussi », dès maintenant.

Prématurément plongé en enfer, il sait pourtant qu'il n'y est pas. « C'est la vie encore ! » Et c'est la première raison de son insatisfaction. S'y croit-il, les visions de la vie, les visions de l'enfance reparaissent. Il est vrai qu'il s'y redécouvre cerné par Satan dans les « hallucinations [...] innombrables » qu'il a connues : celles qu'on lui a imposées en l'abrutissant par les superstitions paysannes ; celles qu'il s'est imposées dans ses propres abrutissements.

La vision du paradis, celle de Jésus : des hallucinations aussi, des erreurs. En reprenant divers passages de l'Évangile et en les malmenant à sa façon, Rimbaud poursuit la tâche destructrice de ses proses contre-évangéliques. Dans un étrange passage il semble mêler son attitude et celle du Christ : ils sont l'un et l'autre des visionnaires jaloux de leurs trésors, des charlatans dont le boniment brasse des formules évangéliques (« Tous, venez, — même les petits enfants ») et des formules du contre-évangile païen (« Veut-on des chants nègres »). Mais celui qui prodigue les grimaces aux autres ne peut éluder le souci qu'il a de lui-même : le salut que la religion imposée lui promet tour à tour le tente — c'est sa faiblesse, ce sont ses lâchetés — et lui fait horreur. Ces mouvements contradictoires se bousculent dans une étonnante strette finale. Un appel à Dieu : mais le feu de Satan qui se relève avec son damné l'emporte — ou du moins emporte la vision dernière.

*

Délires I (p. 63)

Rimbaud reprend pour le recréer à sa manière un nouveau texte évangélique, la parabole des Vierges sages et des Vierges folles (Matthieu, XXV, 1-13). Nouvelle critique implicite : l'Époux divin abandonne bien volontiers sa « veuve » à l'Époux infernal. Comme à la fin du texte précédent, la créature damnée s'adresse au Seigneur, mais se découvre la proie du Démon. Et la scène se situe encore au fond de l'enfer où un Satan-Éros a entraîné une imprudente Psyché.

Tenant compte des incidents qui ont précédé la rédaction d'*Une saison en enfer* et du fait que Rimbaud avait copié le « *Crimen amoris* » de Verlaine, où se trouvait évoqué un autre Satan adolescent, les commentateurs ont très fréquemment identifié Verlaine à la Vierge folle et Rimbaud à l'Époux infernal, au

« petit ami », au Démon qui « était presque un enfant ». On peut difficilement ne pas les suivre tant certaines allusions sont transparentes : les abandons de Verlaine, sa faiblesse ; l'« entreprise de charité » de Rimbaud, sa cruauté ; l'incompréhension qui a régné dans le « drôle de ménage ». À travers les paroles que Rimbaud prête à Verlaine, il compose en définitive son propre portrait et assortit d'un commentaire narquois leur vie à deux maintenant brisée.

Verlaine n'a pas compris le sens de l'entreprise de charité, il n'a pu admettre que Rimbaud se devait à tous, il s'est enfermé dans de niaises rêveries sentimentales qui lui ont tenu lieu de visions (la promenade des deux enfants dans le Paradis de tristesse), et finalement il sort abêti, attendant stupidement « l'assomption de [s]on petit ami ». Mais, de cet échec, Rimbaud se sait lui-même responsable. L'Époux infernal n'a fait que singer le Dieu de charité et « pour avoir voulu sauver, il ne fait que jeter dans le désespoir » (Yves Bonnefoy, *Rimbaud par lui-même*, p. 97).

Ce retour de Rimbaud à lui-même, sur lui-même, permet de concilier l'interprétation biographique traditionnelle (dont nous ne pouvons cacher les limites) et l'interprétation nouvelle que certains commentateurs ont voulu donner du passage par un dédoublement de Rimbaud. Il ne convient pas toutefois, à notre avis, de substituer à une identification trop claire une autre identification aussi claire. Rimbaud a très probablement joué avec les divers sens possibles de sa parabole, comme plus haut dans la parabole du charlatan. Surtout, il continue à évoquer, dans la fournaise, les hésitations, les lâchetés du damné de la *Saison* qui ne sait s'il doit se féliciter de son expérience ou la regretter, qui ne peut s'empêcher d'appeler l'Époux divin tout en restant fasciné par l'Époux infernal et qui se demande si finalement il n'a pas conclu un marché de dupes...

*
Délires II (p. 68)

Dans sa lettre à Demeny du 15 mai 1871, Rimbaud appelait « toutes les formes d'amour, de souffrance, de folie ». C'est l'histoire d'une de ces folies qu'il raconte dans « Alchimie du verbe » : une folie qui est délire, donc souffrance, torture infernale. La continuité d'*Une saison en enfer* est assurée. Il n'y manque pas même quelques allusions à l'Évangile selon saint Jean : le Cédron, dans l'une des « Faims » ; et surtout le Verbe lui-même (Jean, I, 1-5) que, dans une tentative véritablement sacrilège, l'alchimiste a entrepris de transformer. Parmi tant de dérèglements, note Yves Bonnefoy (*Rimbaud par lui-même*, p. 63), « le dérèglement majeur, celui qui pouvait prétendre à remplacer tous les autres, a[vait] pour objet la parole ». Rimbaud nous présente la relation de ce dérèglement.

Il faut en souligner le caractère volontaire. La voyance ne se confond pas avec l'usage de la drogue. L'« hallucination simple » est un exercice d'imagination, une ascèse, une folie raisonnée. Rimbaud « s'entraîne à penser consciemment comme un fou » (Étiemble et Y. Gauclère, *Rimbaud*, Gallimard, 1936, nouvelle éd., p. 135). « Voyelles » en est l'illustration première et comme élémentaire. Puis tout va se compliquant : à l'« hallucination simple » s'ajoute sa transcription dans l'« hallucination des mots ». Rimbaud, dans l'histoire qu'il fait de sa tentative, souligne fortement, mais pas très clairement, les différentes étapes par la succession des adverbes (« D'abord »/ « Puis »/ « Enfin ») et le jeu des verbes (« J'inventai »/ Je m'habituai »/ « Je finis »).

Le premier moment est celui de l'« étude ». Puis vient le moment du « délire ». On assiste à une montée de la fièvre qui embrase le corps du poète, son esprit, mais aussi le monde qu'il s'est créé. L'alchimiste veut être réduit à l'état d'« étincelle d'or de la lumière *nature* ». L'exaltation est à son comble et s'exprime en des vers « égarés », en des « opéras fabuleux ».

Mais l'excès même de cette « joie » inquiète le chanteur, qui sent venir le moment de l'échec. Il voulait parvenir à la force et découvre la faiblesse des vœux de bonheur. Ce sont eux qui maintenant se trouvent à la source de ses visions (les vies multiples des individus qui l'entourent) et des sophismes de sa folie ; paradoxes commodes pour rejeter le travail et la morale, affirmation des métempsycoses. La quête se fige en un « système » ambigu qui ramène le voyant à la banalité des espérances humaines, à la « fatalité » du « bonheur ». Ou du « Bonheur », avec majuscule, celui qui est promis aux chrétiens. Le dieu soleil fait place aux symboles résurgents de la religion chrétienne (la croix, l'arc-en-ciel, le chant du coq, le latin d'Église). Terrifié maintenant par la perspective d'une alchimie de lui-même en or solaire — dût-il passer par le feu de l'enfer —, Rimbaud revient aux catégories morales du christianisme, à la niaiserie des au-delà et des espérances en un « Bonheur » futur, *post mortem*. Un dernier poème, « *Ô saisons, ô châteaux !* », illustre cet abêtissement suprême. Mais, en le reprenant, Rimbaud prend soin d'y ajouter une chute — le dernier distique — qui rompt le « charme » du « Bonheur » auquel on a voulu le faire croire. « Cela » maintenant « s'est passé » : cette faiblesse, mais aussi ce dont elle constituait le terme, la folie du voyant ; plus encore, le rêve de beauté où elle avait pris naissance.

L'Impossible (p. 77)

« Je m'évade », s'écrie le damné. Mais cette évasion est impossible. Comme était impossible la fuite qu'il a tentée dans son enfance. Comme était impossible le refuge chez les élus auquel il a eu la faiblesse et la sottise de songer encore récemment, au cours de sa « Nuit de l'enfer » (« C'étaient des millions de créatures charmantes »). Le projet nouveau : partir pour l'Orient, ou plutôt regagner la patrie primitive. Car cet Orient est moins un autre continent dans l'espace qu'un en-deçà de l'histoire occidentale, des marais infernaux de l'Europe. Et l'obstacle est moins l'objection des gens d'Église — qui veulent confondre cet Orient avec l'Éden dont parle la religion — ou celle des philosophes — qui vous expliquent qu'on peut s'installer en Occident une manière d'Orient portatif — que la résistance même de l'esprit : impossible de détruire les catégories occidentales qui l'ont marqué ; impossible de le réveiller ; impossible de le démêler de cet Esprit qui, selon l'Évangile, mène à Dieu. La « déchirante infortune », c'est de ne pouvoir échapper à ce cercle — véritablement infernal.

L'Éclair (p. 80)

Ce pas impossible, le cri de ralliement du monde moderne, « En marche », lui permettra-t-il de le faire ? Telle est l'idée qui jaillit soudain, fugitive comme l'éclair. Fugitive, parce que Rimbaud s'obstine dans son refus du travail humain. Il préfère paresser, ruser, s'installer dans des vies de paria. L'étrange, c'est que la vision du travail et la vision de l'oisiveté l'amènent l'une et l'autre au seuil d'un paradis futur, à la récompense promise au terme d'une action (une œuvre au sens théologique du terme) ou d'une passion (« martyr »). Une fois de plus, Rimbaud se découvre prisonnier de son enfance chrétienne. L'alternative reparaît : laisser aller la vie, ses vingts ans, ou se révolter contre la mort. Comme dans un nouvel éclair, cette révolte apparaît comme le véritable effort qui doit mobiliser toute son énergie : le travail humain, à côté, paraît trop léger. Mais l'éternité promise à l'« âme », au lieu d'être retrouvée, risque fort d'être perdue...

*

Matin (p. 82)

Ce « Matin » succède à la « Nuit de l'enfer », à un « sommeil » harcelé par les cauchemars, soulevé de « délires ». Ces délires qui ont laissé Rimbaud dans un état de « faiblesse » extrême (voir la fin d'« Alchimie du verbe »), comme sur un « lit d'hôpital » (« L'Éclair ») où la vision de la croix consolatrice et l'odeur de l'encens sont venus le visiter. La parole évangélique aussi est venue le visiter et, comme d'habitude, mais d'une manière plus systématique peut-être que d'habitude, Rimbaud reprend l'Écriture pour lui substituer un contre-évangile : il s'agit cette fois des deux premiers chapitres de l'Évangile selon saint Matthieu (naissance et généalogie de Jésus ; visite des rois mages). Jésus devient « le fils de l'homme » ; les rois mages, « les Rois de la vie, les trois mages, le cœur, l'âme, l'esprit » ; l'étoile ne suscite aucun mouvement vers l'enfant divin. C'est un autre « Noël » qui est appelé, un « Noël sur la terre » qui effacera le souvenir du premier et mettra « fin » à « la superstition ». Mais tout semble repoussé

dans un lointain avenir, et l'on voudrait pourtant que les
« esclaves » ne « maudiss[ent] pas la vie » !

*
Adieu (p. 83)

Adieu à l'enfer (la saison s'achève) ; adieu de Rimbaud à ses erreurs (la tentative du voyant ; l'entreprise de charité) ; adieu aux erreurs qu'on a infusées en lui et qui l'ont mis au supplice (la religion chrétienne). Le mouvement de ce dernier texte reprend en l'amplifiant celui qui animait « Matin ». Mais il s'achève sur un « pas singulièrement assuré », comme celui du Paralytique, à la fin de « Bethsaïda ». Le Damné s'évade, sans le secours du Christ.

Ce sont surtout les allusions au texte de l'Apocalypse qui frappent ici : des visions auxquelles on a voulu le faire croire (la cité de l'abîme ; la gloire des nations) ; des châtiments (le feu, la pluie de sang, la peste, la misère) auxquels il parvient à échapper ; un Jugement dernier qu'il laisse au plaisir de Dieu seul. Il fait définitivement s'abolir tout cela, et les cantiques, et le souci du salut des chrétiens, et la séparation de l'âme et du corps. Et ne pas revenir en arrière, mais « tenir le pas gagné ». Telle sera la récompense paradoxale de la saison passée en enfer.

LES PROBLÈMES DES *ILLUMINATIONS* (pp. 87-152)

On parle habituellement, depuis Henry de Bouillane de Lacoste, du problème des *Illuminations*. Il convient plutôt d'aborder les problèmes que pose cet ensemble de fragments en quête d'un recueil inabouti : la chronologie, l'ordre, le titre, l'intention du poète posent des questions auxquelles il est impossible de répondre d'une manière complète et satisfaisante.

Chronologie

On n'entrera pas ici dans le détail fastidieux de controverses bien souvent inutiles, puisque les éléments d'information sont insuffisants.

On a longtemps cru à l'antériorité des *Illuminations* par rapport à *Une saison en enfer*. Les éditions en ont été marquées (la première Pléiade, en 1946, et encore l'édition *Œuvre/Vie* dirigée par Alain Borer, en 1991). Certains commentateurs, et non des moindres (Jacques Rivière, Étiemble et Yassu Gauclère, Jean-Pierre Richard, Jean-Pierre Giusto) ont fait crédit à cette thèse. Elle repose sur le témoignage d'Isabelle qui voulait, pour des raisons religieuses, qu'Arthur eût renoncé *in fine* à la voyance. L'argument le plus fort est l'apparente présence, dans « Alchimie du verbe », d'allusions à certaines des *Illuminations,* « Nocturne vulgaire » et « Soir historique » en particulier.

Bouillane de Lacoste, dans son livre *Rimbaud et le problème des* Illuminations, Mercure de France, 1949, a conduit à renverser l'ordre de cette succession. Le témoignage de Verlaine, variable il est vrai, allait dans ce sens. Loin de s'en contenter, l'érudit a voulu interroger le manuscrit et la graphie de Rimbaud. Renvoyant les derniers poèmes en vers à l'année 1872, il repoussait les poèmes en prose à la date de 1874. C'était passer d'une rigidité à une autre, c'était aussi ouvrir la voie à des commentaires imprudents (ceux d'Antoine Adam et, après lui, ceux de Michel Butor) qui, se fondant sur les voyages de Rimbaud, en venaient à dater « Aube » de 1875 parce qu'on y trouve un mot allemand, « *Bottom* » et « Démocratie » de 1876, à cause de la veuve milanaise ou de Java. « Villes » — « *L'acropole officielle* » serait même de 1877, parce que les canaux de Stockholm y seraient représentés !

L'idée d'une répartition des *Illuminations* avant et après *Une saison en enfer* était déjà celle, en 1898, de Gustave Kahn qui avant été l'un des artisans de la première édition dans *La Vogue* en 1886, avec Félix Fénéon. André Guyaux de nos jours l'a reprise dans *Poétique du fragment* (1985) et dans son édition critique des *Illuminations* (1986). Reprenant l'examen du manuscrit, avec plus de soin encore que Bouillane de Lacoste, il a fait observer que les manuscrits sont presque toujours des copies et il retrouve dans deux textes, « Villes » — « *L'acropole officielle* » et « Métropolitain », l'écriture de Germain Nouveau : cela imposerait, pour ce travail, la date de l'année 1874, et le séjour commun de Rimbaud et de Nouveau à Londres. Il est probable que, cette année-là, Rimbaud a véritablement envisagé la composition d'un recueil, qu'il n'a pas mené à son terme.

Ordre

Le sort du manuscrit des *Illuminations* est incertain et, en toute rigueur, il est difficile de parler d'*un* manuscrit, puisque les pièces en sont dispersées et puisque la première édition contient à la fois trop (des poèmes en vers, que nous avons renvoyés à l'année 1872) et pas assez (« *Fairy* », « Guerre », « Génie », « Solde » et « Jeunesse » n'apparaissent qu'en 1895 dans l'édition Vanier des *Poésies complètes*, préfacée par Verlaine).

Certains de ces poèmes en prose étaient-il au nombre des « fraguemants en prose » dont parlait Rimbaud à Delahaye dans sa lettre de mai 1873 ? Rimbaud a-t-il remis l'ensemble du dossier à Verlaine quand ils se sont retrouvés à Stuttgart en mars 1875 ? Verlaine l'a-t-il envoyé à Germain Nouveau à la demande de Rimbaud, comme le laisse entendre la lettre adressée par Verlaine à Delahaye le 1er mai 1875 ? Pourquoi « le » manuscrit fut-il si longtemps entre les mains de Charles de Sivry, le demi-frère de Mathilde Verlaine ? Dans quelles conditions fut-il transmis à Kahn et à Fénéon, qui le publièrent dans la revue *La Vogue* au printemps de 1886 (n° 5, 13 mai ; n° 6, 29 mai-3 juin, n° 8, 13-20 juin, n° 9, 21-27 juin), puis en plaquette, la même année, aux éditions de *La Vogue* ? Fallait-il compléter les proses par des vers, comme on l'a fait à ce moment-là, et le dossier était-il aussi composite ? On ne peut donner de réponse ferme à aucune de ces questions.

Il est probable que le dossier se présentait comme une liasse, un peu à la manière des *Pensées* de Pascal. Déjà de *La Vogue* revue à *La Vogue* plaquette, l'ordre varie. L'absence de manuscrit pour « Dévotion » et « Démocratie », la découverte tardive de cinq poèmes en prose supplémentaires compliquent encore les choses. A-t-on le droit de brasser librement ce que Fénéon a appelé « un jeu de cartes » ?

Au fil des éditions successives, un ordre plus ou moins stable a tendu à s'établir. Il conduit d'« Après le Déluge », saisissante remise en question du monde, à « Génie », message — d'ailleurs ambigu — d'un certain espoir. Cet ordre repose pour l'essentiel sur le premier classement de Fénéon, sur l'enchaînement des textes dans la partie du manuscrit aujourd'hui conservée à la Bibliothèque nationale, et aussi, il faut l'avouer, sur le charme qu'exerce cette disposition sur le lecteur.

Cet ordre paraît aujourd'hui suspect aux érudits. André Guyaux a proposé un autre type de présentation, plus philologique : Poèmes groupés, Poèmes consécutifs sur plusieurs feuillets, Poèmes consécutifs sur un seul feuillet, Poèmes isolés sur un seul feuillet. On constate, comme dans le cas des poèmes en vers de 1872, que plusieurs fois sont constituées des suites, les poèmes en prose se rassemblant alors sous un seul titre (« Enfance », « Vies », « Veillées », « Phrases »). « Villes » a peut-être constitué une série qui s'est rompue, avec un flottement dans la numérotation. « Fairy » a pu être une suite dont ne nous reste que le premier texte, numéroté I, « *Pour Hélène...* ». « Guerre » est peut-être le (II) d'une série dont le début nous manque. À la dispersion des fragments s'oppose en tout cas une volonté de regroupement : ce seraient là, suggère André Guyaux, « deux forces, l'une liante, l'autre déliante, dont le recueil des *Illuminations* [...] est le champ de bataille » (éd. critique, p. 9).

Après avoir hésité, nous avons adopté une solution prudente, respectueuse pour l'essentiel de la tradition et de l'état actuel du manuscrit. Un premier ensemble, le plus important, suit l'ordre du manuscrit de l'ancienne collection Lucien-Graux, conservé à la Bibliothèque nationale : premier cahier (feuillets 1 à 24) pour les poèmes en prose allant d'« Après le Déluge » à « Barbare » ; second cahier pour « Fairy » (feuillet 2), « Guerre » (feuillet 4), « Solde » (feuillet 1) et « Dimanche » (feuillet 3). Pour ce second cahier, nous avons modifié l'ordre, en particulier pour permettre l'enchaînement des trois autres textes de la suite « Jeunesse », c'est-à-dire « Sonnet », « Vingt ans » et « *Tu en es encore à la tentation d'Antoine* ». En effet la série s'est trouvée rompue : alors que le premier figure dans la collection Lucien-Graux/B.N., les trois autres faisaient partie de la collection Stefan Zweig aujourd'hui conservée à la Fondation Martin Bodmer, près de Genève, à Cologny. « Promontoire », que nous avons placé ensuite, est la seule des *Illuminations* dont le manuscrit autographe, qui avait été vendu par l'éditeur Vanier au docteur Guelliot, se trouve à la Bibliothèque de Charleville. Viennent alors les deux poèmes en prose sans manuscrit connu, « Dévotion » et « Démocratie », puis les cinq dont l'autographe figure actuellement dans la collection de Pierre Bérès : « Scènes », « Soir historique », « Bottom », « H », « Mouvement » et « Génie ». Un point d'incertitude, et non des moindres, est que Bérès possède aussi le manuscrit de certains poèmes de 1872, dans la version figurant en 1886 dans *La Vogue* pour compléter les *Illuminations*.

Parmi nos options d'éditeur signalons encore celles-ci :

1. Le respect absolu de l'enchaînement des textes sur les feuillets manuscrits, même quand on a affaire à des variations dans l'écriture. C'est vrai aussi bien pour le manuscrit Bérès (« H » suit « *Bottom* » sur le même feuillet) que pour le manuscrit Lucien-Graux (« Barbare », par exemple, suit « Métropolitain »).

2. Cela nous interdisait de grouper les deux « Villes », comme l'a fait Louis Forestier dans le volume de la collection « Bouquins » (Robert Laffont, 1992, pp. 170-171) ou même d'intervertir l'ordre de ces deux « Villes » en tenant compte d'un « I » biffé pour « *L'acropole officielle* » et d'un « II » surchargé par le titre pour « *Ce sont des villes !* ».

3. Les textes précédés du signe *** sont considérés comme des poèmes à part entière, et présentés comme tels. Il n'est pourtant pas impossible qu'il existe une séquence « *Being Beauteous* », « *Ô la face cendrée...* », et une manière de série pour les cinq textes du feuillet 12 du manuscrit B.N. qui, sans porter ce titre, sont bien encore des « Phrases », comme les trois textes précédents du feuillet 11. L'interprétation pourra en tenir compte.

4. La rigueur philologique est une (bonne) chose, le souci du plaisir du lecteur aussi, surtout dans le cadre d'un Livre de Poche : il sera plus satisfait si, comme le premier éditeur, on place au début « Après le Délu-

ge », dont l'état manuscrit est d'ailleurs singulier, et si on garde pour la fin, comme la plupart des éditeurs d'aujourd'hui, « Génie », salué par Yves Bonnefoy comme « un des plus beaux poèmes de notre langue », « un acte de bouleversante intuition, l'instant de vision sans ténèbre où une pensée s'accomplit » (*Rimbaud par lui-même,* p. 144).

Titre

Le manuscrit ne porte pas plus de titre que le ou les Cahiers de Douai. Faudrait-il parler d'un « recueil Nouveau » comme on parle d'un « recueil Demeny » ? Mais le destinataire est moins stable, dans ce cas, et surtout Verlaine a apporté des informations, elles-mêmes passablement flottantes, il est vrai. « Avoir relu Illuminations (*painted plates*) du sieur que tu sais », écrivait-il à Charles de Sivry, sans doute le 9 août 1878.

Avait-il lu ce titre sur un feuillet égaré, sur la « couverture du cahier » qu'a signalée Fénéon et qui est aujourd'hui absente ? En avait-il entendu parler par Rimbaud lui-même ? On ne sait. Il semble que pour le compagnon d'autrefois, le titre aujourd'hui retenu doive être prononcé à l'anglaise (il va jusqu'à écrire : « Illuminecheunes »). Pour le sous-titre, il a hésité entre deux variantes, « *painted plates* » (1878) et « *coloured plates* » (1886).

On a proposé, pour ces expressions prétendument anglaises, des traductions plus ou moins satisfaisantes. « *Illuminations* » signifie pour Delahaye « gravures coloriées » ; pour V.-P. Underwood, « enluminures, peintures d'un manuscrit ». « *Painted plates* » désignerait des « assiettes peintes » (Underwood) ou des « gravures rehaussées » (Bruce Morrissette). « *Coloured plates* », traduit par Delahaye en « gravures en couleurs », satisfait les uns, moins les autres... Nous avons fait observer que l'expression « plat colorié » figure dès octobre 1870 dans un poème du recueil Demeny, « Au Cabaret-Vert ». Mais nous sommes loin, maintenant, de l'état d'« aise ».

Notre hypothèse interprétative est toute différente de celle d'Underwood. La coloration anglaise du titre est aussi superficielle que celle des prétendues descriptions de Londres ou de Scarborough dans le recueil. On ne saurait oublier derrière « Illuminations » l'*illuminatio* du psaume « *Deus illuminatio mea* », ou, mieux encore, le « *Fiat Lux* » ordonné par Dieu au début de la Genèse.

Intention

C'est là que se pose, en termes particulièrement pressants, le problème de l'intention qui a présidé à la constitution d'un ensemble cohérent malgré son inachèvement. Même si « illuminant » se trouve déjà dans « Le Bateau ivre », même si le mot anglais *illuminations* peut avoir le sens de « visions d'illuminés », comme l'indique encore Underwood, ces poèmes en prose ne se laissent enfermer ni dans les visions ni dans la tentative du voyant. « J'ai vu » ne passe pas du « Bateau ivre » à « Mouvement » où, dans une « lumière diluvienne », s'avance bien plutôt un « Vaisseau » qui est une nouvelle « Arche » emmenant pour un monde lui-même nouveau « l'éducation / Des races, des classes et des bêtes », et un « couple de jeunesse » qui pourrait le repeupler. « Matinée d'ivresse », trop exclusivement considéré comme un autre poème du haschisch à cause du mot final, d'ailleurs ambigu, décrit une « méthode » — qui peut être, il est vrai, le « poison » — pour accéder à la « nouvelle harmonie ».

Toute tentative pour interpréter les *Illuminations* à

partir de référents précis aboutit très vite, sinon à l'échec, du moins à l'incertitude : ni le référent historique (la Commune pour « Après le Déluge »), ni le référent géographique (les ponts de Londres pour « Les Ponts », le *Tube* pour « Métropolitain », Scarborough pour « Promontoire ») ne permettent d'épuiser le sens de textes où, précisément, des apports extrêmement divers ont été mêlés (« Villes »), modifiés (« Métamorphoses », premier titre de « *Bottom* » désigne, plus que les métamorphoses du personnage, celles du référent shakespearien) et finalement transcendés (« Jeunesse » IV : « [...] rien des apparences actuelles »).

Cela ne signifie pas que les *Illuminations* soient de purs exercices de langage, où la virtuosité verbale se déploie à partir d'un mot-thème tardivement révélé (« Métropolitain »), où l'échange métaphorique devient systématique (« Marine »), où un jeu de mots (parade / paradis), un jeu de possibles (« H ») sont volontairement exploités. Si « nous sommes, lecteurs des *Illuminations*, promis à une excitation faite de multiples interrogations sémantiques », comme l'écrit André Guyaux (éd. critique citée, p. 15), cette jouissance du détail ne doit pas nous faire perdre de vue un dessein d'ensemble, probablement voué à la chute. C'est l'« entreprise harmonique » décrite par Yves Bonnefoy, le « dégagement rêvé » de « Génie », sur lequel a insisté Jean-Pierre Richard — la tentative, en tout cas, pour refaire le monde et l'homme avec du langage.

*

Après le Déluge (p. 89)

L'« Adieu » d'*Une saison en enfer* se situe après un déluge de feu et de sang, celui de l'Apocalypse. Ici Rimbaud semble revenir au Déluge de la Genèse, et très exactement au moment de la décrue (VIII, 1-14). Mais il va bien au-delà du texte de la Bible : c'est aux Déluges qu'il songe et, comme l'écrit Margaret Davies, « l'idée, "l'absente de tous déluges" [est celle] par laquelle les hommes ou le poète ou même Dieu ordonnent l'Univers selon leur guise » (dans *Arthur Rimbaud 1. Images et témoins*, textes réunis par Louis Forestier, Minard, 1972, pp. 20-27). « Après le Déluge » (le titre même vient de la Genèse, IX, 28), la vie recommence comme avant et si vite que tout — êtres et choses — retrouve comme immédiatement sa place. Elle recommence pire qu'avant : constructions et superstitions prolifèrent, le sang coule, il n'est même plus de désert qui puisse servir de havre de paix. Est-ce là le printemps de la Création annoncé par Eucharis ? Alors le Déluge est à recommencer et, puisque Dieu s'est interdit de le faire (c'est l'une des clauses de l'alliance qu'il a conclue avec ses créatures, Genèse, IX, 15 : « les eaux ne deviendront plus un déluge pour détruire toute chair ») le poète lance un appel et convoque les eaux. C'est la seule manière de sauver le monde, ou plutôt d'en retrouver le secret.

*

Enfance (p. 91)

Cette série semble avoir sa place à la suite d'« Après le Déluge » : on peut découvrir d'une pièce à l'autre une continuité thématique, la catastrophe cosmique semble toujours menacer une vie naissante, et Rimbaud est en quête du même secret — le feu. Mais cette continuité est plus frappante encore avec cet autre poème du Déluge qu'est « Barbare ». On retrouvera en particulier le motif des « larmes blanches, bouillantes », avec « la haute mer faite d'une éternité de chaudes larmes ».

Cette série de ce qui aurait pu n'être que fragments donne une impression d'unité. Les avatars de l'idole féminine (I), les présences qui se dérobent (II), les surprises (III), les abandons (IV) aboutissent à une solitude héroïque et au triomphe de la sécheresse et des ténèbres. Car les promesses de l'enfance ne conduisent qu'à des désillusions : l'ennui des amours (I), la vanité des vocations (IV). Bien plus, son vert paradis ne sort pas intact de ces proses : il apparaît comme un désert, et les visions merveilleuses ne parviennent pas à combler sa vacance. Ce n'est qu'une enfance mendiante, une marche vers l'asphyxie plus que vers le grand air, une entrée progressive dans le silence, qu'il faudra maintenir au prix d'un ensevelissement volontaire.

*

Conte (p. 95)

Cette autre « histoire atroce » se présente comme un conte oriental, à la manière des contes des *Mille et Une Nuits*, même si l'on songe aussi à Barbe Bleue ou à Néron. Et le Génie doit être analogue à ceux que l'on rencontre dans les contes arabes.

Mais tout ici se trouve frappé de nullité. Le Prince a beau tuer, détruire : tout recommence comme avant (c'est l'inutilité même du Déluge). Son anéantissement fabuleux est lui-même nié par une mort ordinaire, dans un palais ordinaire, « à un âge ordinaire ». Il avait eu le tort de se prendre pour le Génie.

De même l'artiste a tort de se prendre pour un génie. Rimbaud joue sur l'ambiguïté du terme, mais la « morale » de l'apologue est claire. Elle rejoint les constatations désabusées d'« Alchimie du verbe » ou d'« Adieu » dans *Une saison en enfer* : « J'ai cru acquérir des pouvoirs surnaturels. Eh bien ! je dois enterrer mon imagination et mes souvenirs ! Une belle gloire d'artiste et de conteur emportée ! ». Le « Conte » ne peut plus dire que l'échec du conteur...

*

Parade (p. 97)

Dans *Une saison en enfer* la grimace est une caractéristique de la société occidentale, mais elle est surtout une attitude que le damné se résout parfois à adopter : c'est la « farce continuelle » de « Mauvais sang », le boniment mi-charlatanesque mi-christique de « Nuit de l'enfer », et la décision prise un moment dans « L'Éclair » : « feignons, fainéantons », qui permettrait d'« exist[er] en [s']amusant » et en étant « saltimbanque, mendiant, artiste » (avec des équivalences significatives), « bandit, — prêtre [...] gardien des aromates sacrés, confesseur, martyr ».

« Parade », c'est pour reprendre une expression de « Nuit de l'enfer », la présentation de « toutes les grimaces imaginables ». L'important, dès lors, est moins le rapport entre le spectacle écrit et le spectacle décrit que le rapport entre la parade et celui qui en a la clef — la clef de ce « Paradis de la grimace » dont, autre saint Pierre, contre-saint Pierre, le montreur est le détenteur.

Cette horde de « drôles très solides » est aussi inquiétante qu'amusante : des jongleurs, de possibles assassins. Leur « comédie magnétique », apparent divertissement, en réalité acte de vengeance et de possession, a pu séduire Antonin Artaud.

*
Antique (p. 98)

Cette prose, cette « Antique », s'éclaire à la lumière du mythe d'Hermaphrodite ou de l'androgyne, dont on sait l'importance dans la littérature du XIXe siècle. L'imagination de Rimbaud a pu être sollicitée par des œuvres d'art, par des lectures antiques (un passage d'Ovide, *Métamorphoses*, IV, 393-397 ; le discours d'Aristophane dans *Le Banquet* de Platon) ou des lectures modernes (« *Hermaphroditus* » dans les *Poems and Ballads*, first series, 1866, de Swinburne : on sait, d'après sa correspondance, que Verlaine lut le poète anglais à Londres lorsqu'il y séjournait en compagnie de Rimbaud). Mais l'important n'est pas là. Il s'agit d'une vision onirique volontaire, commandée (« Promène-toi, la nuit »), d'une autre tentative pour « exist[er] en [s'] amusant, en rêvant amours monstres et univers fantastiques » (« L'Éclair »), pour « inventer [...] de nouvelles chairs » (« Adieu »).

L'évocation est d'une liberté étonnante. Elle procède par surimposition, comme si Rimbaud retrouvait spontanément différentes couches du mythe (chez Empédocle, l'androgyne — la créature première — pouvait être à la fois homme et animal : d'où les crocs) ou des détails caractéristiques (la démarche orbiculaire dont parle Aristophane dans *Le Banquet* et qu'il explique par la relation de l'androgyne à la lune). Créature dont le corps même est musique et dont la démarche nocturne est celle, douce, d'un danseur, cet androgyne peut représenter à lui seul la « nouvelle harmonie ».

*
Being Beauteous (p. 99)

Cette prose mérite de suivre « Antique », car elle illustre le même projet, le même fantasme des « nouvelles chairs » et des « nouvelles amours ». Le mot « Vision » est central, mis en valeur par la majuscule. L'« Être de beauté » (*Being beauteous* : le titre anglais peut être emprunté, comme l'ont suggéré C.A. Hackett et V.P. Underwood à un poème célèbre de l'Américain Longfellow dont l'inspiration est par ailleurs bien différente) est, comme le fils de Pan, la nouvelle Créature dont Rimbaud le démiurge veut peupler son nouvel univers. Il reprend à son compte la traditionnelle vision de la résurrection des corps, telle qu'on la trouve dans la Bible (Ezéchiel, XXXVII ; Matthieu, XXII, 23-32 ; I Corinthiens, XV), mais il la modifie comme il le fait d'habitude : il s'agit de revêtir les os « d'un nouveau corps amoureux ».

*
« *Ô la face cendrée...* » (p. 100)

André Guyaux a montré de manière décisive que ce texte sans titre devait être disjoint du précédent et considéré comme un poème à part (« À propos des *Illuminations* », *RHLF*, septembre-octobre 1977, et voir son édition critique des *Illuminations*, À la Baconnière, 1985). Il n'est pourtant pas interdit de l'interpréter comme une chute de la montée précédente.

La tentative démiurgique a pour cadre un décor de mort, « une neige », comme s'il avait fallu faire un désert du monde. Et cette destruction préalable semble grever la construction nouvelle. « Tout se passe comme si le poète détruisait et créait dans un acte unique » (A. Py, éd. critique des *Illuminations*, Droz-Minard, 1967, p. 103, dont le commentaire est ici excellent). À cet égard, l'ambiguïté de l'accompagnement musical est frappante : les cercles de musique sourde d'où naît l'Être de Beauté sont inséparables des sifflements de mort et, bientôt, ils deviennent menaçants pour la créature même qu'ils ont suscitée. L'échec du nouveau Pygmalion est inévitable. L'Être de Beauté est promis à la destruction et à la mort, et le voyant, — ou son rêve — s'abat.

*

Vies (p. 100)

Si la première partie de cette suite fait passer d'une vie antérieure (orientale) à une vie présente (occidentale), la seconde partie conduit à l'attente d'un *devenir* proche et la troisième s'achève (comme « Enfance » V) sur un « outre-tombe ». L'ensemble est étonnamment proche aussi d'*Une saison en enfer*, avec la tentation de « L'Impossible » (la sagesse de l'Orient), l'« atroce scepticisme » à l'égard des promesses de la religion chrétienne (I), de « l'entreprise de charité » (II), de l'« inventeur » (II) et de son « œuvre » (III). La métempsycose a également nourri la folie de l'Alchimiste du verbe (« Délires » II : « À chaque être, plusieurs *autres* vies me semblaient dues »). Ici elle sert de prétexte à un bilan négatif — le bilan négatif d'*une* vie.

Départ (p. 103)

Le bilan négatif s'exprime ici en formules coupantes et anaphoriques. Mais elles servent de tremplin à des sursauts d'énergie pour un nouveau départ qui fait songer aux dernières lignes de l'« Adieu » d'*Une saison en enfer*. Adieu ici à la voyance, avec ses « hallucinations [...] innombrables » (« Nuit de l'enfer ») ; adieu aux rumeurs verlainiennes, lointaines et par trop indifférentes ; adieu à un itinéraire brisé. Tout cela est abandonné au profit de deux mots d'ordre nouveaux qu'on retrouve dans « Génie » : « l'affection » et le « bruit » (la « musique plus intense »). Le jeu des reprises et des chiasmes, des assonances et des allitérations fait de cette prose l'une des plus efficaces qui soient : et d'une manière exceptionnelle le projet n'est pas détruit aussitôt qu'exprimé.

Royauté (p. 103)

Voici un autre « Conte », toujours dans un décor oriental, mais Rimbaud ne tire pas cette fois la morale de son apologue, laissant ouvert le champ des interprétations. Elles sont trop nombreuses pour que nous les exposions ici et nous nous en tiendrons au sens littéral, qui est clair : un jour de royauté réclamé et obtenu au terme d'un temps d'épreuve par un homme et une femme. Le rapprochement s'impose avec ce « jour de succès » qui devrait, dans « Angoisse », compenser tant d'échecs passés. Mais c'est bien aussi sur une angoisse, sur une incertitude que nous laisse le récit, au « prétérit d'abolition » (A. Py), de cette royauté éphémère.

*
À une Raison (p. 104)

Cette prose rappelle les dernières parties d'*Une saison en enfer* : « le chant des cieux » (« la nouvelle harmonie »), « la marche des peuples » (« leur en-marche »), « adorer [...] Noël sur la terre » (« le nouvel amour »). Aussi a-t-on cru pouvoir retrouver, ici et là, le même souvenir des illuminés progressistes du début du siècle, à commencer par Charles Fourier, l'auteur de *L'Harmonie universelle*.

Apparement aberrante après un article indéfini qui devrait abolir *la* Raison, la majuscule la maintient comme si elle était l'objet d'une nouvelle vision.

Le titre, à lui seul, est provocateur : parler d'une raison parmi d'autres ou d'une raison indéfinie dans une civilisation occidentale qui croit en *la R*aison ! Mais Rimbaud est coutumier du fait, lui qui conquérait ses « deux sous de raison » sur « l'esprit » dans « L'Impossible ». De l'esprit, cette raison garde l'autorité toute militaire (le coup de tambour, la marche au pas, la levée des recrues, le mouvement de tête) ou toute divine (le signe de tête du *numen*). Exigeante (elle abolit tous les sons pour « commenc[er] la nouvelle harmonie »), saura-t-elle répondre aux exigences des « enfants » qui la supplient : changer les destins individuels, abolir le temps, les élever au-dessus du monde ? La dernière phrase, au lieu d'exprimer une confiance absolue, comme le croit Jacques Plessen (*Promenade et poésie*, Mouton, 1967, p. 273) pourrait bien exprimer un « atroce scepticisme » (« Vies » II)...

*
Matinée d'ivresse (p. 104)

L'« ivresse », pour la plupart des commentateurs, est celle que donne un « poison » (l'opium, le haschisch, comme l'impliquerait le rapprochement *Assassins/ Haschischins*). Nous aurions donc le compte rendu, à la manière de Thomas de Quincey, d'une séance de « paradis artificiel ». Le désaccord naît quand il s'agit de dater cette expérience : 1871, l'année du voyant, ou après l'abandon de la voyance, une nouvelle expérience de la drogue associée à la musique « dans des heures d'études attentives pour réveiller les puissances de son esprit », comme l'a suggéré Yves Bonnefoy.

Si c'est une nouvelle expérience, elle ressemble vraiment beaucoup à la première ! Abandon de la morale, quête du Beau (à laquelle pourtant Rimbaud semblait renoncer à la fin d'« Alchimie du verbe » et dans le Prologue d'*Une saison en enfer*), foi au poison, choix volontaire de la torture, élaboration d'une *méthode*, d'un système fondé sur une folie raisonnée, tout ceci figure dans le bilan du damné. Il n'y manque même pas ces reprises de l'Évangile qui marquent d'ordinaire le contre-évangile rimbaldien : la promesse d'un corps glorieux, d'un nouvel amour, des visions angéliques, révélations réservée non pas aux « sages » et aux « intelligents », mais aux « enfants » (Matthieu, XI, 25). La « méthode » dès lors pourrait bien être, plus que celle du poison auquel Rimbaud a renoncé désormais, l'art de pousser un précepte donné jusqu'au terme absurde d'une logique. « Voici le temps des *Assassins* » : c'est, résumé en une formule — dont le tour lui-même est évangélique —, l'Évangile qui promet le royaume de Dieu aux violents (Matthieu, XI, 12).

« Matinée d'ivresse » contribue donc, nous semble-t-il, à ruiner la « méthode » du voyant : elle n'est ici que faussement exaltée, ses contradictions sont soulignées, son échec est patent. La manière dont son souvenir est « sacré » ne laisse pas d'être ambiguë : il en reste un « masque », une simulation.

*
Phrases (p. 106)

Le groupe constituerait, selon Antoine Adam, une sorte de parodie de Verlaine, avec les phrases « de l'amour conventionnel, ses bêlements puérils, son rêve de pureté et de solitude à deux, d'Éden enfantin et bucolique ». Cette exégèse nous semble s'imposer pour la première « Phrase » (nous ajoutons même une référence verlainienne) ; elle s'impose moins pour les deux suivantes, où Rimbaud semble bien plutôt se parodier lui-même, dans sa volonté de promouvoir un « nouvel amour ».

*
[Fragments sans titre] (p. 107)

Chacun de ces fragments mériterait d'être considéré à part. Les éditions anciennes en faisaient la suite des « Phrases ». Antoine Adam avait eu l'intuition qu'il fallait distinguer deux groupes. André Guyaux est allé plus loin en invitant à les disjoindre. L'appellation philologique « Textes du feuillet 12 » est toutefois peu suggestive. Nous avons préféré laisser, si c'en est un, cet ensemble sans titre.

Antoine Adam y a reconnu l'évocation d'une fête, ou de fêtes. À rappeler ses visions, Rimbaud nous livre l'une de ses plus pures créations verbales — la seconde.

*

Ouvriers (p. 109)

Le couple mystérieux entrevu dans « Royauté » revient, mais c'est l'image de son indigence passée qui domine — une indigence qui semble bien demeurer, même s'ils cherchent à lui échapper dans le temps (ils la renvoient « au siècle dernier ») et dans l'espace (« très loin dans les chemins »). C'est bien le monde ancien qui poursuit les deux jeunes gens avec le « vu » (la fumée), l'« eu » (les rumeurs des métiers à tisser), le « connu » (la misère, les incidents de l'enfance, les désespoirs d'été), les « lots » (*cf.* « À une Raison ») de faiblesse et d'ignorance qu'ils auraient voulu changer. Impuissante, la « charité » n'a fait que rappeler une « chère image ».

*

Les Ponts (p. 110)

De la « banlieue » (« Ouvriers ») nous passons à la ville et à ses ponts, comme si une manière de cycle urbain commençait. On s'accorde généralement à penser que les ponts ici évoqués sont ceux de Londres, ponts qui « n'en finissent pas », dira Germain Nouveau en 1874. Mais la ville réelle importe moins que la ville imaginaire. Pour qu'apparût ce « bizarre dessin de ponts », il a fallu « des ciels gris de cristal ». Mais qu'« un rayon blanc » « tomb[e] du ciel », et tout est anéanti. L'illumination — la « comédie » — ne dure qu'un instant sur la scène intérieure. La prose qui, elle, demeure, suggère surtout le travail de synthèse réalisé par les ponts : ils ne relient pas seulement des rives proches ou fort lointaines, mais les fragments épars de la vision. Sans eux, il n'y aurait pas de ville possible, pas de création possible : ils sont « les seuls possibles arcs-en-ciel du paysage humain » (Jean-Pierre Richard, *Poésie et profondeur*, p. 244). Après une suite de notations purement visuelles, Rimbaud enchaîne sur une métaphore musicale : « des accords mineurs se croisent, et filent ». Ainsi naît une « nouvelle harmonie » du paysage : les ponts sont comme des accords ; mais, à l'inverse, ce sont encore des ponts que les accords musicaux, que les « bouts de concert » qui flottent dans l'air. La dernière phrase peut alors être interprétée comme un geste de lassitude du poète, après un effort pour réaliser la syntaxe du monde.

*

Ville (p. 111)

« Nous entrerons aux splendides villes », annonce Rimbaud à la fin de l'« Adieu » d'*Une saison en enfer*. *Splendide*, le terme conviendrait bien mal pour cette ville qu'on a voulu identifier avec Londres, sans y parvenir (ne fût-ce qu'en raison de l'absence des monuments de superstition). C'est une ville imaginaire que cette ville au singulier, que cette ville singulière où le « connu » a été « éludé » et qui se révèle pourtant si uniforme, si banale qu'elle finit par se perdre dans la fumée et dans une phrase qui va s'embrouillant et reste comme suspendue. Cette ville qu'on pourrait dire « enfante » (par opposition aux villes « géantes » qu'on trouvera plus loin) procède d'un rêve de réduction (du connu, de la superstition, de la morale, de la langue) qui va curieusement de pair avec un rêve de prolifération (« des millions de gens »). Plus curieusement encore : cette prolifération ne fait qu'accentuer la réduction. L'uniformité de tant d'existences semblables donne l'impression d'une réduction du cours de la vie humaine. La réduction tend vers le zéro, vers la mort, et entraîne la rêverie dans un enfer qui, comme l'Hadès des Grecs, est l'image affaiblie et appauvrie du monde des humains.

*

Ornières (p. 112)

Au point de départ de ce poème en prose, Delahaye plaçait le passage d'un cirque américain « fourvoyé à Charleville ». C'est très exactement aller à rebours de l'imagination rimbaldienne, qui part d'un élément du paysage (les ornières) pour aboutir — entre autres « féeries » — à la vision d'un cirque ambulant paré d'une « élégance fabuleuse » (« Enfance » II). Les roulottes deviennent des « carrosses », les chevaux des « bêtes étonnantes » et les petits bohémiens se déguisent comme des enfants riches. Puis la vision se transforme, « tourne » et s'assombrit : elle devient un cortège de deuil. Comme dans « Ville » elle a conduit de la vie à la mort, de l'émerveillement à l'inquiétude. Dès le début, c'est à « l'aube d'été » qu'a été transféré le pouvoir démiurgique dans un monde encore tout humide de la nuit (motif du déluge). Il suffit de ces traces anciennes, les ornières, pour que se renouvelle un spectacle ordinaire, devenu « inouï », mais promis à l'« ombre violette » et aux ténèbres.

*

Villes, « *Ce sont des villes...* » (pp. 113-115)

« La confusion des rêves de Rimbaud » : l'impression dégagée par Antoine Adam (éd. cit., p. 994) est bien celle que laisse une première lecture de ce poème en prose ; et la phrase finale renvoie clairement au domaine des songes et des fantasmes cette étonnante rhapsodie où se mêlent l'Orient et l'Occident, l'ancien et le moderne, le mythique et le réel, le montueux et le plat, la terre et la mer, l'urbain et le pastoral, la lumière et l'ombre. Mais peut-on abandonner à l'incohérence un texte où se multiplient les alliances de mots, où se généralise l'usage de la polysémie, où « les légendes évoluent » et qui fait une large place à une série d'impossibles, d'absurdes *adunata* dont on retrouverait sans peine l'équivalent ou le modèle chez Lucrèce ou chez Virgile ? Tout n'est ici qu'hallucination volontaire, procédant par surimposition d'images (la première étant la ville/ la montagne ; mais aussi les pentes/ les canaux, les sommets/ la mer), les images livresques pouvant fort bien s'unir aux images naturelles. Et l'« hallucination des mots » aboutit, comme dans « Alchimie du verbe », à un « système » (pluriels multipliés, transferts, inversions, annulations, etc.). Au fur et à mesure qu'on avance dans la lecture — dans la relecture — on s'aperçoit que la vision progressivement s'assombrit, se pare d'« éclats mortels ». Elle reste désespérément liée au fantasme qui l'a suscitée et à ses ombres.

*

Vagabonds (pp. 115-116)

« Nous errions » : cette évocation du couple de vagabonds que Verlaine présente comme « *laeti et errabundi* » dans un poème de *Parallèlement* n'est nullement une évocation joyeuse. Comme dans « Vierge folle » Rimbaud insiste sur l'incompréhension profonde qui demeurait entre son compagnon et lui. L'entreprise qu'il poursuivait était autre que celle dans laquelle prétendait le confiner son « pitoyable frère » : il voulait réinventer l'homme et le monde. Verlaine s'est reconnu dans ce portrait, refusant toutefois l'appellation de « satanique docteur » (lettre à Charles de Sivry, août 1878).

*

Villes, « *L'acropole officielle...* » (p. 117)

Il ne s'agit ici ni de Paris ni de Londres (les deux mots se trouvent dans le texte) ni *a fortiori* de Stockholm. Mais des éléments connus, empruntés en particulier à la capitale britannique (V.P. Underwood en a fait un inventaire où il y a beaucoup à retenir), se retrouvent dans une vision onirique qui se présente encore comme une étonnante rhapsodie. Rhapsodie, cette fois, des architectures connues, des architectures passées pour une cité de l'avenir que décrit pourtant un témoin du temps présent. Le rapprochement s'impose avec l'un des rêves de Nerval dans *Aurélia* :

« Du point où j'étais alors, je descendis, suivant mon guide, dans une de ces hautes habitations dont les toits réunis présentaient cet aspect étrange. Il me semblait que mes pieds s'enfonçaient dans les couches successives des édifices des différents âges. Ces fantômes de constructions en découvraient toujours d'autres où se distinguait le goût particulier de chaque siècle, et cela me représentait l'aspect des fouilles que l'on fait dans les cités antiques, si ce n'est que c'était aéré, vivant, traversé de mille jeux de lumières ».

On est saisi de vertige aussi devant cette construction qui n'aboutit qu'à un chaos d'architectures. Tout est démesurément grandi, tout se trouve transplanté dans un décor polaire, au pays de la neige et de la nuit. Tout ceci pour une population rare, comme absente, comme asphyxiée par ces architectures fermées. Et l'ouverture finale sur le « Comté » est ouverture sur un futur qui ressemble encore au passé, et au plus poussiéreux, au plus mort : le passé des musées, des chroniques et des archives. « On dirait que [Rimbaud] surveille une réalité qui lui échappe », écrit J. Hartweg ; on pourrait dire aussi qu'il condamne à la nullité, à la vanité, cette nouvelle vision urbaine.

*

Veillées (p. 119)

Comme le révèle l'examen du manuscrit, le texte originel (« Veillée », la future partie III) s'est transformé en une suite par adjonction de deux autres pièces. Il n'existe donc pas de continuité voulue pour ces trois proses. C'est une succession de rêves brisés, mais de rêves éveillés (d'où le titre), dirigés : pour reprendre un mot d'« Alchimie du verbe », des « études ». Études d'éclairage (dans les trois cas, c'est la notation initiale, « C'est le repos éclairé » (I), « L'éclairage revient » (II), « Les lampes » (III) ; la dernière vision naît au contraire de l'absence de lumière (« La plaque du foyer noir »). Études de sons : jeu d'assonances et même de rimes (I), harmonies muettes (II), « bruit des vagues » (III). Études de langage : simples affirmations juxtaposées (I), alliances confuses (II), métaphores (III). On serait tenté de dire : études de rêves. Le fait que Rimbaud répète le terme est à cet égard un indice suffisant : « Et le rêve fraîchit » (I) ; « Rêve intense et rapide » (II).

La veillée est attente du trésor qui peut surgir du « puits des magies ». Mais à chaque fois cette attente

semble déçue, qu'il s'agisse du rêve tout simple de la
« vraie vie » (I), de la construction laborieuse d'un décor
à partir d'une épure, ou au contraire de conjonctions subtiles, d'une prolifération visant à la totalité (II), ou bien
encore des métamorphoses d'une chambre pour l'évasion et pour l'amour (III). La dernière phrase, elliptique,
pourrait renvoyer du foyer éteint (*cf.* « Nocturne vulgaire ») à de « réels soleils de grèves », et des trompeurs
« puits des magies », épuisés au cours des « veillées », à
la « seule vue », celle d'« aurore ».

*

Mystique (p. 121)

C'est la plus innocente, la plus charmeuse, en apparence des *Illuminations*, et pourtant peut-être la plus
audacieuse. Rimbaud reprend une vision traditionnelle
du Jugement dernier, soit celle de *L'Agneau mystique*,
le célèbre tableau de Van Eyck (voir l'article de
J. Tielrooy, « Rimbaud et les frères Van Eyck » dans
Neophilologus, XX, 1934-1935), soit beaucoup plus
simplement le texte de l'Apocalypse. Mais, comme il l'a
fait à plusieurs reprises, il corrige singulièrement
l'« enluminure ». D'une part il substitue à la traditionnelle représentation des damnés et des élus le partage
« moderne » des désastres et des progrès (nous sommes
ici parfaitement d'accord avec le commentaire d'Antoine Adam, éd. cit., p. 998). D'autre part, et surtout, il
inverse le ciel et l'enfer, la place de la lumière divine et
des « nuits humaines ». Il ne s'agit pas d'un simple
changement de perspective, mais bien de donner à
l'homme, et même au damné dans l'« abîme », la douceur que Dieu voudrait réserver aux anges et aux élus.

*
Aube (p. 122)

C'est une apocalypse nouvelle : comme l'écrit André Thisse, « l'aube est par nature apocalyptique, car elle est révélation d'un monde nouveau et du vrai nom de toutes choses » (*Rimbaud devant Dieu*, p. 149). Or cette révélation n'est pas spontanée : il faut — du moins le croit-il d'abord — que le poète marche pour que se réveillent « les haleines vives et tièdes », il faut qu'il rie au « wasserfall blond » pour qu'il « s'échevel[le] à travers les sapins » ; bref, il faut qu'il « lèv[e] un à un les voiles » — ce qui est la définition même d'une « entreprise » apocalyptique. Fuyant les « camps d'ombre » laissés par la nuit (*cf.* « Mystique » : la gauche, les homicides, les batailles, les bruits désastreux), il cherche à « embrass[er] l'aube », donc à rejoindre « la ligne des orients » (à droite, dans « Mystique »).

Cette poursuite ne va pas pourtant sans ambiguïté. Chaque pas, chaque geste, chaque rire du « promeneur démiurge » (J. Plessen, *Promenade et poésie*, p. 321) semblent avoir un pouvoir magique : mais ce pouvoir est-il bien le sien ? est-il celui de la seule « aube d'été » (voir le début d'« Ornières ») ? « Je la chassais », dit-il : pour la saisir ou au risque de l'éloigner ? Pour la « saisir » ne fût-ce qu'« un peu », il faut plus de délicatesse. Délicatesse qui est en tout cas celle de l'artiste : il a su dire comme nul autre « cette heure indicible, première du matin » (lettre à Delahaye, juin 1872).

*
Fleurs (p. 123)

Au moment où, dans l'Apocalypse, descend du ciel la Jérusalem céleste, cette ville « d'or pur, semblable à du verre pur » et dont les murailles sont de pierres précieuses, une voix se fait entendre : « Voici que je fais toutes choses nouvelles » (XXI, 5). Or, Rimbaud l'a dit lui-même dans l'« Adieu » d'*Une saison en enfer* : il a « essayé d'inventer de nouvelles fleurs, de nouveaux astres, de nouvelles chairs, de nouvelles langues ». Pour la première de ces « entreprises » nous avons au moins un témoignage éclatant : « Fleurs ». C'est bien une « illumination » : l'invention, le temps d'un éclair, d'un monde floral où, selon Jean-Pierre Richard, « le triomphe des fleurs se développe en trois mouvements successifs : [...] la floralité tour à tour se découvre, se consolide, enfin se dépasse et se détruit elle-même » (*Poésie et profondeur*, p. 205). Pour cette création, Rimbaud emploie des moyens qui lui sont devenus habituels : la substitution de l'artificiel au naturel, du précieux au commun ; la superposition d'une vision florale et d'une vision architecturale qui est peut-être moins celle d'un théâtre, comme on l'a dit, que celle d'une église, d'une construction luxueuse en tout cas dont l'empire est rendu au « ciel » et à la « mer ». Car il n'est peut-être pas en définitive d'autre Dieu — pas même le poète qui s'est cru démiurge...

*
Nocturne vulgaire (p. 124)

C'est « l'une des illuminations les moins rationnelles, les plus véritablement livrées aux fantaisies de l'onirique », et en particulier à « la logique aberrante d'un dynamisme de la courbure », écrit Jean-Pierre Richard qui nous a donné de cette prose un commentaire suggestif (*Poésie et profondeur*, pp. 236-237). Sans qu'il soit besoin de supposer l'absorption de haschisch, un rêve se déroule. Au point de départ — au point d'arrivée aussi —, se trouve la « plaque du foyer noir » comme dans la dernière phrase des « Veillées ». Il arrive qu'on souffle sur des cendres pour essayer de ranimer la braise. Ici le souffle les disperse seulement et ce simple fait, la figure courbe qui se forme dans l'âtre suffisent pour susciter une rêverie d'évasion où tout devient rond, où tout vire, où tout tourne jusqu'au vertige du rêveur. Le titre même indique que Rimbaud déprécie ces visions, féeries niaises qui ramènent les pires terreurs, celle de la mort (*corbillard*), celle de l'Enfer, du Jugement dernier, des supplices, des batailles, de l'asphyxie (*cf.* la fin d'« Enfance » IV), du rejet. S'il en attendait un monde nouveau, le dénouement catastrophique et le retour de la cellule initiale disent suffisamment l'échec : tout est à recommencer. C'est encore le cercle...

*

Marine (p. 126)

La présentation du texte sur le manuscrit confirme l'impression laissée par la lecture de « Marine » : c'est une pièce singulière, que Bouillane de Lacoste a pu publier à la fois dans son édition critique des *Poésies* et dans son édition critique des *Illuminations*. Le fait qu'elle soit suivie d'une prose, « Fête d'hiver », indique que la seconde solution est la bonne. Mais c'est bien d'une « étude » qu'il s'agit, et d'une œuvre de transition : étude du vers libre auquel une évolution comme naturelle conduisait Rimbaud ; étude de vision (la superposition de deux paysages, un paysage marin et un champ labouré) ; étude d'expression (l'échange des termes caractérisant l'un et l'autre de ces paysages) ; étude de syntaxe (le redoublement). Rimbaud, a-t-on dit, y fait preuve « de plus d'adresse que de génie » (A. Py, éd. cit., p. 165). C'est méconnaître l'audace d'un « impressionnisme » qui annonce les toiles d'Elstir, le peintre d'*À la recherche du temps perdu* : pour représenter le port de Carquethuit, il n'employait « pour la petite ville que des termes marins, et que des termes urbains pour la mer » (le rapprochement a été fait par Suzanne Bernard dans son article « Rimbaud, Proust et les Impressionnistes », *Revue des Sciences humaines*, avril-juin 1955). C'est méconnaître aussi l'image d'un monde bouleversé, diluvien (d'où le titre ; la pièce n'aurait pas pu s'intituler tout aussi bien « Campagne », comme le prétend A. Py), neuf, où l'impossible semble devenir possible (les charrues labourent la mer), où les frontières de l'espace semblent abolies jusqu'au moment où elles sont brusquement rappelées, marquant la fin du « rêve rapide et intense » (« Veillées » II).

*

Fête d'hiver (p. 127)

Il était abusif de supprimer le titre et de faire de ce texte la suite de « Marine », comme l'avaient fait les éditeurs de *La Vogue*. Pourtant « Fête d'hiver » semble inséparable du poème précédent. C'est aussi une « étude », tout aussi systématique, mais plus subtile. En faire l'évocation d'un paysage précis (la banlieue bruxelloise) ou la réduire à « une petite scène mondaine, mythologique et pittoresque, dans le goût de Boucher et des petits maîtres du XVIIIe siècle, à peindre sur un éventail ou une tabatière » (A. Py), c'est lui ôter toute sa signification. Rimbaud s'attache à superposer plusieurs paysages possibles : deux fêtes sonores (le bruit de la cascade, un opéra-comique) ; deux fêtes de couleurs (les girandoles d'un feu d'artifice ; les teintes du couchant) ; trois groupes de personnages. Ou, plus simplement encore : il superpose à des paysages d'hiver des fêtes d'été comme les feux d'artifice ; et de cette conjonction peuvent naître par exemple des « rondes sibériennes ». Surtout, cette « Fête d'hiver » est une fête des mots : le poète joue avec les équivoques sonores (*huttes*), les appels de mots (*ver*gers, *verts*), les allitérations (*Ch*inoises de Bou*ch*er), les enchaînements d'images. Le jeu du tournoiement devient rapidement le plus insistant (les *girandoles*, les courbes du *Méandre*, les *rondes*) créant peut-être, comme dans « Nocturne vulgaire », cet état de vertige où succombe le rêve.

*

Angoisse (p. 127)

Explosion d'espérance retombant en angoisse : c'était le mouvement même d'un morceau comme « Matin » dans *Une saison en enfer*. Ici l'attente est immédiatement présentée sur le mode dubitatif (« Se peut-il que... ») avant d'être dénoncée (« Mais la Vampire qui nous rend gentils »). Les images rappelant les chimères ont déjà été rencontrées maintes fois dans les *Illuminations* — vœux, rêves, exigences, visions, calculs —, et le sort réel auquel nous ramènent les deux derniers alinéas est celui-là même du « damné ». Et que l'« agonie » finale soit imposée ou choisie revient au même...

Métropolitain (p. 129)

Les commentateurs ont généralement accordé beaucoup d'attention au titre. Persuadés par V.P. Underwood et forts d'un rapprochement avec le journal de Vitalie Rimbaud (14 juillet 1874, à Londres : « [...] nous nous amusons à regarder le chemin de fer souterrain. Quelle merveille ! Il passe sans cesse sous des tunnels, sous des ponts, et avec quelle rapidité ! »), ils ont cru que ce « Métropolitain » était le *Metropolitan Railway* ou le *Metropolitain District Railway* (ouverts respectivement en 1863 et en 1868 ; le Métro parisien n'existait pas encore). Nous aurions donc une description, stylisée ou hallucinée, de Londres.

On ne relève pourtant aucune allusion à des wagons ou à des rails (à moins que les boulevards de cristal...) et « ville » du premier alinéa rappelle plutôt les « Villes » oniriques du recueil. Avec, sans doute, des touches londoniennes, mais pour une vision qui se situe au-delà de toute ville connue, de toute *métropole*.

Rimbaud ne cherche pas davantage à glorifier la capitale de l'Empire britannique. Au contraire : il s'acharne à présenter sous un jour dérisoire ses visions successives à partir de la vision métropolitaine du début. Les jeux de mots (premier alinéa), la « déroute » (second alinéa), les images « niaise[s] » et parfois sulpiciennes (troisième alinéa), le sentiment d'exclusion (quatrième alinéa) le prouvent suffisamment. « Était-ce donc ceci ? » : la question posée dans « Veillées » I trouve ici sa réponse, ses réponses, soigneusement indiquées par des tirets : « La ville ! » « La bataille ! » « la campagne. » « le ciel. » « ta force. » On pourrait développer : c'est à ces « fantasmagories » que se réduisaient, pour toi, la ville, la bataille, la campagne, le ciel, ta force. La lutte avec « Elle » se trouverait donc frappée de vanité.

Ce poème en prose est l'un des plus difficiles du recueil, et l'on ne peut avancer qu'avec prudence une hypothèse pour une interprétation d'ensemble. Dans le détail, la nôtre rejoint plusieurs fois le commentaire de Margaret Davies (*A. Rimbaud, I. Images et témoins*, sous la direction de L. Forestier, Minard, 1972, pp. 27-34) ; parfois aussi elle s'en écarte. Mais on n'en finirait pas de suivre le jeu des visions superposées (la mer/ la ville par exemple, dans la première vision qui est une autre « Marine »), des associations, des appels de mots et de sonorités dans un texte qui semble toujours près de se détruire lui-même et qui imposera pourtant l'image du chaos polaire et la senteur des « parfums pourpres du soleil des pôles ».

*

Barbare (p. 131)

Quelque part aux confins du monde apparaît un paysage « barbare », dominé par un « pavillon en viande saignante », où le feu de l'abîme terrestre est *évoqué* au point de jaillir à la façon d'un prodigieux geyser. Ce n'est plus par la « violence », comme dans « Matinée d'ivresse », mais par une « douceur » plus violente encore que le poète-démiurge appelle un « monde » nouveau pour le faire surgir du chaos, du déluge de feu et de glace. Une arche, même pas : son pavillon vogue sur le luxe futur (la soie des mers, le vent de diamants qui est également pluie). Comme l'écrit Jean-Pierre Richard, « tout [se] déroule *entre* deux mondes. [...] Tout l'effort de l'imagination rimbaldienne consiste alors à refuser le passé et à se tendre vers l'imminence, à solliciter tous les présages, si obscurs soient-ils, de la Vigueur future ».

Car il s'agit bien, comme dans les deux poèmes en

prose précédents, d'un combat pour la force, ou plutôt cette fois d'une incantation de la force : d'une force qui serait « musique ». Mais cette musique est-elle « douceurs » ou « virement des gouffres et choc des glaçons aux astres » — la nouvelle harmonie ou, perdurant, le nouveau chaos ? Les épaves sont-elles des signes de mort ou de renaissance ? La « voix féminine » est-elle celle de la Sorcière prête à livrer son secret ou celle de la Vampire qui fait disparaître le pavillon ? C'est donc une prose ambiguë, où l'un peut lire le chiffre du succès et l'autre celui de l'échec, où ce qui est n'existe pas et où ce qui n'est plus existe encore, et qui, comme le pavillon, s'enfonce dans le silence.

*
Fairy (p. 133)

« *Fairy* » constituait sans doute une suite dont il ne reste que ce seul premier fragment, numéroté I sur le manuscrit. L'interprétation ne s'en trouve pas facilitée. C'est assurément une vision théâtrale : de la « féerie », comme dans « Scènes ». Mais les « oiseaux » ici sont « muets », le « décor » d'une froideur extrême — qu'il s'agisse de « l'ardeur de l'été » ou des « frisson[s] » de l'hiver, également mortels. Car il semble bien que le surgissement d'Hélène — sa naissance, son « enfance » — ne puisse intervenir qu'au terme d'une destruction et d'un temps d'angoisse. Son regard (« ses yeux ») et « sa danse » en sont la récompense. On songe à « Elle », cette figure féminine mystérieuse qui est passée dans « Angoisse » et à la fin de « Métropolitain » (les « éclats de neige » n'auraient-ils rien à voir avec les « éclats précieux », les « influences froides » ?) et dont le nom se trouve ici comme complété (Hélène). Et le motif de la danse renvoie à la fois au « Sonnet » de « Jeunesse » et à cette autre prose « opéradique » et glacée, « Fête d'hiver ».

*
Guerre (p. 134)

La présentation du manuscrit indique clairement que « Guerre » n'est que la seconde partie d'une suite. Selon toute vraisemblance, la première partie est perdue, et le titre d'ensemble nous échappe.

Comme pour « *Fairy* » qui, malgré les apparences, n'est pas la première partie manquante, la présentation isolée de ce fragment gêne pour l'interpréter. Son sens pourtant n'est pas douteux. Il est même « aussi simple qu'une phrase musicale ». C'est la « logique » d'une revanche qui oblige Rimbaud à songer à une « Guerre ». Dans le passé (« enfant ») et dans le présent (« à présent ») il a *subi* : l'influence des ciels, des caractères, des « Phénomènes » et, plus récemment, « tous les succès civils » (ceux d'autrui, des « faux nègres » ; et non les siens, comme on l'a prétendu). Cette *Passion* s'est même aggravée au fil des ans. D'où la nécessité d'une réaction, qui lui paraît juste (« de droit ») et qui devrait être brutale (« de force »). C'est ce revirement qui est « aussi simple qu'une phrase musicale », d'autant plus qu'il sera sans doute dû à la manifestation de la force étrange de sa voix.

*
Solde (p. 135)

Le 12 juillet 1871, Rimbaud solde ses livres ; le 7 juillet 1873 les vêtements et les sous-vêtements de Verlaine ; un mois plus tard son passé d'« Alchim[iste] du verbe » ; en 1887 il devra liquider la caravane de feu Labatut... C'est dire que le « Solde » revient avec une régularité presque mécanique dans son existence d'homme et de poète. Celui-ci est le plus inquiétant de tous, car il pourrait bien liquider les trésors de ce qu'il est convenu d'appeler « la vie littéraire d'Arthur Rimbaud ».

Dans ces conditions, la tentation est grande d'en faire la dernière des *Illuminations*. Plus encore que « Génie », c'est un épilogue où reviennent les principaux motifs du recueil et des allusions suffisamment précises à telle ou telle autre prose. Pour les mettre en vente. Pour les disperser à tous les vents.

Des ambiguïtés demeurent. Rimbaud solde ses ambitions, mais aussi celles qu'il condamnait chez autrui — en particulier ces « migrations, sports [...] et comforts » dont il semble faire grief aux « voyageurs » de « Mouvement » : on pourrait même lier ces deux textes, ce stock (« l'immense opulence inquestionable ») et le « monstrueux [...] stock d'études » des voyageurs de « Mouvement » — un stock qui comprend et l'acquis et les projets. Si l'on songe à cet autre voyageur qu'il voulut être, désireux d'« arriv[er] à l'inconnu », on est en droit de considérer que « Solde » fait le bilan de l'expérience du voyant, bilan négatif pour les uns (Suzanne Bernard, Chadwick), positif pour les autres (Étiemble et Yassu Gauclère) : « Alchimie du verbe », ou le boniment de « Nuit de l'enfer » seraient alors redoublés. Resterait bien sûr à savoir si ce « Solde » se situe avant ou après *Une saison en enfer*. Il y a une dernière hypothèse, celle qu'a retenue en particulier Yves Bonnefoy : ce dernier « solde » est celui d'une ultime tentative, la « tentative harmonique » qu'illustrent les plus tardives au moins des *Illuminations*. Le retour du motif des « Voix », par exemple, le prouverait. Mais n'était-il pas question déjà, dans « Alchimie du verbe », d'« opéra fabuleux » ? Celui qui solde ici « les trouvailles et les termes non soupçonnés, possession immédiate », n'était-il pas celui qui, dans l'« Adieu » d'*Une saison en enfer*, se reprochait d'avoir cru « inventer [...] de nouvelles langues » ?

Une fois de plus, on hésite à prendre parti. On en vient même à se demander si tout ici est sarcasme (Y. Bonnefoy) ou si l'orgueil y est présent autant que l'amertume (A. Py). Catalogue lyrique des grands thèmes de Rimbaud, « Solde » est aussi la somme de ses ambiguïtés.

*

Jeunesse (pp. 136-139)

Musicale, cette symphonie l'est dans sa composition même. Quatre mouvements. Le premier est de structure ternaire et bithématique comme un *allegro*. Le second, sonnet en prose étonnamment ciselé, est un *scherzo*, à la place qu'il occupe dans la *IXe Symphonie* de Beethoven. Le troisième est désigné par Rimbaud lui-même comme *adagio* et attente d'un *chœur*. Le quatrième vient combler cette attente et a toute la vigueur d'un *allegro* final. L'ensemble exprime, dans une très grande diversité, les volontés et les doutes du *travailleur* tel que veut se définir Rimbaud. Il se veut savant calculateur : or les « vieilles fanfares d'héroïsme » lui « attaqu[ent] encore le cœur et la tête » (« Barbare ») :

les hallucinations, toujours prêtes à resurgir, l'orgueil. Ou bien il éprouve le sentiment d'une impuissance, d'un vide. À chaque fois pourtant il se ressaisit. Il « reprend l'étude » au terme du « Dimanche ». Le « Sonnet » — dont c'est là peut-être la logique — montre qu'il y a quelque chose d'irréversible dans l'évolution amorcée, dans le « labeur » préparatoire. Au moment le plus sombre, celui des « Vingt ans », un « chœur » — la musique, la danse — est convoqué. Enfin la dernière prose écarte la « tentation d'Antoine » (de saint Antoine) pour rappeler l'exigence d'une ascèse : car le nouveau monde désiré ne naîtra pas sans « travail ». Alors tout se reconstruira, mais autour d'un pivot, d'un « siège », et tout alors, passé et présent, imaginaire et réel, sera récupéré pour quelque fabuleuse métamorphose.

Dans « Dimanche », « l'être sérieux » (celui qui, à la suite de la décision prise un « soir historique », doit succéder au « touriste naïf », au « voyant ») s'accorde un répit : il n'en faut pas plus pour que les visions reviennent. Raison de plus pour rester ferme dans sa décision et « repren[dre] l'étude ».

Le titre de « Sonnet », comme l'a montré André Guyaux de manière décisive, s'explique par le fait qu'il est disposé sur quatorze lignes. Nous respectons cette présentation. D'une extrême densité, le texte est construit sur une opposition forte (« mais »), celle du passé (dans l'équivalent des quatrains), celle du présent (dans l'équivalent des tercets). Le passé était la somme des possibles pour un « *homme* de constitution ordinaire » : l'usage du corps, l'usage du monde — pour son triomphe ou pour sa perte. Le présent — une audacieuse anticipation du futur plutôt —, c'est, pour l'« être sérieux » qui a pris le parti de l'« étude », la récompense d'un succès : sa « danse » et sa « voix ».

Rimbaud a eu « Vingt ans » le 20 octobre 1874. Cet âge, attendu peut-être plus qu'accompli, marque un moment sinon d'arrêt, du moins de ralentissement — *adagio*. Il jette un regard en arrière sur son enfance et son adolescence, non sans nostalgie. Il appelle autre chose, un quatrième mouvement, un « chœur » — un « Hymne à la joie » peut-être. Car il est à bout de nerfs...

Le dernier texte est bien le complément attendu des trois précédents : un reproche adressé à soi-même, un sursaut. Le reproche, c'est de céder encore à la tentation de la voyance. Le sursaut, c'est la reprise du « travail », des « expériences ». Pour l'abolition du monde ancien. Pour la naissance d'un monde nouveau. Mais pour les dire, peut-on se passer des images ?

*

Promontoire (p. 139)

« Mais, ô mon âme, vers quel promontoire étranger vas-tu égarer mon navire ? », demande Pindare dans la *Troisième Néméenne*. Le *brick* de Rimbaud vient s'égarer en face d'un étrange promontoire, d'un « Palais-Promontoire »... Parce qu'il y a plusieurs mots anglais dans le texte (à commencer par celui du bateau), parce que les deux hôtels les plus imposants de la ville anglaise de Scarborough deviennent des composantes du « Palais-Promontoire », que leur forme circulaire est assez exactement décrite et que ladite station se trouve sur un promontoire, on veut à tout prix que Rimbaud y soit allé (avant juillet 1873 pour les uns, en 1874 pour les autres) et que sa description fourmille de détails réalistes. Les recherches minutieuses de V.P. Underwood l'ont conduit à rassembler une riche collection de détails où il faudrait trier pour trouver des preuves (*Rimbaud et l'Angleterre*, pp. 174-193). Il en convient d'ailleurs lui-même : « Ni le séjour de Rimbaud à Scarborough, ni la date de ce séjour, ne sont des faits avérés ».

Il faudrait éviter, à notre avis, de transformer cette prose de « Promontoire » en « Scarborough » ou « Scarbro ». Tel « Scarbo », le gnome qui dans *Gaspard de la nuit*, peut devenir monstrueusement grand, la vision rimbaldienne est ici, comme dans « Villes », « *L'acropole officielle...* » une vision géante : une construction (villa romaine, hôtel, palais) prend la taille d'une ville qui occuperait un promontoire tout entier ; et ce promontoire lui-même est « aussi étendu que l'Épire et le Péloponnèse, ou que la grande île du Japon, ou que l'Arabie ». Avouons-le : nous sommes bien loin de Scarborough et d'un hypothétique préceptorat que Rimbaud y aurait exercé à une date inconnue ! « Promontoire » complète la série des villes rimbaldiennes : c'est encore une rhapsodie où peuvent s'allier les volcans et les canaux, des arbres, des architectures venus de tous les points du globe, l'ancien et le moderne. Les images se superposent, conformément au « système », égarant ceux qui recherchent la fidélité et la cohérence d'une reproduction. D'ailleurs n'est-ce pas le vertige qui va emporter le spectateur (dans son brick) de cette construction colossale et chaotique ? Ce n'est pas seulement la courbe des façades circulaires qui menace de l'entraîner, mais le tourbillon des bacchanales sur les dunes, des tarentelles et même des *ritournelles* appelées à « décorer merveilleusement les façades du Palais-Promontoire ».

*
Dévotion (p. 141)

« La forme de "Dévotion" est [...] empruntée aux prières populaires » (Étiemble et Y. Gauclère *Rimbaud*, p. 176). Mais les « rythmes naïfs » sont repris dans une intention bien précise : un *départ* vers ce « soleil des pôles » et ce monde « barbare » qui attire la nef odysséenne, l'arche diluvienne de Rimbaud. Le début de ces litanies pourrait tromper : prières pathelines pour des naufragés, des malades en danger de mort. Mais l'invocation à « Lulu » ne tarde pas à nous éclairer : on entend le ton sarcastique, et on saisit le vœu, sans doute plus sérieux, d'une extinction de l'humanité. C'est à lui-même alors que Rimbaud s'adresse : à ce qu'il fut, à ce qu'il aurait pu être, et la prière monte jusqu'à cette étrange Circé polaire, « Circeto des hautes glaces », l'inquiétante magicienne plusieurs fois devinée dans les *Illuminations*. Cette prière unique se confond avec le vœu exprimé sauvagement à la fin de « Soir historique », extatiquement dans « Barbare ». Le temps de la dévotion est celui de la traversée du nouveau déluge (les naufragés), de la mort par la sécheresse et par le feu (la fièvre), du chaos polaire : dévotion superlative, pour laquelle seront convoquées toutes les invocations connues et inventées — ce qu'il faut bien appeler un chaos de dévotion. Mais elle cessera une fois la prière exaucée.

*
Démocratie (p. 142)

L'absence de manuscrit rend difficile la datation d'un texte qui rappelle le thème « nègre » de « Mauvais sang », la destruction rêvée de « *Qu'est-ce pour nous, mon cœur* », et semble annoncer les aventures militaires et coloniales de Rimbaud à Java en 1876. Mais on sait qu'après coup l'œuvre de Rimbaud peut paraître prophétique et qu'il est impossible de prolonger autant que le voudrait Antoine Adam la genèse des *Illuminations*.

Cette collaboration aux « plus monstrueuses exploitations industrielles ou militaires » se présente comme une caricature féroce de la « Démocratie » : la démocratie des « faux nègres ». Est-ce à dire qu'il vaut mieux être du côté des bourreaux que du côté des victimes ? On sent plutôt ici, au rythme d'un chant du départ, le vœu d'une destruction du monde par les humains eux-mêmes, le déluge des prétendus civilisés, ces Barbares.

*

Scènes (pp. 143-145)

« Scènes » est l'une des *Illuminations* les plus hermétiques. Ce mystère tient à l'utilisation d'un vocabulaire ambigu (« rocailleux » renvoie à « roc », mais aussi au décor « en rocaille » ; les « mystères » sont des cérémonies réservées aux initiés chez les Grecs, mais aussi des représentations théâtrales au Moyen Âge), à des constructions elliptiques ou inhabituelles, à la superposition de plusieurs registres d'images (le théâtre, la campagne, la mer près d'un port, l'intérieur d'une maison). D'où un jeu subtil d'alliances et d'échanges. De plus, peuvent se jouer sur ces scènes « les chefs-d'œuvre dramatiques de toutes les littératures » (« Vies » I), et le résultat est un condensé des temps et des lieux.

Parmi ces chefs-d'œuvre, il en est un qui pourtant nous a semblé solliciter davantage l'attention de Rimbaud et comme orienter sa composition si complexe : une « ancienne comédie », et même l'un des modèles de la comédie ancienne — *Les Oiseaux* d'Aristophane. L'un de ses condisciples au collège de Charleville, Jules Mary, a rappelé un souvenir qui nous engagerait dans cette direction : « Il était externe et m'apportait de chez lui Lamartine, Musset, Hugo, sans compter *Daphnis et Chloé* et la traduction des comédies d'Aristophane où nous traduisions, à notre tour, non sans trouble, les commentaires latins qui accompagnent le texte français »[1]. La lecture était ancienne, mais elle avait été trop approfondie pour ne pas être marquante ; et l'évasion d'humains mécontents vers la cité des oiseaux n'allait-elle pas dans le sens même du « départ » rêvé par le poète ? Nous avons essayé d'éclairer par cette lecture certains détails du texte mais ce ne peut être qu'une composante.

Des deux suggestions initiales — fuite à l'infini, compartimentation —, c'est la seconde qui semble finalement l'emporter. On peut en conclure, comme le fait Jean-Pierre Richard, à un nouvel échec de la création rimbaldienne (« divisions, arêtes, intersections, cloisons dressées, la scène se trouve alors presque bouchée par la prolifération insolite du décor. L'effort de théâtralité a si bien occupé l'espace qu'il a réussi à l'anéantir. À la place du jaillissement, du chaos ou de la dérive, il installe un compartimentage absurde et infini : c'est-à-dire qu'il instaure finalement une nouvelle forme d'anarchie », *Poésie et profondeur*, p. 247).

*

Soir historique (p. 145)

Ce « Soir historique » se présente comme une acte de renonciation ; d'où la négation forte qui lance le

---

[1]. « Arthur Rimbaud vu par Jules Mary », dans *Littérature*, octobre 1919.

dernier alinéa. Il doit s'opposer aux soirs précédemment vécus, inaugurer une attitude nouvelle (celle de « l'être sérieux » rompant avec celle du « touriste naïf »), et substituer aux visions complaisantes la préparation d'une apocalypse future, annoncée par la Bible et la mythologie scandinave, mais qui désormais entrera dans les faits.

Complaisante, l'évocation de l'époque du « touriste naïf » l'est pourtant encore (quatre paragraphes sur cinq). Rimbaud s'acharne à se déniaiser : les mirages aristocratiques, les terreurs et les hontes roturières, les « murs des siècles » et les ballets cosmiques sont dénoncés comme relevant de la même « magie bourgeoise », produit d'une « chimie sans valeur », ou plutôt d'un même manque fondamental — sa « faiblesse ». « Soir historique » est à cet égard proche de « Nocturne vulgaire ».

Mais Rimbaud ne saurait accepter ici de « rouler sur l'aboi des dogues » : il appelle une catastrophe cosmique qu'il entend « surveiller » comme s'il en était l'intendant fidèle. Celle qui est décrite dans « Barbare ».

La voyance naïve qui se trouve ainsi liquidée est celle-là même dont « Alchimie du verbe » fait le sombre bilan : par exemple le « salon au fond de l'étang ». Mais où situer la vision eschatologique que le dernier alinéa voudrait nous présenter comme une « entreprise » ? Le problème que pose ce texte est le problème majeur des *Illuminations*.

*
Bottom (p. 147)

Bottom est ce clown de Shakespeare qui, dans *Le Songe d'une nuit d'été*, connaît une étrange aventure.

Alors qu'il veut jouer la comédie, lui qui n'est qu'un simple artisan, il est coiffé d'une tête d'âne et le voici aimé de Titania, la reine des fées amoureuse d'un âne. Jusqu'à ce qu'il soit délivré du sortilège, ou de son rêve... Rimbaud nous présente ici une série de métamorphoses dont la dernière est celle-là même de Bottom (ou tout aussi bien du Lucius d'Apulée). On pourra multiplier les sources, les rappels biographiques, les rapprochements avec d'autres textes (*Les Déserts de l'amour*). On ne rendra pas compte pour autant de l'humour du poète dans ce qui est encore un conte, et de cette métamorphose plus secrète (« Tout se fit ombre et aquarium ardent ») qui n'est plus seulement celle du héros de l'aventure, mais celle du milieu, de l'élément dans lequel il évolue. On ne rendra pas compte non plus de l'ambiguïté majeure du texte : cette « aube de juin » est-elle une libération (de l'oiseau captif, de l'ours chagrin, de l'amant de Madame) ou la perte d'un paradis perdu, suscitant un « grief » ? Et l'intervention des « Sabines de la banlieue » est-elle une consolation, un apaisement, ou le début d'une nouvelle captivité ? Plus qu'une revanche de l'imaginaire, « *Bottom* » pourrait bien être un poème de l'échec.

*

H (p. 148)

« H » se rattache à une tradition littéraire fort ancienne, celle de la devinette. La littérature anglaise ancienne, la littérature germanique entre autres l'ont abondamment illustrée. « Forme simple », comme le dit André Jolles, correspondant à un pur dynamisme mental (voir *Formes simples*, 1930, trad. franç., Éd. du Seuil, 1972). Ce dynamisme est recouvert ici par une « dynamique amoureuse ». Et c'est l'autre raison du mystère : « H » est ce que la pudeur interdit de nommer. L'*H*omosexualité (A. Adam) ? La masturbation (Étiemble-Yassu Gauclère), c'est-à-dire l'*H*abitude (R. Faurisson) ? ou plus largement l'instinct sexuel bridé par les monstruosités des impératifs sociaux (Yves Denis) ? Les hypothèses vont bon train, et Rimbaud a bien pris soin de ne pas nous guider vers la solution de l'énigme. Il nous a laissé le plaisir — qui selon lui conduit à la folie — de « penser sur une lettre » (lettre à Demeny du 15 mai 1871) et s'est réservé le privilège de « régler la forme et le mouvement d'[une] consonne » (« Alchimie du verbe ») — fût-elle muette !

*

Mouvement (pp. 149-150)

On a trop souvent cherché à isoler cette pièce de l'ensemble des *Illuminations* sous prétexte qu'elle est écrite, comme « Marine », en vers libres (avec un alexandrin, même, au vers 11). Mais ces vers libres sont tout aussi bien une autre disposition de la prose.

Si le poème ne s'intitulait pas « Mouvement » — reprise du mot qui le lance —, il pourrait s'intituler « Pendant le Déluge ». Un nouveau déluge dont on peut prévoir l'échec, comme celui d'« Après le Déluge ». Car les voyageurs qui ont pris place sur le vaisseau l'ont chargé de toutes les « horreurs économiques », de toute l'« éducation », de toutes les hiérarchies, de tous les projets habituels. Stupides « conquérants du monde » qui vont à la recherche d'un monde qu'ils ont déjà connu ! Prétendus aventuriers qui partent avec leur « stock d'études », plus monstrueux que le Déluge : une « digue » mobile qu'ils emportent avec eux, dont ils ont besoin pour ne pas se sentir perdus, mais qui pourrait bien constituer un obstacle. Des sportifs en chambre, des héros du confort... Ce vaisseau garde peut-être pourtant sa vocation d'« arche » : le mot n'apparaît que dans la dernière strophe, et avec lui un « couple de jeunesse » (on le voit paraître plusieurs fois dans les *Illuminations*). Il « se poste » (pour « surveiller », comme « l'être sérieux » de « Soir historique »). Il « s'isole » (refusant d'être confondu avec les hommes « de constitution ordinaire »). Il « chante » (motif de la « voix » ; *cf.* « Jeunesse »), comme Orphée à la proue du navire *Argo*.

*
Génie (pp. 150-152)

« Génie » dispute à « Solde » l'honneur de conclure les *Illuminations* dans les diverses éditions. La place qui lui est le plus souvent assignée s'explique par le caractère apparemment heureux de ce morceau. On se souvient sans doute du mouvement final d'*Une saison en enfer* et on essaie de retrouver la courbe ascendante qu'avait voulue Rimbaud.

Cette action de grâces commence par un éloge, continue par une série d'incantations et s'achève sur un appel. Ce « Génie » qu'elle célèbre n'est pas, comme le voulait Delahaye, l'esprit humain glorifié, considéré par Helvétius comme le seul créateur, le seul rédempteur ; il est encore moins le Christ. Il s'agit bien plutôt d'un contre-Christ (comme l'indique clairement la définition négative du quatrième alinéa), de « la divinité réinventée » (André Thisse, *Rimbaud devant Dieu*, p. 240). Pour le caractériser, pour le chanter se trouvent convoqués des mots-clés et des *leitmotive* rimbaldiens : « l'affection » « la force » et « l'amour », la « musique ». La dynamique lumineuse qui doit conduire d'un nouveau chaos à un monde nouveau devient celle-là même du poème et, avec elle, le paysage polaire tend à se recomposer tandis que repasse l'appel extatique lancé, murmuré plutôt dans « Barbare » : « Ô monde ! ». C'est l'une des raisons pour lesquelles cette prose peut apparaître comme un épilogue.

Il demeure pourtant des difficultés sans nombre. Le rapport avec *Une saison en enfer* est difficile à préciser : pour Yves Bonnefoy, la supériorité de « l'orgueil bienveillant » sur « les charités perdues » implique que l'hymne se situe au-delà d'août 1873. Mais la « charité » ne se trouvait-elle pas liquidée dès ce moment-là ? Le rapport avec « Conte » est également mystérieux : le Prince n'avait-il pas eu le tort de croire au « Génie », à la promesse qu'il représentait à ses yeux ? Cette « nuit d'hiver » est une nuit de « force », mais Rimbaud sait (et le dernier alinéa le rappelle) que les « sentiments las » peuvent toujours revenir. L'hymne ne va donc pas sans hantise de la fragilité.

[PROLONGEMENTS]

Deux moments de la vie de Rimbaud, avant l'entrée dans le silence de l'écrivain.

1. Le séjour à Stuttgart et la dernière rencontre avec Verlaine (mars 1875)

Verlaine a été libéré de prison le 16 janvier 1875. Se proposant, si l'on en croit Delahaye, de convertir Rimbaud (« Aimons-nous en Jésus », lui aurait-il écrit), il cherche à le retrouver. Delahaye sert d'intermédiaire. Rimbaud se trouve alors à Stuttgart, où il apprend l'allemand tout en donnant des leçons chez le docteur Lübner. Fort réticent à l'égard du « Loyola », il cède enfin, et écrit à Delahaye (lettre perdue) : « Ça m'est égal. Si tu veux, oui ; donne mon adresse au "Loyola" ». Trois jours après, Verlaine est à Stuttgart. Ici se situe la rencontre, dont Rimbaud fait dans cette lettre un récit sobre — mais non sans sous-entendus — qui ne rappelle guère l'ahurissante « bataille de Stuttgart » racontée par Delahaye dans son livre sur *Verlaine* (Messein, 1923, pp. 210-211) : beuveries dans les brasseries, bataille à coups de poing « dans la nuit, sous la clarté lunaire, au bord même de la Neckar dont les flots, qui roulent à deux pas, semblent offrir au fantasque roman de ces deux enragés un trop naturel épilogue » ; Verlaine retrouvé à demi-mort le lendemain à l'aube par des paysans « sur le sol déchiré par de furieux piétinements ».

2. L'attente à Charleville (octobre 1875)

Rimbaud se trouve à Charleville, Delahaye à Soissons. S'il repousse les leçons de morale de Verlaine, Rimbaud ne peut s'empêcher d'être intéressé par tout ce qui vient de lui ; il veut reprendre ses études (èssciences...) ; il voit toujours planer sur lui la menace de l'armée. L'appel du deuxième contingent de la classe 74 est prévu pour le 3 novembre prochain. La vision de la chambrée future lui inspire deux couplets qui ont fait couler beaucoup d'encre. « Rêve », suivi de « Valse », considéré comme le dernier poème de Rimbaud, a arraché des cris d'enthousiasme à André Breton, qui y a vu « le triomphe absolu du délire panthéistique, où le merveilleux épouse sans obstacle le trivial et qui demeure comme la quintessence des scènes les plus mystérieuses des drames de l'époque élisabéthaine et du second Faust » (*Situation matérialiste de l'objet*). On peut au contraire y entendre un adieu définitif à la poésie.

BIBLIOGRAPHIE

I. ÉDITIONS

1. D'*UNE SAISON EN ENFER*

Édition originale : *Une saison en enfer,* Bruxelles, Alliance Typographique M.-J. Poot et Cie, 1873, reprint : Genève, Slatkine, coll. Ressources, 1979 (avec les *Illuminations*).

Réédition : dans *La Vogue,* trois livraisons de septembre 1886, reprint : Slatkine, 1971.

Éditions critiques : par Henry de Bouillane de Lacoste, Mercure de France, 1941 ; par Pierre Brunel, José Corti, 1987 (avec les avant-textes).

2. DES *ILLUMINATIONS*

Préoriginale et originale : livraisons de *La Vogue,* mai-juin 1886, reprint Slatkine, 1971 ; Publications de *Vogue*, avec une notice de Paul Verlaine, 1886, reprint Slatkine, 1979 ; à compléter avec l'éd. Vanier des *Poésies complètes,* 1895 (cinq textes ajoutés).

Éditions critiques : par Henry de Bouillane de Lacoste, Mercure de France, 1949 ; par Albert Py, Genève-Paris, Droz-Minard, coll. Textes littéraires français, 1967, édition revue, 1969 ; par André Guyaux, Neuchâtel, À la Baconnière, coll. Langages, 1985.

3. DES ŒUVRES POÉTIQUES COMPLÈTES ET DES ŒUVRES COMPLÈTES

Fac-similés avec transcription : *L'Œuvre intégrale manuscrite,* éd. de Claude Jeancolas, Textuel, 1996, trois volumes.

Œuvres de Jean-Arthur Rimbaud : Poésies, Illuminations, Autres Illuminations, Une saison en enfer, Mercure de France, 1898.

Œuvres d'Arthur Rimbaud : vers et proses, Poèmes retrouvés, éd. de Paterne Berrichon, préface de Paul Claudel, Mercure de France, 1912.

Œuvres complètes, éd. d'André Rolland de Renéville et Jules Mouquet, Gallimard, Bibliothèque de la Pléiade, 1946.

Œuvres, éd. de Suzanne Bernard, Garnier, 1960, revue et complétée par André Guyaux, 1981, plusieurs rééditions.

Œuvres complètes, éd. d'Antoine Adam, Gallimard, Bibliothèque de la Pléiade, 1972.

Œuvres poétiques, éd. de Cecil Arthur Hackett, Imprimerie Nationale, Lettres françaises, 1986.

Œuvres, éd. de Jean-Luc Steinmetz, Flammarion, GF, 1989, trois volumes. *Une saison en enfer* se trouve dans le tome II, les *Illuminations* dans le tome III.

Œuvre/Vie, éd. dirigée par Alain Borer, Arléa, 1991.

Œuvres complètes. — Correspondance, éd. de Louis Forestier, Robert Laffont, Bouquins, 1992.

II. INSTRUMENTS DE TRAVAIL

Pierre GUIRAUD, *Index du vocabulaire du symbolisme,* n° 4 : *Index des mots des* Illuminations, Klincksieck, 1954.

Robert Clive ROACH, n° 7 : *Index des mots de* Une saison en enfer, Klincksieck, 1960.

Frédéric Eigeldinger, *Table de concordances rythmiques et syntaxiques de* Une saison en enfer, Neuchâtel, À la Baconnière, 1984.

Frédéric Eigeldinger, *Table de concordances rythmiques et syntaxiques des* Illuminations, Neuchâtel, À la Baconnière, 1986.

Olivier Bivort et André Guyaux, *Bibliographie des* Illuminations *(1878-1990)*, Paris-Genève, Champion-Slatkine, 1990.

III. BIOGRAPHIES ET TÉMOIGNAGES

Jean Bourguignon et Charles Houin, « Poètes ardennais. Arthur Rimbaud », dans la *Revue d'Ardenne et d'Argonne,* novembre-décembre 1896, janvier-février 1897, septembre-octobre 1898, mai 1899, janvier-février 1901, juillet 1901, rééd. en un volume par Michel Drouin, Plon, 1991.

Ernest Delahaye, *Rimbaud. — l'artiste et l'être moral*, Messein, 1923 ; *Les* Illuminations *et* Une saison en enfer *de Rimbaud,* Messein, 1927.

Enid Starkie, *Arthur Rimbaud,* London, Faber and Faber, 1938, puis London, Hamish Hamilton, 1947 et London, Faber and Faber, 1961 ; trad. de cette dernière édition par Alain Borer, Flammarion, 1982.

Pierre Petitfils, *Rimbaud,* Julliard, 1989.

Jean-Luc Steinmetz, *Arthur Rimbaud : une question de présence,* Tallandier, 1991.

Sur Verlaine et Rimbaud
Maurice Dullaert, « L'affaire Verlaine », dans *Nord*, Bruxelles, 4e Cahier, novembre 1930, pp. 303-355, rééd. Messein, 1930, reprint dans *Le Disque vert,* Bruxelles, Jacques Antoine, t. III, 1971, pp. 303-355.

IV. ÉTUDES CRITIQUES D'ENSEMBLE

Jacques Rivière : textes publiés en 1914 dans *La Nouvelle Revue Française,* et autres textes, repris dans *Rimbaud : dossier 1905-1925,* présenté et annoté par Roger Lefèvre, Gallimard, 1977.

Étiemble et Yassu Gauclère, *Rimbaud,* Gallimard, 1936, nouvelle éd., Les Essais, 1950.

Jacques Gengoux, *La Pensée poétique de Rimbaud,* Nizet, 1950.

Jean-Pierre Richard, *Poésie et profondeur,* Éd. du Seuil, 1955.

Yves Bonnefoy, *Rimbaud par lui-même,* Éd. du Seuil, coll. Écrivains de toujours, 1961, rééd. *Rimbaud,* 1994.

Jacques Plessen, *Promenade et poésie : l'expérience de la marche et du mouvement dans l'œuvre de Rimbaud,* La Haye-Paris, Mouton, 1967.

Marcel A. Ruff, *Rimbaud, l'homme et l'œuvre,* Hatier, 1968.

Atle Kittang, *Discours et jeu : essai d'analyse des textes d'Arthur Rimbaud,* Bergen-Oslo-Troms et Grenoble, Universitetsforlaget et Presses Universitaires de Grenoble, 1975.

André Thisse, *Rimbaud devant Dieu,* José Corti, 1975.

Vernon Ph. Underwood, *Rimbaud et l'Angleterre,* Nizet, 1976.

Charles Chadwick, *Rimbaud,* London, The Athlone Press, 1979.

Michael Riffaterre, *La Production du texte,* Éd. du Seuil, 1979.

Jean-Pierre Giusto, *Rimbaud créateur,* Presses Universitaires de France, 1980.

Pierre Brunel, *Arthur Rimbaud ou l'éclatant désastre,* Champ Vallon, 1983.

Pierre Brunel, *Rimbaud. — Projets et réalisations,* Champion, 1983.

James Lawler, *Rimbaud. — Theatre of the Self,* Cambridge, Harvard University Press, 1991.

André Guyaux, *Duplicités de Rimbaud,* Paris-Genève, Champion-Slatkine, 1991.

Jean-Marie Gleize, *Arthur Rimbaud,* Hachette, 1993.

Roger Munier, *L'ardente patience de Rimbaud,* José Corti, 1995.

V. QUELQUES ÉTUDES SUR *UNE SAISON EN ENFER*

Margaret Davies, « *Une saison en enfer* », *analyse du texte,* Minard, 1975.

Yoshikazu Nakaji, *Combat spirituel ou immense dérision ? Essai d'analyse textuelle d'*Une saison en enfer, José Corti, 1987.

Danielle Bandelier, *Se dire et se taire : l'écriture d'*Une saison en enfer *d'Arthur Rimbaud,* Neuchâtel, À la Baconnière, 1988.

VI. QUELQUES ÉTUDES SUR LES *ILLUMINATIONS*

Témoignages des premiers éditeurs

Félix Fénéon, « Arthur Rimbaud, *Les Illuminations* », dans *Le Symboliste,* n° 1, 7-14 octobre 1887, repris dans les *Œuvres plus que complètes* de Fénéon, Genève, Droz, tome II, 1970, pp. 572-575.

Gustave Kahn, « Arthur Rimbaud », dans *La Revue blanche,* 15 août 1898, pp. 592-601, repris dans *Symbolistes et décadents,* Vanier, 1902, pp. 245-264.

Problèmes d'édition et d'interprétation

Henry de BOUILLANE DE LACOSTE, *Rimbaud et le problème des* Illuminations, Mercure de France, 1989.

André GUYAUX, *Poétique du fragment : essai sur les* Illuminations *de Rimbaud,* Neuchâtel, À la Baconnière, Langages, 1985.

Études d'ensemble

Jean HARTWEG, « *Illuminations*, un texte en pleine activité », dans *Littérature,* n° 11, octobre 1973, pp. 78-84

Collectif : *Rimbaud : Illuminations,* actes du colloque de Paris (7 mars 1986), *Revue d'Histoire Littéraire de la France,* mars-avril 1987.

Antoine RAYBAUD, *Fabrique d'* Illuminations, Éd. du Seuil, 1989.

Bruno CLAISSE, *Rimbaud et le dégagement rêvé : essai sur l'idéologie des* Illuminations, Charleville-Mézières, Musée-Bibliothèque Arthur Rimbaud, coll. Bibliothèque sauvage, 1990.

Interprétation de poèmes en prose

Robert FAURISSON, « A-t-on lu Rimbaud ? », dans *Bizarre,* n°s 21-22, 1961.

Yves DENIS, « Deux gloses de Rimbaud : *Après le Déluge* et *H* », dans *La Brèche* n° 8, novembre 1965, pp. 57-66.

Margaret DAVIES, « Le thème de la voyance dans *Après le Déluge, Métropolitain* et *Barbare* », dans *Arthur Rimbaud 1, Revue des Lettres Modernes,* n°s 323-326, 1972, pp. 19-39.

Philippe HAMON, « Narrativité et illisibilité : essai d'analyse d'un texte de Rimbaud » / *Conte* /, dans *Poétique,* n° 40, novembre 1979, pp. 453-464.

Albert HENRY, *Lecture de quelques* Illuminations, Bruxelles, Académie royale de Belgique, 1989.

VII. LA QUESTION DE « RÊVE »

Mario RICHTER, *Les Deux « Cimes » de Rimbaud : « Dévotion » et « Rêve »,* Genève-Paris, Slatkine, 1986.

Table des titres et des incipit

Adieu, 83
Angoisse, 127
Antique, 98
Après le Déluge, 89
À quatre heures du matin, l'été, 70
À Samarie, 38
À une Raison, 104
Aube, 122
Barbare, 131
Being Beauteous, 99
Bottom, 147
Bethsaïda, 41
Chanson de la plus haute tour, 71
Conte, 95
Délires I, 63
Délires II, 68
Démocratie, 142
Départ, 103
Dévotion, 141
Éclair (L'), 80
Elle est retrouvée, 74
Enfance, 91
Faim, 72
Fairy, 133
Fête d'hiver, 127
Fleurs, 123
Génie, 150
Guerre, 134

H, 148
Impossible (L'), 77
Jadis, si je me souviens bien, 47
Jeunesse, 136
L'air léger et charmant de la Galilée, 39
Le Loup criait sous les feuilles, 73
Loin des oiseaux, des troupeaux, des villageoises, 69
Marine, 126
Matin, 82
Matinée d'ivresse, 104
Mauvais sang, 47
Métropolitain, 129
Mouvement, 148
Mystique, 121
Nocturne vulgaire, 124
Nuit de l'enfer, 58
Ô la face cendrée..., 100
Ô saisons, ô châteaux ! 76
Ornières, 112
Ouvriers, 109
Parade, 97
Phrases, 106
Ponts (Les), 110
Promontoire, 139
Royauté, 103
Scènes, 143
Soir historique, 145
Solde, 135
Une saison en enfer, 47
Vagabonds, 115
Veillées, 119
Vies, 100
Ville, 111
Villes. — *Ce sont des villes !*, 113
Villes. — *L'acropole officielle*, 117

Table

Introduction : Un prosateur étonnant.................... 3

> *Enfers et enfer*, 3 — *Le paradoxe de la* Sai-
> son, 6 — *Le Temps et l'Éternité*, 8
> — *L'entrée aux « splendides villes »*, 10
> — *Une genèse recommencée*, 13 — *Force
> et faiblesse du langage*, 16 — *Le dernier
> tour, ou le Génie troué*, 18.

Chronologie 23

I. VERS *UNE SAISON EN ENFER*

LETTRES

Lettre à Ernest Delahaye de mai 1873 31
Lettre à Verlaine du 4 juillet 1873 34
Lettre à Verlaine du 5 juillet 1873 35
Lettre à Verlaine du 7 juillet 1873 37

PROSES « ÉVANGÉLIQUES »

[I] « *À Samarie...* » 38
[II] « *L'air léger et charmant de la Galilée...* » .. 39
[III] « *Bethsaïda, la piscine des cinq galeries...* » 41

II. *UNE SAISON EN ENFER*

*****	47
« Mauvais sang »	49
« Nuit de l'enfer »	58
« Délires I. — Vierge folle. L'Époux infernal »	63
« Délires II. — Alchimie du verbe »	68
« L'Impossible »	77
« L'Éclair »	80
« Matin »	82
« Adieu »	83

III. *ILLUMINATIONS*

« Après le Déluge »	89
« Enfance »	91
« Conte »	95
« Parade »	97
« Antique »	98
« *Being Beauteous* »	99
« *Ô la face cendrée...* »	100
« Vies »	100
« Départ »	103
« Royauté »	103
« À une Raison »	104
« Matinée d'ivresse »	104
« Phrases »	106
[Fragments sans titre]	107
« Ouvriers »	109
« Les Ponts »	110
« Ville »	111
« Ornières »	112
« Villes. — *Ce sont des villes !* »	113
« Vagabonds »	115
« Villes. — *L'acropole officielle...* »	117
« Veillées »	119
« Mystique »	121
« Aube »	122

« Fleurs »	123
« Nocturne vulgaire »	124
« Marine »	126
« Fête d'hiver »	127
« Angoisse »	127
« Métropolitain »	129
« Barbare »	131
« *Fairy* »	133
« Guerre »	134
« Solde »	135
« Jeunesse »	136
« Promontoire »	139
« Dévotion »	141
« Démocratie »	142
« Scènes »	143
« Soir historique »	145
« *Bottom* »	147
« H »	148
« Mouvement »	149
« Génie »	150

IV. PROLONGEMENTS

Lettre à Delahaye du 5 mars 1875	155
Lettre aux siens du 17 mars 1875	156
Lettre à Delahaye du 14 octobre 1875 (contenant « Rêve » et « Valse »)	157
Notices	161
Bibliographie	231
Table des titres et des incipit	241

Composition réalisée par NORD COMPO

Achevé d'imprimer en novembre 2011 en Espagne par
BLACKPRINT CPI IBÉRICA
Sant Andreu de la Barca (08740)
Dépôt légal 1re publication : octobre 1998
Édition 10 – novembre 2011
LIBRAIRIE GÉNÉRALE FRANÇAISE – 31, rue de Fleurus – 75278 Paris Cedex 06

30/9636/9